小学館文庫

六条御息所　源氏がたり　上

林真理子

小学館

目次

時代考証　山本淳子

六条御息所　源氏がたり

桐壺の更衣

私の名を、どうか聞いてくださいますな。

成仏出来ぬまま、こうして漆黒の闇の中を漂っている私の魂を、どうぞ嘲笑《わら》ってくださいますな。

どのくらい前でありましょうか、私の夫だった人の声がいたしました。

「どうしてこちらへやってこないのか」

私は答えました。

「愛執《あいしゅう》の果てに、罰を受けております。そしてまだ、見るべきものも見ておりません」

私がどうしてこれほど情けない姿になりましたか、私はまだしかと確かめていないのです。そのために、あの方の一生を見届けなくてはなりません。まことに恥ずかしいことでありますが、私はあの方のために生霊《いきりょう》となり、命を失ってからは死霊と呼ばれるようになりました。私の魂はあちこちに飛び、しなくてもいいさまざまなことをいたします。全く、私のように強い執着をこの世に寄せる者がいるでしょうか、どうして私はこのような女になったか、お話しせずにはいられません。包み隠さずすべてのことをお話しいたしまして、あの方の死を見届けたら、私はやっとあの世へと、旅立つことが出来ると存じます。たぶんそこは極楽ではなく、地獄の血の池でしょう。それでもよいのです。この闇の中で、あの方の人生を見続けるという罰よりは、はるかに救われるような気がいたします。

あの方がどうしてこの世に生を受けたかについて、まずお話ししたしたいと思います。

その昔、帝には何人かのキサキがいらっしゃいました。中でも正妻として、いちばん大切にされていたのは、右大臣の姫君、弘徽殿《こきでん》の女御《にょうご》さまでいらっしゃいます。

しかしながら、大切になさるというのと、愛されるというのは、少々意味合いが違ってまいります。帝が深い愛情をそそがれたのは、かつての大納言の娘、桐壺《きりつぼ》の更衣《こうい》という方でした。早く亡くなったこの方に私は一度も会ったことがございません。世間の噂《うわさ》では、この上なく美しく可憐な方で、しかもやさしい心根を持った方だというのです。更衣が亡くなった後、帝がかの唐《もろこし》の物語の「長恨歌《ちょうごんか》」の絵巻きを眺めては、「あの人の方が、楊貴妃《ようきひ》よりもはるかに美しかった……」と、はらはらと涙を落とされたと漏《も》れ聞いたことがございます。あまりにもかよわく、しおらしい心を持ったこの女性は、弘徽殿の女御さまをはじめとする、後宮《こうきゅう》の女たちにいびり殺されたということになっておりますが、はたしてどこまで本当のことでしょうか。

衣を更《か》えると書いて、更衣《こうい》と呼びます。もともとは帝のお着替えを手伝う役目からきているということから考えても、そう身分の高くない女性だということがおわかりいただけるでしょうか。帝の寵愛《ちょうあい》を受けてお世継ぎを産むために後宮に入るキサキたちの中には数えられず、お役目を持ってたち働く女房たちよりは上、という立場が更衣なのです。もしこの女性が帝の愛を得たら、それが本物の愛であったとしたら、多くの女たちがひしめく後宮の中でどんな騒ぎが起こるか、目に見えております。けれどもこの更衣は、それを承知でこの世界に入ってきたのです。

この女性の、とうに亡くなった父君、大納言は臨終の際にこうおっしゃったそうです。

「本人の宮仕えの意志を、きっとかなえてやってくれ。私が死んだからといって、娘桐壺の更衣というふつうの娘は、親の強い勧めで、恥じらいながら入内《じゅだい》するものです。桐壺の更衣という女性は、いったいどんな思いで、後宮に入ってきたのでしょうか。私には心あたりがございます。

今でこそ下界では平穏な時代が続いておりますが、かつてはさまざまな政変がございました。身分の高い人々の間で、さまざまな争いがありましたことは、今でも多くの人々の記憶の中にあるはずでございます。何人かの方々が遠くへ流され、また不本意のまま仏門へと入られました。更衣の父君、大納言もそうして政権の場から追いやられたはずです。後のお話に出てまいります、明石《あかし》の入道の父君と、大納言とはご兄弟でありました。昔から続きます名門の家が、権力者たちの企みによって、あっという間に廃絶に近い憂き目にあったのでございます。その時、更衣はほんの少女だったはずですが、どれほど無念に思ったことか。父君にどこまで言われたかわかりませんが、おそらくこの時に宮仕えの志を立てたのでありましょう。

ひと口に宮仕えといっても、両親に大切にかしずかれた呑気《のんき》な娘になど、到底勤まるはずもありません。ましてや役目を持って仕える女房ではなく、帝の寝所に侍《はべ》る女となるのです。時の権力者の姫たちが、贅《ぜい》を尽くした調度品や道具をしつらえ、才と美貌に溢《あふ》れた女房たちを従えて後宮入りをする中、強力な後ろ楯もない娘が、いったいどんな思いで帝の前に立ちましたのか。それを考えますと、心が冷えるような思いがいたします。

しかし娘は賭けに勝ったのです。やがて帝は更衣に人目もはばからぬほど、深い情けをかけられるようになりました。

かつて私の夫だった人は、兄君である帝のことを、こう申し上げていたことがあります。

「なみなみならぬ頭脳と才をお持ちで、それを貫く激しさをお持ちの方だ」

あの帝の御世《みよ》になってからは、確かに世の中は鎮まり、血なまぐさい政治の事件も起こらなくなりました。人々は帝を誉《ほ》め賛《たた》え、お慕い申し上げてはいましたが、やがてこんなささやきが聞こえ始めたのでございます。

「帝は女性《にょしょう》に関して、道をはずれてしまわれた。いったいどうなされたのか」

私はまだ幼い少女でありましたが、そのささやきははっきりと聞きました。母からだったでしょうか、乳母《めのと》からだったでしょうか、それともまわりの女房からだったでしょうか。いや、あの頃、都中の女たちがいっせいにこう噂したのではありますまいか。

「もう正視に堪えない。タガがはずれてしまわれたようだ」

なんでも毎夜のように更衣をお召しになって愛されるとか。それどころか、昼になっても更衣をお離しにならず、夕方近くまで几帳《きちょう》の中からは、女のあえぎ声が聞こえると申すのです。

かしこき内裏《だいり》で、これほどみっともないことが行われたことが、今まであったでしょうか。人々は玄宗《げんそう》皇帝と楊貴妃の例を出し、こんなことをしていたら、国がいつか滅びるとまで申しました。

弘徽殿の女御さまをはじめ、他の女御の方々、それに仕える女房まで、みんなが更衣のありさまに呆《あき》れ、激しく憎むようになったということです。が、これも無理ないことと言えるでしょう。

帝というこの世でいちばん貴い身分の方は、女性《にょしょう》を愛する時に、よくお考えにならなくてはいけないのです。自分の政《まつりごと》を支えてくれる権力者の娘たちを、配分よく入内させ、そしてどの方からもお恨みを受けないように、これまた按配《あんばい》よくご寵愛を授けなくてはいけないのです。それなのに帝は、たったひとりの女性《にょしょう》だけを激しく愛されました。が、相手の女性《にょしょう》は、それを受けて立つ覚悟をとうに決めております。帝の血を自分の体で受けとめ、やがて御子《みこ》をお産みするという夢を持っていたのです。そうでなくては、どうして昼過ぎまで帝と几帳の中にいるなどというはしたないことが出来るでしょうか。おそらく更衣の体は、他の女性《にょしょう》たちよりもずっと大きくしなり、腕は誰よりも強く帝にからみついたはずです。

女御の方々や女房たちが、更衣を憎み、嫌ったのは無理ないことと言わなくてはなりません。後宮において、あれほど一途《いちず》に体ごと帝を愛してはいけなかったのです。それに帝も激しさで応えられました。もはや均衡を壊してしまった男と女。激しさと激しさ。更衣はみるみるうちに痩《や》せてしまったということですが、それももっともなことです。

世間では、やれ女房たちが、廊下に汚《きたな》らしいものを撒《ま》いただの、弘徽殿の女御さまが命じて、帝の寝所に行く途中の更衣を、廊下のどこかに閉じ込めたなどとさんざん噂いたしましたが、更衣があれほどいっきに窶《やつ》れましたのは、やはり几帳の中のことが常軌を逸していたからでありましょう。私はその後、夫の申しました「帝の激しさ」について、思いあたるのでございます。

もともとほっそりとした病《やま》いがちな方が、透《す》きとおるようになられました。そして更衣は懐妊されたのです。いわば命を賭けた受胎というべきでしょう。

私も娘を産んだことがあるのでよくわかりますが、少女と変わらない華奢《きゃしゃ》な体つきをした高貴な女が、子どもを体内からしぼり出すということは、まさに命がけです。どれほど大勢の高僧が祈禱《きとう》をいたしましょうとも、無事に出産出来るとは限りません。この時、更衣はそれはそれは苦しまれたということですが、やはり運の強い方だったのでしょう。皇子《みこ》をおあげになったのです。

「見たこともないような美しい若宮《わかみや》だそうですよ。玉のような御子というのは、あのようなお方のことを言うのでしょう。ご覧になった主上《おかみ》も、大層お喜びになったということです」

と、女房たちの噂話を、ぼんやりと聞いていた少女の私は、やがてその若宮が、私にどれほどの恍惚と苦悩を与えることになるかについて全く知るよしもありませんでした。

やがて耳に入ってくるのは、子をなした更衣を、さらにもの狂おしいほどに帝が愛されるという話でした。産後の更衣を毎日のようにお召しになるので、後宮の女たちは驚き呆れているとのこと。そして女たちの仕打ちを更衣があまりにもつらがるので、帝は新しい局《つぼね》をお与えになったのです。桐壺の局は、帝の寝所まで行くのには遠く、何人かの女御や他の更衣の局の前を通らなくてはなりません。そのために帝は、お近くの後涼殿《こうろうでん》に住んでいた女をよそに移され、そこに愛する更衣をお移しになったのです。

この国の最高の御位《みくらい》につく方が、なんと心ないことをなさるのでしょうか。自分の住まいから出ていくように命じられた女の恨みというのは、おそらく帝にはおわかりになりますまい。そしてその恨みというのは帝ではなく、更衣にと向けられるのです。誰に帝を憎んだり、うとんだりすることが出来ましょうか。後宮の女たちの憎悪は、黒い靄《もや》となって更衣の体を包みました。そしてこの方の体と心を蝕《むしば》むようになったのです。

御子が三歳になられた時のことです。御袴着《おんはかまぎ》の儀式がございました。この日をもって、御子は少年となられるわけでございます。角髪《みずら》に結われた御子の美しく、可愛らしいことといったらなく、拝むように見て、

「ああ、このような方が、本当にこの世にいるのだろうか」

とささやく者たちもおりました。まだお小さいのにあたりを圧する気品を持たれていて、そのうえ微笑《ほほえ》まれる時になんともいえない愛敬がおありになるのです。そう、あの方のあの笑いは、大人になっても変わられることはありませんでした。何か言いわけなさる時に、ふっと微笑まれるのです。

「そんなにこわい目で、私をご覧にならないでください。あなたに恨まれるのが、私

にはいちばんつらいのです」

狡《ずる》く愛らしい男の笑み。が、三歳のあの方の笑いは、ただ愛らしいだけでした。

そして帝は、ここでもなさってはいけないことをなさりました。御子の儀式を、一《いち》の宮《みや》に負けぬほど盛大なものになさったのです。内蔵寮《くらづかさ》や納殿《おさめどの》の中に納められている、財物のめぼしいものすべてをお使いになりました。そしてしかるべき高い位の方々を、全員参列させたのです。こんなことをして、一の宮の母君、弘徽殿の女御さまが黙っているはずはありません。

誰が見ても、自分の子どもの方が、この御子よりも劣っていることも、耐えられないことでありましたでしょう。弘徽殿の女御さまがおあげになった一の宮は、とても立派なお子さまなのですが、この御子とは比べることが出来ません。西方から雲に乗ってやってこられたような御子なのです。

「だからといって、例《ためし》のないほど立派な御袴着はいかがなものか。もしかすると、この方を東宮《とうぐう》にとお考えになっているのではあるまいか」

と弘徽殿の女御さまがお考えになるのも無理ないことです。

御袴着の日から、更衣を包む黒い靄は、さらに濃くなってまいりました。そして更衣は、ますますかよわく、はかなげになっていったのです。

「このままではとても生きていくことは出来ません。どうか実家《さと》に下がらせてください」

と何度も申し上げるのですが、帝はお許しになりません。それどころか、ずっとお側《そば》において、離そうとはなさらないのです。さすがに愛し合うことはなさいませんが、更衣の髪を撫《な》で、肩を抱き、こうお嘆きになるのです。

「あなたはまさか、私を置いていくようなことはしませんね。あなたがいなくなったら私は生きていけないのですよ」

私はどこにもまいりませんと、更衣は息もたえだえにお答えになります。

「ただゆっくりと休みたいだけなのです。どうか下がらせてくださいませ」

いや、もしいったん離れたら、あなたはもう二度と帰ってこないだろう。私はそんなことは許しませんと帝は更衣を抱く手をお離しになりません。執着と責めが一緒になる。これは、もはや愛情とはいえないものでございました。

「帝はいったいどうなさったのだろう。あれでは更衣の命を縮めるようなものではないか」

と女房たちは恐ろしげに声をひそめます。こうした噂が実家の母君にも伝わりまして、泣く泣く奏上いたします。

「どうか実家に下がらせてください。養生させとうございます」

ようやく帝は更衣を抱く手をゆるめられました。この時更衣はもうぐったりとして、歩くことも出来ないほどでした。宮中で死人を出すことは許されません。まわりの者たちは大騒ぎをし、早く、早くとお二人をひき離そうとします。けれども帝の態度はふつうではありません。宮殿の奥まで車を乗り入れる勅許《ちょっきょ》をなさりながら、やはりぐずぐずと更衣の側からお離れにならないのです。

「死んでいく時も一緒だと、あれほど約束しましたね。決してひとりではいかないでくださいよ。わかりましたね」

この時更衣は顔を上げ、かぼそい声で歌をよまれました。おそらくこれが最後の歌になると覚悟していたのでしょう。

「かぎりとて別るる道の悲しきにいかまほしきは命なりけり」

もう私の命は限りあるのはわかっています。もうお別れです。でも私はもっと生きていたい……。

なんという悲しい歌でしょう。帝はもちろん、まわりの女房たちも涙を止めることは出来ません。が、更衣はこのあと、きれぎれにこう申し上げたのです。

「こうなることがわかっていましたら……」

あなたに愛されなければよかった。いえ、少女の時にさかのぼって、私は自分の人生を悔います。父の無念の思いを晴らそうと、入内を考えた自分は、なんと愚かだったのでしょう。帝の寵愛を受け、いつか皇子を産んでみせるのだと、夢みていた自分が本当に口惜しい。身分が高くない者がそんなだいそれた夢を抱けば、どんなそしりや妬《ねた》みがあるかはわかっていましたけれども、それがこんなにひどいものとは思ってみませんでした。

ああ、私はなんと愚かな他愛ない娘だったのでしょう。私はこんなに早く死んでしまう。私は私の人生を間違えていたのです……。

更衣の短い言葉には、こんなさまざまなものが含まれていたのです。が、なんというあさましいお心なのか。いまわの際《きわ》に、帝に恨みを申し上げる、などというのは女人《にょにん》がすべきことではありません。

もともとこの更衣は心ばえのよい、本当にやさしい心根の方でした。お仕えする女房たちにも、心をくだいていたと聞いております。それなのに最後の言葉がこれほどあからさまなものになるというのは、死の恐怖というのはよほど強いものなのでしょう。

お若い更衣と違い、中年になってから冥府《めいふ》にまいりました私に言わせると、死はこわいものではありません。それどころか私は、心を決め、それが近づいてくるのを待っておりました。

あの頃都中の人々が、私のことを噂していたのです。あの女は生霊となり、憎い女たちをとり殺すのだと。男を愛するあまり、その思いが鬼のようになり、男の妻や愛人たちを襲うのだと。恥ずかしさと口惜しさのあまり、私は本当に鬼になるかと思われたほどです。だから私は死が訪れるのが、どれほど待ち遠しかったことか。死の替わりに、安らかな無がやってくると私は信じておりました。ところがどうでしょうか。私の魂はこうしてふわふわと乱れ飛んで、あの方の今も、過去も見据えているのです。そしてあの方の母君の死をこうして冷たく見守っております。確かに愚かしい女。自分の人生が、自分の思うままになるとでも考えていたのでしょうか。言うまでもなく、私たち女の行末《ゆくすえ》は、すべて男の心ひとつにかかっております。幸福も不幸も、すべて男がもたらしてくれるもの。ましてや後宮での女の運命というものは、それこそ毎日が野分《のわき》の日に身ひとつで立っているようなものです。どう吹いていくかはわかりませぬ。それがわかっての宮仕えなのに、どうして最後の最後に、帝にお恨みごとを申し上げるのか。

私はこれほどあさましい姿になりましても、その原因となりました男に、何ひとつ口にすることはありませんでした。私の誇りにかけてひと言たりとも、愚痴を申し上げることはなかったはずです。そしてついに口から吐き出されることがなかった恨みつらみの言葉は、熱く燃える毒となって私の体にまわってしまったのかもしれません。そして臨終の際《きわ》に、毒を吐き出すことが出来た更衣は、安らかな死を迎えました。この冥界であの方の魂がさまよっているという話を聞いたことはありません。

しかしそれにしましても、残された帝のお嘆きといったら、はしたないと思われるほどでした。

「たづねゆくまぼろしもがなつてにても魂《たま》のありかをそこと知るべく」

という歌をおよみになり、これは後宮中の女たちの噂のたねになりました。今はもういない更衣の魂を探しにいく道士が欲しいものだ。そうすれば魂のありかがわかろうものを……。

私がそうですが、死んだ女の魂など決して美しいものではありません。男を恨むあまり、あちこちに浮遊しております。更衣は安らかにあちらへと旅立ちましたが、その魂を訪ねようとは、なんと未練たらしいことをおっしゃるのでしょうか。帝は夜おやすみにもならず、お食事も召し上がらないようになりました。政《まつりごと》もおろそかになり、お泣きになるか、親しい女房を相手に思い出話にふけられます。

「世の中からあれほどの非難を浴びながらも、あの人のことを狂おしく愛したのは、こうしたはかない縁だとわかっていたからに違いない。それにしても、どうして私ひとり残して早く逝ってしまったのだろうか」

とお袖を目にあてられるので、女房たちも内心呆《あき》れたということです。

「全くあの女のことになると、なぜこうものわからぬ方におなりなのか、死んでもなおご公務もおろそかにさせるとは、なんと由々しきことだろうか」

そんな時、帝の近くにお仕えする典侍《ないしのすけ》が、こんな話を申し上げました。

「私は三代の帝にお仕えしてまいりましたが、前の帝の姫君は、まあ、亡き更衣と生き写しでいらっしゃいます。あんな美しい方はめったにいらっしゃるものではありません」

何度も申し上げるので、帝も心を動かされるようになりました。

「まあ、とんでもない。なんて恐ろしいお話でしょう。更衣という方は、弘徽殿の女御をはじめとする、後宮の女たちにいじめ殺されたというではありませんか。そんなところにどうして姫をやることが出来ましょう」

などと母君は大反対していたのですが、この方は急死され、あとに姫君が残されました。心細い気持ちになられていた時に、まわりの人たちに強く勧められ、ついに入内という運びになりました。藤壺《ふじつぼ》の女御《にょうご》さまと申し上げます。

身分が高いゆえに、弘徽殿の女御さまさえ手出しが出来ない方。そしていつしか帝のご寵愛もひとりじめする方。もう一度申し上げます。藤壺の女御さまとおっしゃいまして、あの方にとって特別の女性《にょしょう》になる方です。

あの方は六歳になりました。更衣の母君にあたる方が、大切にお育て申し上げていたのですが、この方もみまかったのです。他にこれといった身内もいなかったので帝がお引きとりになりました。

今まで誰も見たことがなかったような美しい少年でございました。おまけに利発なことといったら、空恐ろしいばかりです。七つになって読書始《ふみはじ》めをなさいますと、学者たちがみな舌を巻きます。

「このような高貴な身分でいられることが惜しまれます。この道に進まれたらさぞかし名を残す学者になられたはずのものを」

とさる高名な学者が驚いたとか。

あの方は幼い頃から、たくさんの伝説に包まれるようになりました。

来日した高麗人《こまうど》の観相見《かんそうみ》に、帝がこっそり行かせたことは、今となっては真実かど

うか確かめるすべがありません。ましてやその観相見が、何度も首をひねり、

「帝という最高の地位におのぼりになるべきお顔をしていらっしゃいます。が、そうなさると国が乱れることが起こるかもしれません。そうかといって国のかなめとなって、帝の補佐をなさるというのも違う気がいたします。いずれにしても、なんと貴《とうと》くうるわしいお顔でしょう」

と感嘆したという話は、今となっては知らない者はおりますまい。けれども帝が決して他言しないようにと念を押したこの秘密の鑑定が、どうしてこれほど広く流布《るふ》するようになりましたのか。

「あの方はこういう風にお育ちあそばしたのだろう」

という多くの神話によって、あの方はますます女たちから渇仰《かつごう》される身の上になられるのです。

「どうかこの子を可愛がってやってください。ほら、こんなに幼いのに母親に先だたれてしまったのですよ」

帝はあの方の手をひいて、宮中の奥深く連れていかれました。弘徽殿の御簾《みす》の中まで入られたというのですから驚くではありませんか。

「ご覧なさい。なんと愛らしい顔をしているのか。今となっては、あなたもこの子を

憎むことはお出来になれないでしょう」

などと帝から言われた女御さまはどんなお気持ちだったでしょう。

この御子は、女たちから女たちの手に渡ります。退屈している後宮の女たちにとって、この美しい少年は、玩具のようになったのでございます。

いつしか御子は、甘えるふりをして女房の胸元に手をはわせます。子どもとして接しているのか、少年として求めているのか、それがわからない年齢になっても、御子は女たちの乳房をさぐります。

帝の大切な親王として、みんな丁重にかしずいておりますが、中にはいたずらな若い女房たちもおります。誰もいない御簾の中で時々しのび笑いをしながら、御子の股にある聖《きよ》らな小さきものをいたぶったりしたのです。女たちの脂粉《しふん》と香の中で育った少年。このうえなく眉目《びもく》麗しい少年。このお方をいつしか、光り輝くような方、光源氏とお呼びするようになりました。

そして私の魂は、このお方によって未だ暗闇の中にいるのでございます。常ならぬ者の繰りごとと思わず、この君について、ゆるゆるとお話しさせてくださいませ。それが、いまわの際に毒を吐き出すことが出来なかった私の、唯一の救いの道なのでございます。

空蝉の君

あの方は十七歳になりました。

天性の美貌に、若さが持つ力強さと甘さが加わり、その姿の見事さは見る人にため息をもたらします。あまりの美しさに、世の中の人々が「光の君」、「光源氏」ともてはやすようになったのは、あの方にとってはたしてよいことだったのでしょうか。

私はよく存じておりますが、あの方はもともと繊細で、どちらかというと小心なところがおありです。世間が見ている自分の姿と内面との落差に、ひどくとまどうようになられました。

「あれだけのご様子ならば、さぞかしいろいろな女君たちと浮名を流していらっしゃるのでしょう」

というささやきを耳にするうち、いつしかあの方の中に焦りのようなものが生まれてきたのです。けれども十七歳の青年は、まだまだ不器用で、純な気持ちを持っています。女の方とのおつき合いといっても、正妻の葵《あおい》の上《うえ》さまの他には、手紙のやり取りをする女人《にょにん》が三、四人いらしただけ。戯れに抱かれた女房は何人かおりましたが、これは数のうちには入らないでしょう。

私のところにも、何通か手紙が届きました。青年らしい手蹟《て》で、噂《うわさ》どおり歌もなかなかのものでしたが、紙と墨との取り合わせ、香の薫《た》きしめ方が少々不似合いで私は思わず微笑《ほほえ》んだものです。あの頃私の邸《やしき》には、何人かの青年が出入りして、あれこれとりとめのない話をしたり、歌をよみ合ったり、楽器を演奏したりしていました。そんなことが大っぴらに出来ましたのも、私が彼らよりもずっと年上の未亡人であることと、その身分ゆえでありました。私の夫は、次の帝を約束された東宮《とうぐう》でありながら、流行《はや》りの病で短い生涯を終えていたのです。髪をおろして仏門に入る道もあったのですが、当時まだ私は若く、幼い娘の行末《ゆくすえ》のこともございました。

「あなたは都の女人《にょにん》の手本となるべき方なのですから、どうか現世《うつしよ》にとどまってください」

そうお言葉をくださったのは、今の帝でいらっしゃいます。

「東宮があなたをどれほど愛し、どれほど大切になさったかを思い出せば、そう早まったことは出来ないでしょう。あなたのような素晴らしい方は、すぐに再婚相手が現れるでしょうが、それも惜しいような気がいたします。あなたの才智は世に鳴り響いているのですから、しばらくは風流を供にして暮らしていただきたいものです」

この言葉を胸に刻みつけました私は、歌をよみ、異国《とつくに》の書物を学びながら生きてまいりました。私の書いた手紙は、文字の美しさ、紙と墨との選び方、香の薫きしめ方がすべて完璧であると、世のお手本となったと聞いております。どこの家でも親が私の手紙を手に入れますと、

「どうかこの方の心ばえを学ぶように」

と息子や姫君たちに見せたというのです。こういう私のところに、若い貴公子たちが集まるようになったのは、ごく自然なことでした。

月夜の晩など、そこにいらした方々と歌をよみ合い、漢詩を暗誦《あんしょう》したりいたします。私は御簾《みす》の奥から、彼らに声をかけます。

「それは白楽天《はくらくてん》の詩にも、こんなものがございますよ。思うのは、二千里離れたところにいる友の心とか……」

あそこに集っていた青年たちが、どれほど私のことを敬い、憧れていたかお話しするのは、今となっては恐ろしいほど愚かなことで、そんなことはよくわかっておりますす。あの時御簾の中にいる私は、大層美しゅうございました。青年たちは、私の美し

さも髪の長さも充分に知っておりましたが、それを思いうかべることが、どれほど不躾《しつけ》で不遜《ふそん》なことかも充分に知っていたはずです。前東宮の妻にして、今の帝も丁重に扱う女、それが私でした。都だいいちの才女にして、女の鑑《かがみ》と言われたのも私でした。それがたったひとり、荒々しく御簾を開け、踏み込んでくる若者が出現したのです。それがあの方でした。なぜそのようなことが出来たのか。それはあの方が、帝の愛子《まなご》だったからでしょう。天下いちばんの人の寵愛《ちょうあい》を存分に受け、それを自覚しなくても、あの方は笠に着ていたのです。そうでなくては、どうしてあのようなふるまいが出来たでありましょう。

帝はあの方を本当に愛されました。他に何人もお子さまがいらっしゃったのですが、あの方に対する思いは格別のものでした。が、あの方の母君を愛するのとは全く違っていたのは、今度はそれはそれは思慮深くされたということです。

まず、弘徽殿《こきでん》の女御《にょうご》さまがお産みになった一《いち》の御子《みこ》を正式に東宮になさりましたが、それでおさまるようなあちら側ではありません。いつか政変が起きました時に、あの方の身に何かあってはいけないと、帝は考えに考え抜かれました。そして出した結論が、あの方を臣籍《しんせき》に降下なさるということです。葵の上さまと結婚される前のことです。天皇の御子というお立場はそのままですが、源氏という姓を賜《たまわ》るいち貴族にならでれて、あの方はどれほど自由になられたことでしょうか。けれども自由という名にふさわしい冒険はまださされていませんでした。

これは私のところへ初々しい手紙を寄こしていた頃のお話でございます。

長い五月雨《さみだれ》がいつまでも続く頃でございました。内裏《うち》の御物忌《おんものいみ》が続いていることを理由にあの方はぐずぐずと宮中にとどまっています。葵の上さまのところにお帰りになるのが気ぶっせいだったからです。正妻葵の上さまのご実家、左大臣家では、あの方にそれこそ下にもおかぬもてなしをしてさしあげています。当主の左大臣が、いささか度を越して、この婿《むこ》君を贔屓《ひいき》なさっているのは誰もが知るところでした。あの方にはそういうところがございます。女たちばかりでなく老人の心をも激しくとらえてしまうのです。左大臣家ではあの方の部屋を豪華な調度品で整え、お渡りを今か、今かと待ち構えているのですが、つんととり澄ました正妻に会う以上に、老人の執拗《しつよう》な歓待もあの方をいささかげんなりとさせるのでした。

雨は一日中降り続いておりまして、殿上《てんじょう》する人々も少のうございます。しめやかな宵の雨は音もせず、御宿直所《おんとのいどころ》にいらっしゃるあの方もいつもよりもずっとのんびりとした気分で書物を拡げております。そこへいらっしゃったのが、頭《とう》の中将《ちゅうじょう》さまでした。この方は葵の上さまの兄君で、遊びも学問もいつもご一緒になさる仲睦《なかむつ》まじさです。

ご容姿の立派さといい、お人柄のよさといい、今評判の方で、そのうえ、お血筋の立派さときたら申すまでもありません。父君は左大臣、母君は先の内親王という瑕《か》疵《し》ひとつない生まれ育ちでいらっしゃいます。そして頭の中将さまとあの方をさらに深く結びつけていたものは、どちらも正妻とうまくいってらっしゃらないことでありましょう。

頭の中将さまは、右大臣の姫君を北の方に迎えていらっしゃいました。あの弘徽殿の女御さまの、年の離れた妹君でいらっしゃいます。こう申し上げてははしたないことですが、ここのお家の姫君たちは、気が強くていらっしゃることで有名でした。名門の家に生まれ、人にかしずかれることばかりの身の上なので、夫になる人にもお心配りが足りないと、口さがない者たちは申しておりました。あの方も、頭の中将さまも正妻のお里へ通うのは、心浮かぬ義務となりましていつしか遠のくばかり。気がつくと自然に二人で遊ぶことが多くなっていたのです。

といいましても、二十歳をいくつか過ぎた頭の中将さまは、外で女の方をいとおしむことを知っております。気に入った女を見つけては、手紙をかわし、心をとらえ、閨《ねや》を共にする楽しさやその術《すべ》を充分に心得ておいででした。

妻との不仲に悶々《もんもん》とし、自分の中に湧き上がってくるものの正体をつかめない方とは、男としての経験がまるで違っております。ですから頭の中将さまは、時折あの方をからかうそぶりをお見せになります。その日も、宿直所であの方に女からの手紙を見せてくださいとせがみます。あまりのしつこさにあの方がさしさわりのないものを幾つか見せますと、

「こんな通りいっぺんのものはつまらないではありませんか。もっと秘密のとっておきのものを見せてくださいよ」

と厨子《ずし》の中を未練たらしくのぞくふりをします。この時私はあの方に、もう手紙をいくつか送っていたのではないでしょうか。といっても、何かを贈られたお礼のさしさわりのないものですが、若者たちの戯れに見せられてはたまりません。さすがにあの方は、私をはじめとする、世間に名を知られた女たちの手紙は、ご自分の部屋の奥深くに匿《かく》してあるのでした。

頭の中将さまは、この手紙はあの人からではないか、もしかするとあの女性《にょしょう》とも手紙のやり取りをしているのではないかと、勝手なことをあて推量で言い始めました。が、あの方があまり相手にしないので、ほうーっとため息を漏《も》らし、愚痴とも自慢ともつかないことをおっしゃいました。

「完璧な女など、めったにいないものだとこの頃よくわかってきましたよ。手紙にし

ても、ちょっとうわべだけのうまさでさらさらと走り書きしたり、季節の挨拶《あいさつ》や礼儀などわきまえているぐらいのことは、まあ、それなりの身分の女なら出来るでしょうけどもね。けれどもそんなことは、まわりの者が教えてやれば出来ます。だいたい親が大切に育てて甘やかした箱入り娘というのは、話半分にしていた方がいいですね。ちょっとした美点を、大げさにまわりの者たちが吹聴《ふいちょう》します。それ、私どものお姫さまぐらい美しい方はいない、それ、琴が上手でいらっしゃる、などという噂が聞こえてくると、こっちだって本気にするじゃないですか。それでいろいろ手を尽くして、やっとつき合うという段になると、まあ、がっかりすることばかりですよね」

あまりにも頭の中将さまが力を込めておっしゃるので、あの方もくすりとお笑いになります。

「だけど、世の中そうがっかりする女ばかりだとも限らないよね」

「まあ、ひどい女もそうめったにいるもんじゃありませんが、素晴らしい女もそういるもんじゃありません。数は同じぐらいでしょう」

その時、不意にあの方の胸の中に二人の女の姿が浮かんだのです。いえ、姿が浮かんだといっても、あの方はその女をまだ見たことがありません。このうえなく美しく、心ばえがよく才能に溢れているという女。ひとりは私、そしてもうおひとりは、父上帝のキサキ、藤壺《ふじつぼ》の女御《にょうご》さまでした。ごく幼い頃、父君に連れられ、御簾の中にお入りになったことはありますが、女御さまは恥ずかしがってずっと袖で顔を隠していらっしゃいました。やがてあの方は、この二人の女を手に入れることになるのですが、それはこの雨の夜から少し後のことになります。

頭の中将さまはお続けになります。

「女は位の高い家に生まれると、まわりの者たちがそれはそれは大事にして、欠点もそれとなく隠してくれます。おっとりと品よく育ったそういう女もいいものですが、中流にこそ女の面白みがありますね。それぞれの気性や好み、癖なんてものもはっきりと表れますからね。つき合っていて手ごたえがあるのは中流の女でしょう」

「中流の女……」

帝の御子として育ったあの方には、とんと見当がつきません。おつき合いなさるのは、選ばれた家柄の方ばかりで、四位、五位の家、あるいは受領《ずりょう》といって、地方に派遣される身分の家の女たちなど、言葉をかわしたこともないのです。もちろん、お仕えする女房たちは、こうした家の出身でございますが、たいていは気取り屋で、生まれた時から宮中にいるような顔をしております。

「ねえ、その中流の女というのがよくわからないのだけれど……」

十七歳のあの方は、頭の中将さまにとってこのうえなく愛らしく従順な生徒だったでありましょう。中将さまは舌なめずりするような心持ちで、自分の体験をお話しするのです。もともとこの方は、宮腹《みやばら》の難癖のつけようもないほど恵まれた方でいらっしゃいます。帝の御子のあの方に対してはいくら親しくても丁重な姿勢を崩しませんが、その心の底でかすかに軽んじる気持ちをお持ちのはずです。たとえ父君は帝でも、母は更衣《こうい》と呼ばれる程度の女ではないかという思いは、この後もずっと中将さまの心の中にちらついていたのではないでしょうか。

しかし十七歳のあの方は、とても無防備に問いを重ねていきます。

「その中流っていうのにも、いろいろあるはずですよね。もともとてもいい家柄に生まれていたのに、今は落ちぶれて中流になってしまった人もいるでしょうし、生まれた家はたいしたことはなかったのに、上達部《かんだちめ》まで上がって、立派な邸を持ち、中を飾り立てている人もいるじゃありませんか。そのうちどちらを中流っていうんだろう」

「成り上がった者というのは、世間の見る目が違いますよ。豪華な暮らしをすればするほど、まわりは冷ややかな目で見るものです。一方、やんごとなき家に生まれたものの、出世する手びきもなく、時勢に乗り遅れてみじめな暮らしをしている者もおりますなあ。これはどちらも中流といえるでしょうね。今の世の中で考えてみますと、受領といわれる者の中にいろいろな層が生まれてきて面白いですね。なまはんかな上達部よりも、非参議《ひさんぎ》の四位ぐらいの連中の中に、この頃勢いのいいのがおります。もともとの家柄も悪くなく、世間の評判も上々といった者たちが、羽ぶりよく暮らしているのは見ていて気持ちいいものです。こういう家の娘は充分に金をかけ、大切に育て上げられていますから、中には相当の女がいるということですよ。こういう女が宮仕えに出たりすると、思わぬ幸福をひきあてたりするんです」

これはまさしくあの方の母君のことではありませんか。長い年月がたっているにもかかわらず、異様ともいえる帝の寵愛を受けた更衣のことは、未だに人々の記憶に残っているのです。

が、何も気づかないあの方は、無邪気にこうおっしゃいます。

「素晴らしい娘になれるかどうかということも、結局すべてお金次第なんだね」

「あなたのようなひとが、そんな身もふたもないことをおっしゃいますな」

と頭の中将さまは苦笑なさいました。

そこにやってまいりましたのが左 馬頭《ひだりのうまのかみ》、藤式部丞《とうしきぶのじょう》の二人でございます。世の中では好き者として有名な中年男でございますが、五位、六位といった程度の男たちで、それこそ中流の面々。本来ならば、あの方に狎《な》れ狎《な》れしく話を出来る面々ではないのですが、あたりに人影もない雨の日の宮中でございました。長雨に退屈しきって、くつろいだ格好の貴公子が二人いらっしゃいましたので、この者たちも自然と口が軽くなっていったようです。そうかしこまることなく、話の輪の中に加わっていきました。

馬頭はそれでも自分の立場は心得ております。

「まあ高貴な方のお話というのは、私ごときが知っているわけもなく、言うべきことでもないので申し上げませんが、世の中にはいろんな女がおりますよ。誰からも忘れられた、寂しいあばら屋に、とんでもなく美しく可愛い女がいたりするものですから、全く女を探すというのは面白いものです。父親は年とっていてみっともなく肥《ふと》っていて、男兄弟ときたらいかつい憎らしい顔つき。こんな家の娘などたいしたことがないと思っていたら、これがたいしたもの。芸事もひととおり積んだ器量も申し分のない女だったりするのですよ」

やがて式部丞も加わり、この二人の男の喋《しゃべ》ることといったらありません。妻にするにはこういう女がいいから始まり、嫉妬のあまり自分の指を噛《か》んだ女、反対に浮気性で他の男を通わせていた女、平気でにんにくを食べ、男が逃げ帰った女など、別にここで思い返す価値もない話ばかりです。

みじめに老いのきざしを見せ、よれよれの直衣《のうし》を着た二人の男は、それこそ唾《つば》をとばすようにして自分の女性経験を話すのです。なんというみっともないことでありましょう。自分たちとは比べものにならぬほど身分の高い若者に向かって、この男たちは得意気に喋り続けます。女の数を知っているということだけで、この男たちは優位に立ったような気がしていたのです。

そしてあの方は、こうした男たちの愚かさに少しずつ染まっていきました。こんなつまらぬありきたりの話に心が揺れてきたのですから、若さというのはなんと他愛ないものでしょうか。

あの方は十七歳。片頬に笑みを浮かべて、聞き役にまわっています。白くやわらかな襲《かさね》の上に、直衣をしどけなく着て、紐はすべてほどけています。疲れたのか、少々だらしなく脇息《きょうそく》に寄りかかっていますが、その美しさといったらありません。灯影の下の横顔など、若い退廃《たいはい》に彩られていて、私が今も思い出す、いちばん好きなあの方の姿です。

私はあの夜、あの場所にいた三人の男たちを恨みます。男たちがあの方にさまざまなことを吹き込んだからではありません。女を狩っていくのは、男の方でしたらいずれはする本能のようなものでしょう。けれどもその夜、あの方に吹き込まれたひとつの挿話は、二人の女をやがて大きな悲劇に向かわせることになるのです。ひとりは私、もうひとりはあの方がまだ会っていない、身分の卑しい女です。

夜も更けて、男たちの勝手な長話もそろそろ終わりに近づいた頃、頭の中将さまが突然思い出話をされました。四位、五位の男の前で、どうしてあのような打ち明け話をなさったのかよくわかりません。もしかすると中将さまの中に、あの方の心をさらに大きく揺さぶり、とどめを刺そうというお気持ちが湧いてきたのではありますまいか。

「この私は、愚かで弱い女の話をいたしましょう」

二十代の方とは思えないほど、落ち着きはらって語り出します。

「実はこの私にも、人に知られないように会い続ける女がおりました。最初の頃は、さほど長く続くとは思っておりませんでしたが、次第に情が移って別れがたくなったのです。親もいない女ですから、私をとても頼りにするようになりました。といっても、押しつけがましいところも、恨むようなところもない不思議な女でした。しばらく行けないような時でも、文句のひとつも言ってきません。久しぶりに女の家に行きますと、いかにも好まし気にいそいそとふるまうのが、なんともいじらしく可愛いのです。ですからどうか私を頼りにしなさい、ずっとあなたのことを見捨てませんよとしっかり言い聞かせておりました。しかし……」

と言って、中将さまは言葉を切りました。

「まあ、女のことが露見してしまったのですね。どうやら妻の方から嫌がらせじみたことをしたらしいのです。それはおとなしい、心細い境遇の女ですからすっかりおびえてしまったのですよ」

中将さまの北の方は、右大臣の四の姫で、あの弘徽殿の女御さまの妹君でいらっしゃいます。ありそうなことだと三人の男たちはおし黙りましたが、あの方はかすかに眉を動かします。その女のせいで、弘徽殿の女御さまにいびり殺されたといわれるご自分の母君のことを思い出したのです。

「そんな嫌がらせがあったとも知らず、忙しさにかまけて便りもしないでおりましたら、女は不安にかられたのでしょう。歌を送って寄こしたのです。歌には一本の撫子《なでしこ》の花が添えてありました……」

「それはどんな歌だったの」

あの方はとっさに身を乗り出します。まるで物語に出てくるような展開に、かなり心を奪われているのです。

「いや、才気走った女というわけではありませんから、どうということもありません。確か、山がつの垣《かき》ほ荒《あ》るともをりをりにあはれはかけよ撫子の露……」

本当にどうということもない歌です。山がつの家の垣根は荒れ果てております。けれどもその垣根の様子に、露というお情けをかけてくださいませ……。この歌で私は女が決して高貴な出ではないとわかりました。世の中にはよくこういう女がおります。なよなよといじらしく、男の心をとらえて離さない女です。賢くないことで、かえって男心をそそるのです。

自分の身を頼りなく思い、男を頼りにしなくては生きていけないという思いは、この階級の女だったら誰でも持っているものでしょうが、こんな稚拙《ちせつ》な歌をつくりますまい。女は思う心が多ければ多いほど、歌に工夫をし、格調高く伝えなくてはなりません。それが洗練ということだと私は教えられてまいりました。中将さまほどの方が、どうしてこんな女に魅《ひ》かれたのか。そして中将さまが、この女に対する思いのたけをせつせつと口にしなければ、あの方も深く心に刻まなかったのではありますまいか。

中将さまはなんと涙ぐんでいらっしゃいます。

「それで女のところを訪ねたのですけれどもね、歌のとおりに庭は荒れて草花は露に濡れておりました。女はいつもどおり屈託なく接しようとしているのですが、ふともの思いに沈んだりします。涙を流すのも恥ずかしげに気がねしいしいで、本当にいじらしかったのです。きっと私に言いたいこともあったのでしょうが、恨みがましく思われるのがつらくじっと耐えている様子でした。それに甘えてまたちょっと遠のきましたら、ふっと姿を消してしまったのですよ」

「え、いなくなったのですか」

あの方ははしたないほど大きな声をたてました。

「ええ、私たちの間には幼い娘もいたのですが、それきり何の連絡もありません。まだ生きているのなら、落ちぶれた身の上になっているのではないでしょうか。なにしろ親もいなければ、頼りになる男兄弟もおりません。ねえ、もっと私に心を許してくれてもよかったと思いませんか。恨みごとのひとつも言ってまとわりついてくれれば、私だって薄情なことはしません。本当にいとしく思っていたのですから、一生めんどうを見るつもりでした。あの女のことは一日も忘れたことはありませんよ。あの女の頼りなさ、弱さが今となっては本当に口惜しくつらいのですよ」

こう言って中将さまは目に袖をあてお泣きになるのでした。

いつのまにか夜が明けております。おそらく今日は晴れるらしく、見事な朝焼けの陽がさし込んでまいりました。それを扇でさえぎりながら、世の中には本当にいろいろな女がいるものだと、あの方は何度めかの感嘆のため息を漏らします。何よりも驚いたのは、日頃何かにつけての競争相手であり、誰よりも親しく気の合う友人だと思っていた頭の中将さまの打ち明け話でございました。自分より数歳だけ年上だというのに、中将はさまざまな恋の経験をし、外にお子をおつくりになったというのです。しかもその相手は、あの方が会ったことも見たこともないような階層の女らしいのです。行方不明になっても誰も探さないような女、自分のまわりでもいっさい噂にならない女ならば、相当下の身分に違いありません。そうした女と、中将とはいったいどこで知り合ったのだろうか。中流の女こそ手ごたえがあって面白い、と中将は言ったけれども、それは閨《ねや》の中のことを含めてだろうかと、あの方は結局一睡もすることなく朝を迎えたのです。

そして次の日あの方は左大臣家に向かいました。ずっと無沙汰をして左大臣がお気の毒だったのと、自分の妻が、いったいどんな女なのかと見極めるためもありました。この世に完璧な女などいない、というのは本当だろうか。高貴に生まれた姫君は、欠点をまわりの人たちが隠してくれるためにわかりづらくなっているというのはどうだろうかと、あの方はまた新しい目で妻を観察し始めたのです。

この葵の上さまについて、あの方は私に愚痴をこぼす時がありました。とても美しく品があるのだけれども、気位が高くてうちとけたところがまるでないというのです。どんな時にもきちんとした姿勢を崩さず、笑い声ひとつたてたことがないとか。が、私はこの方の気持ちがわかります。葵の上さま、すなわち左大臣家の姫君は、弘徽殿の女御さまがおあげになった、一の御子のキサキになることが決まっていたと聞いております。もちろん正妻のお立場だったでしょう。

私も少女の頃から、乳母《めのと》やまわりの者たちから言われておりました。

「姫さまはいずれ東宮妃《とうぐうひ》から中宮《ちゅうぐう》となり、国母《こくぼ》となられる方です。この国のいちばん上の女人《にょにん》となるのですよ」

葵の上さまもそうでいらしたでしょう。しかし、父上の左大臣はその約束をたがえて、葵の上さまをあの方に差し上げてしまったのです。東宮ではなく、臣籍となったあの方を選んだ思惑は女の私にはよくわかりません。けれども葵の上さまは東宮妃になるべく、誇り高く育てられた方です。無念というお気持ちはまわりの者たちにあって、それがご本人にも伝わったのではありますまいか。

その上、葵の上さまはあの方よりも四つ年上でいらっしゃいます。自分より年下の、輝くような美しい男を夫と言われても、どう甘えていいのかわかりますまい。それが大臣家の姫というものです。

が、そうした妻の対応があの方には不満でした。その夜も舅《しゅうと》である左大臣のはしゃぎ方も見苦しく、若い女房相手に冗談を言うのも退屈してきました。そんな時、女たちが騒ぎ始めたのです。

「まあ、今夜は、ここはとても場所が悪うございます。中神《なかがみ》が内裏《うち》より塞《ふさ》がっているのですもの」

それではとご自分の二条のお邸《やしき》に戻ろうとしたのですが、この方角も陰陽道では行ってはいけないことになっております。

「じゃ、どこへ方違《かたたが》えすればいいんだろう」

とあの方は疲れと眠気で少々不機嫌になり、ごろりと横になられました。

「紀伊守《きのかみ》が中川のあたりに家を建て、水を堰《せ》き入れ、涼しくしていると評判でございます」

今まで気にもとめなかった紀伊守という言葉に、あの方は激しく反応しました。受領といわれるまさしく中流の家ではありませんか。そこの家は、昨夜の話に出た中どころの女たちが棲《す》まっているところなのです。手ごたえがあり、気性もはっきりしている女たち、高貴な女たちからは得られない快楽と冒険が待っているのかもしれないのです。

「わかった」

あの方は起き上がって叫びました。

「それでは紀伊守のところへ方違いへ行こう」

私がまだ実家におりました少女の頃です。女房のひとりに物語を読ませ、みなで他愛ない話をしておりました。

年若の女房が申します。

「この物語のような絵空ごとは、やはり起こるはずはありませんよ。それはわかっておりますが、女ならばやはり素晴らしい方に通ってきて欲しいものです」

「通ってくださるだけでいいの」

幼い私は尋ねました。

「好きな方とは、ずっと一緒にいなくてはつまらないのではないのかしら」

それは姫君のような方だから出来ることなのです、と女房たちは口を揃えて申しました。

「お姫さまはいずれ正式に東宮妃《とうぐうひ》となられ、帝となる方をひとり占めなさることが出来るでしょう。私たちが上《かみ》つ方《かた》に望まれることなどまずありえません。私たちの身分に合った男の妻になることがせいぜいです。けれどもその前に、貴いお方に通っていただきたいものでございます。ひと月に一度でよいのですよ。こちらのことを忘れずに訪ねてくだされば、どれほど幸せなことでしょう」

私はまだ男と女のことを何も知りませんでした。しかしうっとりとした目つきで、「通っていただきたい」と言う女房たちの口調に何か清らかではない卑しいものを感じたものです。

そこそこの身分の男の妻になるよりも、まばゆい男の時たまの訪れの方がよい。私が中どころと呼ばれる女たちに不思議さを持った始めでございます。

中どころの女といえば、あの夜、光源氏と呼ばれていたあの方はうきうきしておりました。前夜に年上の男たちからたくさんのことを吹き込まれていたあの方は、ぜひふつうの女に近づいてみたいと考えたようでございます。今までどうということなく方違《かたたが》えをし、他人の宿を借りてきましたが、考えてみると方違えこそ中どころの女たちを垣間見る絶好の機会ではなかろうか……。

とまあ、なんと幼稚なお考えでありましょうか。昨夜は男たちの評定につき合ったため、一睡もしておりません。それなのにこれから何か起こるかもしれないという期待のために、あの方の目は冴えるばかりです。さっそく紀伊守《きいのかみ》を呼んで、宿をお命じになります。他の女のところへ行くのではないかという、左大臣家の人々の疑惑をかわすためでもありました。しかし紀伊守はそういい顔をしません。

「父の伊予介《いよのすけ》のところで忌みごとがありまして、女たちがみんなこちらに移ってきております。なにせ狭い家でございますから、失礼があるのではないでしょうか」

紀伊守は恐縮しきっておりますが、迷惑している風は隠せません。あの方のご身分ならばきちんとしたもてなしをしなくてはなりませんし、供の男たちも何人もいます。近頃評判の豪邸も二組の客を迎えるのは難儀なことでしょう。

「いや、いや、人の気配があちこちにあるというのは、いいものだ。旅寝というのは心細いものだから、ぜひその人たちの几帳《きちょう》の近くでやすませて欲しい」

「それではすぐに御座所《ござしょ》をおつくりして、お待ち申し上げております」

とかしこまって帰る紀伊守は、内心やれやれと思ったことでしょう。この分では若い女房のところへしのんでいくかもしれない。お若い方だからそれも無理もないことだろう。それに受領《ずりょう》の家の女房なら、評判の源氏ともしそんなことが起こったとしても、まるで夢のようなことだと感激するに違いない。えい、ままよと密《ひそ》かに嘆息していた紀伊守は、まさかあの方が自分の義母を狙うとは、全く考えてもおりませんでした。

やがてあの方の一行が、中川のほとりにあります紀伊守の邸《やしき》に到着いたしました。川から水をひき込みまして、庭に面白いつくりの遣水《やりみず》をつくる、などということは大層贅沢なことです。わざと田舎屋風の柴垣《しばがき》で囲んでおりますが、前栽《せんざい》はどれも手をかけて丁寧に整っておりますのも、風情でございます。

受領というと、かなり下がった階級と私どもは見ておりましたが、その頃になりますと、任地でかなりの財を蓄え裕福に暮らしている者も多かったようでございます。あの方はもの珍しくあたりを見渡します。これこそ昨夜、頭の中将さまが話した見よい中どころの暮らしというものでありましょう。

紀伊守は寝殿の東の角を取りはらって、あの方のかりそめの御座所をおつくりします。水が流れているのでこの邸は大層涼しく、蛍がとびかい、虫の音もあちこちから聞こえてまいります。それよりもあの方が気になって仕方ないのは、案外近くで聞こえる女たちのささやき声でした。源氏の君が同じ屋根の下に泊まっているというので、女たちも興奮しているのです。くつくつというしのび笑いがしたかと思うと、まるで本人に聞かせるためのような噂話が始まります。

「とても真面目にしていらっしゃるんですって。まだお若いのに北の方がもう決まっていて、その方だけなんてつまらないわ」

「でも、それなりのところにはこっそりと通っているっていう話よ」

いたずらな若い女房たちは、どぎついことまで口にして、あの方の関心をひこうと必死です。次第にあの方の心も騒いでまいりました。

そこへ紀伊守がやってきて、

「何か不自由はございませんか」

と申し上げます。身分の高い方をお迎えして、主人自らいそいそと立ち働きます。召使いに命じて灯籠《とうろう》の数を増やしたり、灯芯《とうしん》を長く引き出してさらに明るくしようといたします。そして何もございませんがと持ってきたのは、唐果子《とうがし》や果物という類のもの。

先ほどから、女たちの声が何かと刺激しておりますので、あの方も少々調子にのってこんな下品なことを口にします。

「これだけ接待してくれるなら、〝とばり帳〟の方も用意してよ。あちらがないんでは、完璧なもてなしとはいえないだろう」

催馬楽《さいばら》の一節で、とばり帳というのは女性《にょしょう》のことを暗示するのですから、まあ、な

んというはしたなさでしょう。紀伊守はさすがに大人ですので、

「何をおっしゃっているのかよくわかりません」

とうまくかわしました。

そこへ何人かの子どもたちが、挨拶《あいさつ》にやってきます。みんな紀伊守の子どもたちで、中には殿上童《てんじょうわらわ》として顔見知りの子どもも何人かいます。あの方は案外子ども好きで、こうした子どもたちひとりひとりにも、親しくお声をかけてやるのでした。

が、中に十二、三の見かけない少年がいました。紀伊守の子どもたちが下品というわけではありませんが、ものごしの優美さがひときわ目をひき、ここの主《あるじ》の子どもではないとすぐにわかるのです。

「この子は、私の父の妻となりました者の弟でございます。亡くなりました中納言兼衛門督《えもんのかみ》の末っ子で、父親が早くに亡くなりましたので、わが家にいるのです」

「それでは姉君のよすがでこの家に来たのか」

しかし、殿上童になるには、それなりの金と縁が必要なのです。この少年は背丈が伸びても引き立てる人もなく、無為にこの家で暮らしているのだろう。さようでございますと答える様子も賢げで、この子が宮殿に上がったらどれほど評判になったことか。なんとも不憫《ふびん》なことよと、あの方はこの少年をつくづくと眺めます。目鼻立ちの

整った美しい顔で、この姉というのはいったいどんな女なのだろうと、あの方は思わず身をのり出します。そうしていきますと、いろいろな記憶の断片が甦《よみがえ》ってまいりました。

「そういえば、主上《おかみ》が以前おっしゃったことがある。衛門督が、娘を宮仕えに出したいと奏上したことがあったが、いつのまにか立ち消えになってしまった、いったいどうなっているのかと」

「その衛門督の娘が、私の義母になったわけでございます」

「本当に世の中は、どうなるかわからないものだなあ」

あの方は大人びたふりをして、静かに天を仰ぎます。紀伊守を前にして、そうあからさまなことはおっしゃいませんが、一度は帝のキサキになったかもしれない女が、受領階級のしかも自分の父親のような年の男の妻になるとは、女の運命というのはなんと不確かなものでしょうか。そしてあの方は、伊予介《いよのすけ》の妻と、自分の母君の運命とをいつしか重ねていくのです。帝の過剰な愛によって若死にした母も哀れですが、帝の前に行く前に力尽きて、心ならずも結婚をした女も哀れというものです。

「それで伊予介は、その方を大切にしているんだろうね。身分も高くて若い女を妻にしたのだから、自分の主のように丁重に扱っているんだろうね」

「もちろんでございます。家の中ではあちらは主人のようにして、それは大切に機嫌をとっております。老人の好色がましいことと、私どもはみんな不服でございますが」

「年格好からいったら、あなたの方がずっと似合いだけれども、まさか父上が下げ渡してくれるわけでもあるまい」

あの方がからかうと、紀伊守は少し赤くなります。どうやら息子の方も女に対して好色めいた思いを持っているようだと察知すると、あの方はますます気もそぞろになってくるのでした。

やがて夜も更け、先ほどまで酒盛りをしていた供の者たちも縁側に横になります。あたりは全くの静寂につつまれました。

あの方は眠れません。昨夜も一睡もしなかったというのに、若い体は新しい刺激を受け、さらに凜《りん》と力が漲《みなぎ》っていくようなのです。

そのうちにあの方は、北側の障子の向こうに人の気配がするのを感じました。女たちはみな下屋《しもや》に下がったというので、この邸の中心でやすんでいるのは、あの女かもしれない。あの方は起き上がって、そっと聞き耳を立てます。するとさきほどの少年の声がいたしました。男の子の声が変わる最中のかすれ声が、闇の中では甘やかに響くのです。

「もし、もし、どこにいらっしゃるのですか」

「ここでやすんでおりますよ」

と女の声がします。その眠たげな声は少年とよく似ていて、やはり姉に違いないとあの方は快哉《かいさい》を叫びたい気分です。

「お客様はもうおやすみになったのかしら。近いところだったらどうしようかと心配していましたが、随分離れているようでよかったわ……」

あの方がこんな近くまで来ているとは知らず、女は呑気《のんき》に申しました。

「廂《ひさし》の間《ま》におやすみになられました。噂には聞いていましたけれども、本当にお美しくご立派でした。あんなに素晴らしい方は見たことがありませんよ」

「あら、そう。昼間だったらちょっと私も覗《のぞ》いて拝見するんだけれども……」

言葉の半分はくぐもったので、女が顔を夜具の中に入れたのがわかります。女がさほど自分に関心を持っていないことに、あの方は落胆し、そして腹を立てました。若さゆえに、その立腹はすぐに乱暴な欲望へと変化していくのですが、半分眠りかけた女は気づく様子もありません。あの方は暗闇の中、動物のような勘で、女がこの障子の向こう側のすぐ近くに寝ていることを察しました。

「私は端の方で眠ることにします。なんだか今日は疲れたな」

という少年の声がした後、あたりは再び静かになりました。やがて女の声がします。

「中将の君はどこにいるの。今夜はまわりに人がいないようで、なんだかこわいわ」

下屋に下がったものの、何人かは女の近くの房に侍《はべ》っているらしく、やや離れた長《なげ》押《し》のあたりから返事が聞こえました。

「下屋にお湯を浴びに行っております。じきにまいりますとのことでした」

そして先ほどよりも、さらに深い静寂が訪れました。あの方は障子の掛け金をためしに引き上げます。なんとたやすく動きました。女房がうっかりとしていて、向こうから鍵をかけていないのです。中に入りますと、灯はほの暗く、几帳が立てられ、唐《から》櫃《ひつ》が幾つも置いてあるのが見えました。その中を注意深く歩いていくと、女がただひとり寝ております。夜具のささやかなふくらみから、女がとても小柄だということがわかります。

あの方は上にかけられた衾《ふすま》を押しやって、こうささやきました。

「中将がまいりましたよ。お呼びになったのですからね。これで人知れず、ずっとあなたをお慕いしていた甲斐がありましたよ」

そうです、あの方はあの時、中将の身分だったのです。女の言葉の端をとらえ、口《く》説《ぜつ》に使う、というのはあの方の得意とするところでした。女に考える隙などまるで与えないほど、女にすす早く迫り、返答も出来ぬほど愛の言葉で充《み》たしてやるのですが、十七歳のあの方はまだ初心者だったかもしれません。女は怯《おび》えて「あ」と声をたてたのです。細い肩が震え出しました。それをやさしく抱きながら、あの方はささやきを続けます。

「だしぬけなことなので、私の出来心かとあなたはお思いになるかもしれませんね、けれどもどうか私を疑わないでください。長年ずっとあなたをお慕いしてきたのですよ、なんとかして私の胸のうちを聞いていただきたいとずっと機会を狙っていたのです。こうして願いがかなったのも、きっと私たちの縁が浅くないからでしょうね……」

こんな場面をお話ししながらも、私の胸は暗く塞《ふさ》がっていくようです。あの夜、私が聞いた言葉と、この女との口説とがあまりにも似かよっているのです。東宮妃であった私と、受領ふぜいの後妻とを、あの方は同じように扱ったのです。しかし私は生涯この女を憎むことはありませんでした。この女と契《ちぎ》った時、私がまだあの方のものになっていなかったからでもあります。それ以上に、この女の心ばえのよさが私の心をうったのです。女はつつましく賢く、そして大層強い心を持っていました。それは私を驚嘆させ、同時に深い悲しみをもたらすのです。それがどういうことかは、後にお話しいたします。もう少しあの夜のことをお聞きくださいませ。

あの方は女の耳元に口を寄せ、息を吐くように口説を続けます。

「どうか私のことを嫌わないでください、こんなにもあなたをお慕いしている男に、まさかあなたはひどい仕打ちをなさいませんよね」

甘さと強引さの入り混じったあの方のふるまいは、それこそ鬼神の心をも蕩《とろ》けさせるようです。薫《た》きしめた香で、女は男が誰かがわかっておりました。大声で助けを求めることも出来ましたが、それはあまりにもはしたないというもの。人々の噂のたねになるばかりでなく、相手の男にも恥をかかせてしまいます。女はやっとのことで力を振りしぼり、「お人違いでございましょう」と申しました。息もたえだえにこれを言うと、ぐったりと夜具の中に顔を埋めましたが、その小鳥のような様子がなんとも可憐で、あの方はますます抱く手を強めます。

「人違いをするはずなどありません。運命に手引きされてここまで来たのですよ、おとぼけになるのはあんまりではありませんか。決して失礼な真似はいたしませんよ。ただ私の心の内を聞いていただきたいだけなのです」

こう言うなりあの方は、女の体を抱き上げました。思っていた以上にきゃしゃな体つきなので、難なく思うようになります。女を抱いて障子の近くまで行ったところ、女とぶつかりそうになりました。湯を浴びにいった中将に違いありません。中将はあまりのことに、後ずさりいたします。高貴なかぐわしい香りがあたりに満ちているので、男が源氏の君だということはすぐにわかりました。他の男でしたら、大声を上げて女主人をお助けするのですが、源氏の君ならそうもいきません。ずっとお若いのに、この家の主人でさえ平伏するご身分の、ましてや客人である方を、一介の女房ふぜいがどうして咎《とが》めることが出来ましょう。とりあえず中将は必死であとをついてまいりましたが、あの方は女を抱いたまま、さっさと奥の御座所に入ってしまいました。そして障子をぴったりと閉め、

「暁にお迎えにきなさい」

と言いはなったのです。

私が考えますに、それは女をどれほど眩惑《げんわく》させる姿だったでしょうか。まるで物語の一場面のように、美しい貴公子がその傲慢《ごうまん》さと男らしさを女に見せつけるのです。

「素晴らしい方を通わせてみたい」

と考える多くの女たちが、その夢の中で理想とするのは、このような抱かれ方なのではありますまいか。

しかしあの女は違っていました。決して甘美な衝撃に身をゆだねることをせず、最後まで戦おうとしたのです。

あの方はやさしく心を込めて女の心と体を開かせようと必死です。たいていの女ならば、気が遠くなるふりをして抵抗をやめてしまうものですが、女は決して屈服いたしませんでした。

「現《うつつ》のこととも思えません。人数《ひとかず》にも入らない身の上だからといってこのようなふるまいをされるのは許されることではないはずですわ。身分の低い女には、何をしてもいいと思っていらっしゃる、そのお心が口惜しゅうございます」

この言葉にさすがのあの方も、少々恥ずかしく思ったのでしょう。よどみなく続いた口説が、ややしどろもどろになりました。

「あなたは身分がどうのとおっしゃるけれども、そんなこともわからない初めての経験なのですよ。あなたも震えていらっしゃるように、私も震えているのです。どうか私をありきたりの浮気者のように思わないでください。私も自分のこの分別のなさは、いったいどういうことなのかとうろたえているのですから」

女は袖で必死に顔を覆っておりますが、あの方の姿ははっきりと目にとどめることが出来ました。御座所の灯は消えていて、ほのかに月の光の気配がするばかりですが、顔を覗き込むあの方はさぞかし美しかったことでしょう。女にしたいような美貌とよく人は申しましたが、眉のあたりにきかん気の少年の趣が残っています。その眉を寄せ、言葉の限りを尽くしてかき口説くあの方を誰が拒絶出来るでしょう。それなのに女はつっぷして泣くばかりです。そうして下袴《したばかま》の紐に手をかけられまいとしているのです。

このようにあさましき身の上になった私には、女の心が手にとるようにわかります。女は自分がそう若くも、美しくもないことをよく知っておりました。父親が宮仕えをさせたいと言い出した時は、それこそ手を合わせて懇願したものです。今をときめく美しい女たちが、帝の寵《ちょう》を争っている場所に、どうして自分が出ていくことが出来ましょう。人の笑いものになるのは仕方ないとしても、おそらく帝のお目にとまることもないに違いありませんと言い続けてきたのです。ですから父親の衛門督の急死によって、宮仕えが取りやめになった時は、女の心に悲しみと共に安堵がやってきたのです。そして熱心な求婚があり、年の離れた受領に嫁ぎました。世間の人は、やれ落ちぶれただの、受領階級に成り下がったか、などと噂しましたが、女にとっては心の平安でした。年とった夫は、女のことを大層大切にし、かしずくようにしてくれております。女はようやく身の丈に合った場所を得たのです。ところがそこにいきなりあの方が乱入したのです。

女は泣き続けます。それは恐怖と口惜しさもあったのですが、無念の涙もございます。自分の肌は、ほんの少し弛《ゆる》みが出ているかもしれない。昔ほどはなめらかでないかもしれない。そんな自分が、どうしてこんな輝くような若い男と、肌を合わせることが出来ましょう。女はたとえ嫌な強情者と思われようとも、決して男に身をまかせまいと決めているのです。

時間はたっていきます。しかしあの方は諦《あきら》めることをいたしません。自分がしていることが、どれほど不躾《ぶしつけ》な非道なことかもよくわかっております。けれどもあの方はきらめく確信を持っておりました。それは自分と契って悲しむ女はいない、ということです。最初は泣かれたり、抵抗されたりしても、ことがすんでしまえば、たいていの女はなびくのです。あの方はまだそれほど女の経験は多くはありませんでしたが、確かに女たちはみなそうでした。ぐったりと汗ばんだ体に黒髪を巻きつけたまま、

「まるで夢のようでございました」

とつぶやくのが常でした。あの方はそうした記憶を頼りに、いっきに強引で傲慢な行為に及びます。もはや女の感情など無視をして、さっさとことをすませたのです。人妻である女の体も、その早さに加担したかもしれません。

ことが終わりますと、あの方はさすがにやましい気持ちになりました。その罪の意識を軽くしようと、さらに甘いささやきを続けます。これはあの方の美点というものかもしれません。女を抱いた後も、まめまめしく言葉を尽くし、髪を撫でたりするのです。若い男にはなかなか出来ることではありません。

「どうして、私をそんな風に嫌がるのですか。私は本当につらいのです。なぜならこうなることは、ずっと前世から決められていたことではありませんか。そんなに強情になられると、私はどうしていいのかわからないのですよ」

女はわずかに顔を上げます。

「どうしてこんなことが前世からの決まりでしょうか。これほど情けない身の上になってから、どうして私の前に現れたのでしょうか。昔、私が若い娘だった頃に、こういうことが起きれば、自分勝手に身分不相応な夢を抱くこともあったかもしれません。あなたさまがたまに私のところに通ってくださって、いつか本当に私のことを思ってくださる、などという大それた願いを抱いたかもしれません。けれども今の私は、ご存知のような身の上です。もはや夢や願いというものと無縁に生きている女なのです。私のことを哀れにお思いになるのなら、せめて今夜のことは、決して口外なさらないでくださいませ」

私はこの女のまっとうさを、とても好ましく思います。そして、あの若い女房の言葉が甦るのでございます。

「いつかは素晴らしい方を、私のところへ通わせとうございます」

私は中流のことをよく存じませぬが、それがたいていの女の夢だというのです。この伊予介の妻とて、若い頃はそのようなことをあれこれ思い描いたに違いありません。物語のように、美しく高貴な男が自分のところへ現れ、そして通ってくれるようになる。しかしその夢がかなった時、女はその夢を見てはいけない立場にいたのです。女はきっぱりとそのことを告げました。そして二度めは、体を張ってあの方を拒否するのでございます。

そしてそのことが私を驚嘆させ、敬いの心さえ芽ばえさせるのです。

私はどうして二度めを拒否しなかったのでしょうか。

一度めは仕方ありません。突然踏み込まれたり、手引きする女房がいたりすると、女は逃れるすべがありません。ほとんどの女が、一度めはおののき泣きながら、男を迎え入れるはずです。

けれども二度めは、知恵を使えば男を遠ざけることが出来ます。が、私はそうしませんでした。二度めならず、三度めも四度めもあの方を迎え入れました。そうして地獄へと落ちていったのです。本物の地獄のことは恐《おそ》ろしくて到底口に出来ませんが、下界の地獄もつろうございました。若い男を愛することによって、私は初めて嫉妬というものも、他の女を死ぬほど憎むということも知りました。

それにひきかえ伊予介の妻という女は、なんと賢かったことでしょうか。あの方が私と同じ口説を使ったということは大層腹が立ちますが、それも昔のことです。女は尼となって読経三昧《どっきょうざんまい》の生活をしているようですが、その清い姿に、あの夜のことははっきりと刻まれているに違いありません。

一度だけのあの方との契りは、どれほど黄金色の思い出になっていることでしょうか。私はそれが羨《うらや》ましくてたまりません。私もどうして一夜だけにしておかなかったのか。いや、いやそれはとても無理、私には出来ませんでした。そして地獄へ行く前に、私はほんのいっとき、あの方によって極楽を見たのも本当なのです。

ゆっくりと季節が変わろうとしておりました。

あの方のもの思いは、ますます深くなるばかりです。無理やり女をわがものにした長い雨の季節が終わり、輝く夏が来ようとしていますのに、女との仲はいっこうに進みません。こんなことは初めてだと、あの方は腹を立てます。腹を立てながらも、女をいとおしく懐かしむ気持ちはつのるばかりで、どうしてよいのかまるでわからないのです。身分も高くない、どうということもない平凡な女だとうち捨てればよいのですが、それがどうしても出来ないのです。

あの雨の夜、女についての他愛ない長話の最中、友人の頭《とう》の中将《ちゅうじょう》さまはこうおっしゃいました。

「つき合っていちばん面白いのは、中どころの女でしょう。ひとりひとりの個性がはっきりしていて手ごたえがあります」

それならば、女の意固地とも言えるかたくなさは、確かに手ごたえというものかもしれません。女はそれまであの方が知っていた、他の女とまるで違っておりました。さる家の姫君、あるいは若い女房たちは、はじめのうちはしくしくと泣いたり、抵抗するふりをするのですが、相手が源氏の君という晴れがましさと昂《たかぶ》りから、やがてぐったりと身をまかせます。けれどもあの女ははっきりと言ったのです。

「いくら私の身分が低いといっても、このようなおふるまいをするのは許せません」

暗闇の中で、女たちはたいてい声を発しません。近くで寝ている女房たちに聞かれるのを怖《おそ》れているためと、そのような時に男に伝えるべき言葉を知っていないのです。毅然《きぜん》として立ち向かってきた女は初めてといってよいでしょう。それなのに体は決して強靭《きょうじん》ではなく、最後の最後にはなよ竹のようにしなりました。きゃしゃな体は、人妻のやわらかさをもって、むしろ従順にあの方を迎え入れたのです。しかしあの女は、快楽の一歩手前で踏みとどまりました。そしてこうも言ってのけたのです。

「娘の頃でしたら、だいそれた望みを持ってあなたをお待ち申し上げたでしょう。が、このような身の上になり、どうしてあなたの前に再び現れることが出来ましょうか」

目を閉じますと、あの女の口にした言葉のひとつひとつが甘美な調べのように、胸に甦《よみがえ》ってまいります。女が自分の身を守るために必死になって発した言葉は、はからずもあの方の執着をつのらせるばかりなのです。

ともかく女と文をかわしたい。あの夜のことは、決して一度きりのたわむれではないとわかれば、女もきっと自分に対して素直になってくれるのではなかろうか。そしてあの方が思いついたのは、女の弟という少年をこちら側につけることだったのです。さっそく紀伊守《きのかみ》をお召しになりました。

「いつぞや会ったことのある中納言の子を、私にめんどうみさせてくれないだろうか。賢そうなよい子だった。帝にも申し上げて殿上童《てんじょうわらわ》をさせてもよいと思っている」

「まことにありがたい仰せです、姉なる者にも言っておきましょう。さぞかし喜ぶことでしょう」

その〝姉〟という言葉に、あの方はすばやく話をふります。

「その姉という女は、あなたの弟か妹を産んでいるのかね」

幼い子どもを持つ女に迫るのは、あの方の好みではありません。それにもしかすると、自分をあれほど撥《は》ねつけるのは赤子でもいるのかと考えたこともあるのです。

「いいえ、そんなことはございません。あの女が父のもとに嫁いで二年になるのですが、不本意な結婚と思っているのでしょう、睦《むつ》まじくしている様子は見うけられません」

これこそあの方の求めていた答えでした。

女は決して幸福ではないのです。年寄りの受領《ずりょう》に嫁いだ女が、どうして自分のような男に惹かれずにいることが出来ようか。自分に愛されることなどこの上ない果報と、心の中では思っているに違いない。早く文をつかわそう。あの夜以来、女とのことはすっかり絶えてしまっているが、女はどれほど恨めしく心細く思っているだろうか。そうだとも、文さえかわすようになれば、すべてがうまくいくはずだ。あの方はすっかり晴れ晴れとした気分になります。

本当に単純な考えですが、何度でも申しますように、あの方は十七歳でした。女の心がどれほど複雑でそして誇り高いものかご存じなかったのです。

さて紀伊守に連れられて、小君《こぎみ》はさっそく参上いたしました。この少年は十二歳になりますのに行末《ゆくすえ》も決まらず、姉の嫁ぎ先の掛人《かかりうど》のようになっております。この少年にとりまして、源氏の君の思《おぼ》し召しがどれほど好ましかったことか。未来が開けて出世出来るかもしれない、などという思いより先に、まばゆく高貴なお姿に少年は感激し、ひれ伏しているのです。そうした少年を、うまく言いくるめることなど簡単なことです。少年は嬉々《きき》として、手紙を姉のところへ届けました。

「見し夢をあふ夜ありやとなげく間《ま》に目さへあはでぞころも経《へ》にける」

あの夜に見た夢が正夢となり、いつかあなたと会えるだろうかと嘆いている間に、眠ることも出来ず、何日もたってしまいました、という歌は私から見ますとありきたりの才気にとぼしいものです。しかし女にはこのうえなく胸をうつ素晴らしい歌に見えました。上質の紙も薫《た》きしめた香も、受領の妻には普段目にしないものでありましょう。これほどの男が、自分のことを本気で思ってくれている、という喜びに女はつい涙ぐんでしまいます。あの夜のことは、まばゆい身分の男の気まぐれと考えていたのですが、このやさしさはどうでしょう。しかし男の心に応えることは出来ないのです。女の心をとどめていたのは、貞淑というものだったでしょうか。いいえ違います。人の妻という足枷《あしかせ》は大きなものでありましょうが、奔放な女は世間にいくらでもいます。女は自分がそう若くも、美しくもないことをよく知っておりました。あの夜のことは暗闇が味方してくれましたが、次の夜はどうでしょうか。月の明かりが煌々《こうこう》と照らすかもしれません。仲が深くなれば、明け方過ぎても男が傍《そば》にいることがあります。やがて顔がすっかり見られる日がやってくるのです。その日のことを考えますと、女は身震いするような気持ちになりました。世に名高い源氏の君が、自分を抱き、その後もずっと思い続けてくれている。この奇蹟は生身の自分を見たとたん、消えてしまうかもしれない。女はそれが怖ろしくてたまらないのです。せめて、もう少し自分が若い時に、せめて娘でいる時にこのようなことが起こったらと、女はまた涙を流します。座ることはもう出来ず、横たわる女の頬にいく筋も涙が流れるのです。

だいそれた夢を決して持たないこと、それがこの女の生きていく心得でした。年老いた男の後妻になり、やがて夫の任地へゆくべき身の上とはなから決まっていた女のもとに、あの方は荒々しく踏み込んでいったのです。無体な、といえば無体な行ないですが、あの方はまだ若うございました。純な心もたっぷりとお持ちでしたので、この名もない受領の妻のために悩み、涙にくれる日が続くのです。後にあの方のために苦しむことになる多くの女君たちは、もしこのことを知ったらお腹立ちになるのではありますまいか。

もっともあの方と契られた女君たちは多くが蓮《はちす》の花の咲く世界へ行かれ、このようにさまよっているのは、私だけなのでございますが。

あの方は、いつしか小君と呼ばれる少年を責めるようになりました。少年が姉からの返事をまるで持ってこないからです。

「私はお前のことをこれほど可愛がっているのに、何もしてくれないではないか。私がお前のことを思っているほど、お前は私のことを思ってくれてはいないのだね」

可哀想な少年は、顔を赤くしてうつむくばかりです。

「お前は知らないだろうけれども、姉君と私とは以前から思い思われる仲だったのだよ。あの伊予《いよ》の年寄りのずっと前からこっそりと逢っていたのだよ。それなのに私のことを頼りにならない若造とみくびって、あっちの年寄りの方へ行ってしまった。私のことをとことん馬鹿にするおつもりらしい。ねえ、お前は私のことを気の毒に思うだろう。だったらお前だけはずっと私の傍《そば》にいておくれ。そして私の味方になっておくれ。もう私は、お前のことを自分の子どもだと思っているのだよ」

少年の姉が結婚したのは二年前で、あの方の年数を考えるとおかしな話です。二十歳を過ぎた女と、十五歳になったかならぬかの帝の御子が、それほど抜きさしならぬ関係になるかどうか考えればすぐにわかるはずなのに、年端もいかぬ少年はすべて信じてしまいました。そして自分の姉はなんともったいなくひどいことをしたのだろうかと涙さえこぼします。そんな少年がいつしか可愛くなりまして、あの方は傍からお離しにならないようになりました。宮中に参上するのにも連れていくのですから、立派な装束なども揃えてやり、本当の親らしくふるまうのです。といっても、十七歳のあの方が十二歳の少年を従えていても誰が親子のように見るでしょう。世間では若い男の恋人と見ていたのですが、事実そのとおりでした。私のまわりの貴族の男たちもみなそうなのですが、女の代わりに時々少年をなぐさみにする習慣を、いつからかあの方も身につけていたのでございます。

そうかといって、少年を寝所に侍《はべ》らしたからといって、女への執着が消えるわけではありません。他の女のところならば、強引にしのんでいくことも出来るのですが、相手は何と申しましても人妻でございます。それに留守宅の紀伊守の邸《やしき》は、女たちをあずかっている関係から女房の数も多く、人の出入りもあります。もし自分とのことが露見したら、年寄りの夫を裏切った浮気な妻と、人々は噂するに違いありません。それも気の毒なことと慎重になるのも、およそ年には似合わない気配りといえるでしょう。もののはずみのように軽々しく女を抱くくせに、その後あれこれと心を尽くすのが、あの方のよいところでもあり、悪いところでもありました。などと、私が呑気《のんき》なことを申し上げるのも、この女の一件が、まだ私とのことが始まる前の出来ごとだからに違いありません。

そうするうちにもあの方の思いが通じたのか、また都合のいい方違《かたたが》えが起こりました。宮廷からつつがなく帰るためには、紀伊守の邸の方向に泊まらなくてはならなくなったのです。

「他にも心あたりの邸はあるのだけれども、あなたの邸がいちばん心地よい。やはり遣水《やりみず》が素晴らしいのだろう」

などと言うと、紀伊守は面目をほどこして大喜びです。最初にあの方が自分の邸に来た時は、恐縮しながらもかなり迷惑がっておりましたが、あの方はそう手間がかかるわけでもなく、夜食も果物ぐらいしか所望しません。どうかいつでもいらしてくださいませと、人のいい紀伊守は相好《そうごう》を崩しますが、まさかあの夜に義母を盗まれたとは気づいておりませんし、その後、もうひとつ大切なものを盗まれることも予想していなかったでしょう。

あの方はといえば、うきうきとしておりました。自分がこうして訪れたからには、女も真意をわかってくれるはずだと、勝手なことを考えていたからです。お供の者たちも早く寝かせ、小君に手紙を持たせました。今宵行くことをほのめかしているのですが、女はそれを読んで顔色を変えました。

「どうしてこんなことをするの、あなたのように小さい者が、このように手紙の使いをするなどというのは、本当にみっともなく恥ずかしいことなのですよ」

強く叱《しか》りますと、小君は泣かんばかりに訴えます。

「そうはいっても、源氏の君は返事がどうしても欲しいとおっしゃっておいでです。返事がなければ、私はあの方のところへ戻れません。源氏の君にお目をかけられてやっと世の中に出る糸口がつかめそうなのに、姉上はそれを台無しになさるのですか」

姉と弟は別々の思いで泣きながら、両親を早く亡くした無念さを思うのでした。女は弟にも心のうちを申しませんが、このような手紙を貰《もら》い、今まで経験したこともないような、強い喜びと強い悲しみとで胸がはり裂けそうです。長い娘時代を過ごしましたが男を通わせたこともなく、今の夫が初めての男です。年寄りの穏やかな愛撫しか知らなかった女に、若く美しい男のそれはどれほど衝撃だったことでしょう。

「実家にいる時でしたら、時たまお通いになってくださるのを待つ身の上が、どれほど幸せだったか」

が、この女は本当に強うございました。もうありもしないこと、元に戻らないことを嘆いても仕方ないと、昂然《こうぜん》と顔を上げたのです。そして弟にきっぱりと言いました。

「やはりお返事は差し上げられません。もののあわれのわからない、強情な女と思われてもよいのです。お前の行末は、きっとわが夫が考えてくれている。だからもう泣いてはいけません。世間から決して後ろ指をさされないようにする、それしか私たち姉弟の生きていく道はないのですよ」

うなだれて帰ってきた小君の手に、何もないことにあの方は驚き、そして絶望の声を上げました。あの方の中にも、たかが受領の後妻ふぜいの女と、どこか見くびる気持ちはあったのではないでしょうか。女の強硬さに呆《あき》れ半ば怒り、いや、こうした女だからこれほどまで惹かれていくのだろうと心をなだめようとしますがうまくいきません。

堰《せき》を切ったように涙があふれ出します。ここまで尽くしても、相手に真情が伝わらなかったというのは、帝の愛子《まなご》のあの方にしてみれば、論外の仕打ちなのです。心がつぶれる思いで、几帳《きちょう》の中に入ったものの、一睡もすることが出来ません。小君を傍にひき寄せて、くどくどと嘆き続けます。

「私はこうまで人に憎まれたり、嫌がられたことはないよ。今夜は生まれて初めて、世の中がこうもつらいものだということを知ったよ……。そうだとも、こうまで恥ずかしいめにあったら、もう私は生きてはいられない。本当に死んでしまいたい気分だよ……」

「そんなことはおっしゃらないでくださいませ。姉のことは、きっと私が何とかいたしますから」

必死に慰める小君も泣いておりますす。若い男と少年とは頬をぴったり合わせ、お互いの涙で濡らし合うのです。

「お前はなんて可愛いんだ。どうかお前だけは私の傍を離れないでおくれよ……」

あの方は小君の着ているものを脱がし、やさしく撫《な》でていきます。まだ大人になっていない少年の体は小さく、どこにもぜい肉のない様子が、あの夜の女に似ているような気がいたします。そしてまだ元服していない少年の角髪《みずら》は胸のあたりまであり、それもあまり髪の長くなかったあの女に似ておりました。几帳の深い闇の中で、少年の髪は女の髪と同じように、くるくると指に巻くことが出来ます。少年の髪も肌も冷たく、あの方はぴったりと体を重ねていきます。女が手に入らない夜の戯れに、あの方はこんなことをして、心を慰めていったのです。

といっても、女のことを決して諦《あきら》めたりしないのが、あの方のご気性というものでございます。体ごと小君を可愛がりながらも、どうにかして逢瀬《おうせ》をつくってくれと、絶えず言い続けるのです。

小君は子ども心にも使命感を持ち、紀伊守の邸の様子をうかがっております。そうするうちに絶好の機会がめぐってまいりました。紀伊守が任国に下り、邸は女たちだけになるというのです。いつもの女房とは違い、子どもの手引きではたして大丈夫かとあの方は不安になるものの、門が閉められぬうちにと急いで邸へと向かいます。夕暮れの気配が一層濃くなった頃、小君は人目につかない場所に車をひき入れ、そっとあの方を降ろします。この邸の掛人《かかりゅうど》のような小君には、かしずく家人や追従する者たちもおらず、自由に動きまわれるのです。小君は東側の妻戸《つまど》にあの方を立たせ、自分は南の隅の間から格子を叩きました。そして大声でこう申します。

「開けて、ここを開けてよ」

女房のひとりが格子を開け、小君は中にするりと入ります。

「どうしてこんなに暑いのに、格子を下ろしているの」

「昼から、西の対《たい》のお方がいらして、碁をうっているのです」

召使いたちのならわしとして、誰が誰と一緒かはっきりと口にいたしませんが、伊《い》予介《よのすけ》の妻だとあの方はすぐにわかりました。西の対のお方というのは、伊予介の娘で紀伊守の妹、近頃世間では評判の娘です。あの方は、さきほど小君が入っていった格子の内側、簾《すだれ》のすき間に入っていきました。小君のおかげで格子は開けたまま、屏風《びょうぶ》も畳んであります。暑さのために几帳もまくり上げてあるので、部屋は丸見えです。ふつう女がいる部屋は外から絶対に見られぬよう、幾重にも簾や几帳で覆っているものですが、やはり受領の家はだらしないところがございます。けれども、あの方のめあての女は、決して姿勢を崩しておりませんでした。

碁盤を真中に女が二人向かい合っております。灯がともって、女たちの姿はぼんやりと浮かんでおります。母屋の中柱を背に横向きにいる女が、おそらくそうに違いないとあの方は目を凝らします。濃い紫の綾模様の単襲《ひとえがさね》を着ております。ほっそりときゃしゃな様子は、あの夜に抱いた女に他なりません。この女はたしなみがよく、向かい合っている義理の娘からもはっきりと顔が見えぬよう袖で隠しながら碁をうっております。

それにひきかえ、向かい合っている女のあけっぴろげなことといったらどうでしょう。白い薄物の単襲に、紅花と藍とで染めた小袿《こうちき》をひっかけて着ております。そのために紅《くれない》の袴《はかま》の腰のところまで素肌が見え、見事な乳房があらわれているのです。この若い娘は色が白く、むっちりと肥えております。頭の形も綺麗で髪も豊かに流れ、派手で美しい顔立ちをしております。伊予介の娘といえば、美人という噂が立っておりますが、なるほどこれでは親も自慢するわけだとあの方は合点いたしました。ぱっと華やかな若い娘で、たいていの男はこちらの方を選ぶでしょう。けれどもあの方が惹きつけられているのは、片方の地味な様子のもう若くない女なのです。

女はずっと袖で口元を覆い顔を見えないようにしておりますが、そのうち横顔の輪郭がわかってまいりました。決して美しい女とはいえません。瞼《まぶた》が垂れているようでとても老けた感じです。女は二十代後半のはずですが、もっと上に見えました。どちらかといえば不器量といってもいい女の容貌なのですが、あの方は決して落胆はいたしません。女のしぐさのひとつひとつに、深いたしなみと品のよさを感じ、ああ、やはりこの女だったのだと、涙が出るような懐かしさをおぼえるのです。

後年、あの方は都中の美女を、すべて手に入れたと言われましたが、決してそのような浮ついたところばかりではありません。こんな若い時から、女の心ばえのよさを美しいと感じる気持ちも持っていたのです。

とは申しましても、片方の若い娘にもやはり捨てがたい気持ちを持つのも、あの方なのです。

「お義母さま、今夜は私が負けましたわ。そこここは何目でしょうか。えーと、十、

二十、三十……」
とほがらかに目を数えますと、顔がいきいきと輝き、真白な美しい乳房が揺れるさまは、やはり男だったら見入ってしまうはずです。多少品にかけるきらいはありますが、明るくて美しい娘です。

いつまでもここにいたいところでございますが、女たちのこんな寛《くつろ》いださまを覗き見するのは、やはりあの方でも気がひけます。普段は簾《すだれ》ごしに、気取った小さな声でささやく女たちが、男のいないところではこんな風に過ごしているのかと思うと、男の側が気がひけてしまうようです。

あの方は渡殿《わたどの》の戸口に寄りかかり、小君がやってくるのを待ちました。小君は主君を待たせているので、恐縮しきって駆けてまいります。

「まことに申しわけありません。いつになく西の対のお方が来ているので。近寄ることも出来ません」

「また今夜も追い返すつもりだな。そんなひどいことをしても、その手にはのらないよ」

あの方はぷいと横を向きます。

やがて碁が終わり、さらさらと衣《きぬ》ずれの音がいたします。女たちが寝ようとしているのです。

やがて邸はしんと静まりかえりました。今夜は西の対から、女房たちもたくさんやってきてあちこちで寝ている様子です。紀伊守の留守を狙って来たのですが、かえって危険な夜となりました。小君に言われるまま、屛風の陰に身をひそめているあの方は、不安と苛立《いらだ》ちとで少し震えています。

何という馬鹿者だろうか。相手はちっとも自分になびかない女ではないか。このまま女のところにしのんでいっても、すんなりと受け容れてくれるとは限らない。それなのに光の君と言われる自分が、まるで下﨟《げろう》のようにこんなところに身をひそめていなくてはならないとは、何という情けなさだろう。腹立ちの震えがおさまると、今度は汗があの方の額をしとどに濡らします。闇の中、暑さもそこが一層濃くなっているかのようです。夏の終わりの熱気は、この広い邸の隅々まで漂い、若い男をじっとさせません。今すぐここから飛び出し、女を抱かなくては気が狂いそうです。あの方は袖でじっとり濡れた額の汗をぬぐいました。そうすることで衣裳に薫きしめた香のにおいが一層強くなることに、あの方は気づいていません。

女は眠れないまま横たわっておりました。隣では義理の娘にあたる女が、無邪気にお喋《しゃべ》りを続けていたかと思うと、もう寝息をたてています。あの方がどうやら自分を諦めてくれたらしい。手紙も間遠くなってきた。それは女がいちばん望んでいたことなのに、とても耐えきれぬほどつらい淋しいことでした。あの夜のことはこのまま忘れるのだと、自分に言いきかせても、目を閉じると思い出すのは、ふわりと男に抱きかかえられたあの瞬間なのでした。女の人生に目がくらむような時があったとしたら、それはあの夜であったでしょう。信じられぬほど甘い口説、力強い抱擁、それらは日をたつほどに女の中にくっきりと刻まれていくのでございます。ゆえにずっと眠れぬ日を過ごしており、すべてに敏感になっていた女は、暗闇の中で、かすかな衣ずれの音を聞きました。さやさやと穂が風に揺れるような音です。そして同時にかぐわしい高貴な香りが漂ってまいります。何が起ころうとしているか、女はすぐに悟りました。この時、あれほど思い惑うていた女は、すぐに判断をくだしたのです。体が勝手に動き、生絹《すずし》の単襲をひとつだけ着て、女は静かに逃げ出したのです。

何も知らないあの方は几帳の中に入っていきました。目が闇に慣れてきますと、女がひとり寝ていることに気づき安堵いたしました。長押《なげし》の下には女房らしき女が二人寝ておりますが、こちらはどうにかなるでしょう。ひっそりと声をたてないように、ことを行なえばよいのです。女も知られたくない恥ずかしさゆえに、おとなしくしているものです。

あの方は女がかけている衾《ふすま》をはがし、横たわるとぴったりと体を押しつけました。女の体温が伝わってまいりましたが、あの夜よりもずっと熱く、肌もむっちりとしております。それよりも女が健やかな寝息をたてていることに、あの方はとまどいます。あの方の知っている女が、これほど無防備に寝ているはずはありません。それなのに今ここにいる女は、あの方の手が、胸に伸びてくるまでぐっすり眠り続けているのです。やわらかく大きな乳房にいきあたった時、あの方はやっと気づきました。今日の夕刻、灯影のもとで見た継娘《ままむすめ》のあの見事な白い乳房ではありませんか。

や、人違いであった。が、ここで真実を告げたら、娘に恥をかかせてしまう。そして継母の秘密もあからさまになってしまう。ええい、ままよ。これはこれでいい女ではないかと、すぐに契ってしまわれたのは、まああの方のなんという軽薄なお心でしょうか。娘の方は驚きのあまり声も出ませんが、処女《おとめ》のわりには強く拒むこともなく、あの方は鼻白んですっかりみくびってしまいました。ひとりの女は拒むあまり愛着がつのり、もうひとりの女は、あっさりと受け容れたことで軽々しい気持ちしか持てません。前からあなたのことを思って、ようやく今宵ここに来ることが出来たのだと、あの方はその場限りのいいかげんなことを言い、その場をすばやく離れようとしたのです。

そしてあの方は、大柄な娘の横に、女がうち捨てたと思われる薄衣《うすぎぬ》を見つけました。それを形身のように大切に持って帰り、頬に押しあてます。かすかな香のかおりに混じって女のにおいがいたします。それはまさしくあの夜の、あの女のにおいでした。

「空蟬《うつせみ》の身をかへてける木《こ》のもとになほ人がらのなつかしきかな」

蟬が脱け殻を残して去っていった木の下で、薄衣を残していった人のことを懐かしんでおります、という歌を女のもとにつかわしましたが、それだけはあちらも受け取ったのです。

もうこれですっかり終わったのだと女は思いました。あの光り輝くような男が、自分の汗じみた薄衣をいとおしんでいると聞くと恥ずかしさで身がすくむ女は、覗き見されたことを知りません。自分の本当の姿を見られず、これはこれでよかったのだと、やっと諦める心地がついたのです。けれども悲しい気持ちは変わりません。

「空蟬の羽《は》におく露の木《こ》がくれてしのびしのびにぬるる袖かな」

空蟬の羽にやどる露のように、しのんで私は泣いています、袖は涙に濡れております、という歌をやっと返したのです。まことに奥ゆかしい女です。このような女ばかりでしたら、あの方もそれからの波瀾《はらん》の人生をおくることもなかったに違いありますまい。この女が去ったすぐ後、不思議な卑しい女があの方の前に現れるのですが、この女によって私の運命も狂うことになります。それについてはおいおいとお話しさせてくださいませ。

夕顔の君

あの夜のことはよく憶《おぼ》えております。

恐ろしく、長い夜でございました。この世に生を受けている間、私があのことでどれほど悩み苦しんだか、お話しいたすまでもありますまい。しかし申し開きするようでございますが、あの女を手にかけたのは私ではございません。私ではない別の女たち何人かが、私をそそのかし、眠っている女を打ちすえるようにと私の手を取りました。拒否いたしますと、突然私は前に押し出されたのです。ひざまずいたすぐ目の前にあの方の寝顔がありました。するとあの方を起こすように、私の後ろに立っている女が語り始めたのです。

「わたくしが、なんと素晴らしい方だろうとお慕い申し上げている女性《にょしょう》をないがしろにして、このようにつまらぬ女をご寵愛《ちょうあい》なさるのは本当に恨めしゅうございます」

あの声は私ではございません。姿は見えたかもしれませんが、あそこにいたのは私ではないのです。それなのにあの方は、私の姿をはっきりと見、そして声を聞いたと思うようになったのです。

自分よりずっと若い男を愛人に持ち、その心を推し測るのは大層つろうございます。けれども、その心がはっきりとわかるのは、はるかにつろうございます。あの方の心が私から離れるどころか、恐怖と嫌悪を持つようになったのもはっきりと、手に取るようにわかりました。いずれ私は本当の地獄へ行くことでしょうが、心の地獄は生きている間ずっと味わってまいりました。あまりのつらさに、自ら命を絶とうと何度思ったことでしょうか。が、そのたびに何人かの女たちが現れて、かわるがわる私を押しとどめるのでした。

私たち一族の女に不思議な力が備わっていると知ったのは、いったいいつ頃からだったでしょう。私が東宮《とうぐう》のキサキに決まりました時、いずれは帝《みかど》の皇后になるのだと皆が祝っておりました中、母だけがいつまでも泣いておりました。おそらく夫に早く死に別れる未来を知っていたからに違いありません。その日が近づきました時、母からきつく言いわたされました。

「処女《おとめ》のうちは見えなかったものが、人の妻となると見えてくることがあるのです。

けれども見たり聞いたりしたことを、決して人に言ってはいけませんよ。あなたは常ならぬ者として、世のそしりを受けることになるのですから」

しかし東宮妃になりましても、変わったことは何ひとつ起きませんでした。子までなしたものの、お体の弱かった東宮さまは、男と女のことに、それほど関心がおありだったわけではありません。私は早くに未亡人になり、これからは娘の成長と、風雅の道を心の支えに生きていこうと心に決めました。やがて私の邸では、若い方々が集まり、歌や管弦を披露し合うのを楽しみにされるようになったのです。迂闊《うかつ》といえば迂闊だったのですが、まさかその中のひとりが、御帳台《みちょうだい》の中に押し入ってこようとは誰が思ったでしょうか。十七歳の青年の力は、私の想像のおよぶところではありませんでした。

「ただ私の胸の内を聞いていただきたいだけなのです。どれほどあなたに憧れ、あなたをお慕いしていたのか、ほんのわずかな時間でいいので、聞いていただけないでしょうか」

青年の声は甘く低く、こちらが息苦しくなるほどの切実さでした。その切実さというものはすぐに大胆さに変わるものだということは、愚かにも私は知らなかったのです。前東宮妃の私を、あの方はたやすく犯したのです。自分は帝の愛子《まなご》という傲《おご》りが、十七歳の青年にそんな行動をとらせているのですが、なんということか、私にはその傲りさえいとおしいものとなっていくのです。

閨《ねや》の中のことを申すのは、まことにお恥ずかしいことですが、こんな身の上になりましたからには、もうはばかるものなどございません。あんなことは初めてでございました。もう一度、もう一度と無言の要求があり、私の体は骨ごと痺《しび》れて蕩《とろ》けていくのでした。今は真夜中なのか、夜明けなのかそれさえもわかりません。私の顔は髪ごとあの方の腕でくるまれ、窒息するかと思われるほどでした。

そして霧の深くたちこめる朝でした。霧に閉じ込められた部屋は暗く、あの方はまだ眠ったままでいます。私は気が気ではありません。明るくなってから女の家を出るのは大層みっともないこととされています。ましてやここは、年が離れた女主人の邸、前東宮妃の住まうところなのです。もし人目に立つようなことがあったらどうしたらいいのでしょう。それを知らないわけではないでしょうに、あの方はせきたてられてやっと几帳《きちょう》を出ました。そしていかにも眠たげに扇で隠して、欠伸《あくび》ともため息ともつかぬものをもらします。そしてゆっくりと渡殿《わたどの》を通って去って行くのですが、霧の中に浮かび上がるあの方の姿は本当に美しかったのでしょう。

「もっとちゃんとご覧になって、お見送りあそばせよ」

と言って、中将のおもとが御格子《みこうし》をひと間だけ開け、几帳をずらしてくれました。けれども私は起き上がることさえ出来ないのです。十七歳の青年の激しさは、それまで静かに生きてきた私を魂ごと揺さぶり、砕いていくかのようでした。あの方がひと晩中手に巻いていた私の髪も、けだるげにあたりに拡《ひろ》がっています。無理に起き上がろうとして私は力尽き、自分の髪の池に溺《おぼ》れそうになります。

その時私は見たのです。見えるはずもない光景が、私の目の前に拡がっているのです。あの方は中将のおもとに送られ、東《ひがし》の対《たい》を出ていくところでした。かなり離れたその場所が、ここから見えるはずはありません。それなのに、下半身にだるさを残したまま、私の目ははっきりと二人が歩いている姿をとらえました。中将は秋にふさわしい紫苑《しおん》色の衣裳に、薄絹の裳《も》を結んでいるのですが、腰のあたりがなまめかしく優雅でした。中将は私に仕える女房ですが、決して低くない身分の娘です。二人は渡り廊下を曲がったところでしばらくたたずみます。やがてあの方は中将を高欄《こうらん》に座らせました。そして中将の薄桃色の頬にそっと唇を押し当てたのです。私のところに通ってくる前に、この女とは通じていたのでありましょう。手引きする忠実な女房がいなければ、暗闇の中、めあての女君の寝所に辿《たど》りつけるはずはありません。たぶん中将がその役目を負っていたのだろうと思っていましたが、やはりそうでした。

私を手に入れたいがために中将に近づいたのか。それとも、以前から美しい顔をさらす中将に目をつけていたのか。いずれにしても女房は決して嫉妬する対象ではありません。女主人と一心同体になって、相手の男を喜ばせようとしているだけなのですから。

現に、

「咲く花にうつるてふ名はつつめども折らで過ぎうきけさの朝顔」

咲く花のような魅力的なあなたに心を移したという評判が立つのは困るけれど、このまま折らずに通り過ぎるなんてことは出来ないよね、と歌をよみながら、

「どうしたらいいんだろうねえ」

と中将の手を取りました。が、中将は美貌だけでなく聡明さでも定評のある女です。

「朝霧の晴れ間も待たぬけしきにて花に心をとめぬとぞみる」

朝霧の晴れるのをお待ちにならず、もうお発《た》ちになるのですね。花に心をとめていらっしゃらないのではないですかと、やんわりと男の浮気心をさとします。自分への誘いを女主人の私にすりかえた機転でございます。女主人のかわりに、女房が閨を共にするのは何の不都合もありません。が、女房が女主人のところへ通ってくる男君と心を触れ合わすのは許されないことです。中将はよくそのことを知っているのです。

そして私はその浮かび上がる光景を見ても、少しも驚きませんでした。これほど心と体を変えられたのですから、何か起こっても当然と考えたのでしょう。

きちんとした衣裳をつけた可愛らしい侍童《さぶらいわらわ》が、指貫《さしぬき》の裾を濡らして花の中へと分け入っていきます。そしてあの方のために朝顔を折って捧げている様子は、昔物語の絵のようでした。そして横顔を見せてそれを受け取るあの方は若く、あまりにも美しくて現実のものとも思えないほどでした。光り輝くような方、光の君と呼ばれ、都中の女たちから渇仰《かつごう》されている男。その男がさきほどまで几帳の中でどれほど乱暴な淫《みだ》らなことをしていったか……。それを思い出すと、今まで味わったことのない疲労と幸福とで、半分気を失ったようになるのです。

その霧の朝のことを、私は決して忘れませんでした。私が母の言う「常ならぬ者」となった始まりの日でございました。


女に対してはあれほど残酷なことを平気でするくせに、あの方はなぜか年寄りにはとてもやさしくこまやかな情を見せます。

子どもの頃から自分のめんどうをみてくれた乳母《めのと》が重い病気にかかったというので、さっそく見舞いに出かけたのです。尼の住まいは五条にあって、貧しい者たちの家が軒を連ねているところです。あの方がふだん立ち寄るような場所ではありません。

とは申しましても四位の某《なにがし》の妻だった乳母の住まいは、その界隈《かいわい》の中ではひときわ大きな邸です。あの方の身分ですとそのまま牛車《ぎっしゃ》に乗って門から入っていくのですが、どうしたことでしょうか、錠がおろしてあります。

「まことに申しわけございません。すぐに開けさせますので」

と恐縮して中に入っていくのは惟光《これみつ》といって、あの方の腹心です。それだけではなく、今訪れようとしている乳母を母とする、あの方の乳兄弟《ちきょうだい》となるのですから、その絆《きずな》の深さといったら尋常ではありません。あの方の秘密の情事の相手も場所も、すべて知りぬいている男でございます。

惟光が戻ってくる間、あの方は車から降りてあたりを見わたしました。宮中や大きな邸しか知らない者にとっては大層珍しい、人々が行き来する大路という光景が拡がっています。五条に来るということで身をやつしていますし、このあたりに自分を知る者などいるはずがないと思うと、なにやらのびのびとした気分になります。

その時、あの方は一軒の家に目をとめました。檜垣《ひがき》という粗末な垣のある家は、夏らしい白い簾《すだれ》をかけています。そして、何人もの若い娘たちの額が簾ごしに透けてこちらを覗《のぞ》いているのが見えます。

「いったいどういう家なのだろうか。ここが噂に聞く遊女屋というものだろうか」

とあの方は目が離せなくなりました。今まで見たこともないほど小さな家で、風が吹いたならばひとたまりもないような粗末なつくりなのです。

板塀に濃く青い蔓草《つるくさ》がはって、白い花が微笑《ほほえ》むように咲いています。そのはかなげな美しい花は、あの方が初めて見るものでした。

「あちらのお方にお尋ねしたい。そこに咲いている花は何だろうか……」

昔の歌の一節をもじって独り言のようにつぶやくのを、随身《ずいじん》が聞いていてひざまずいて答えます。

「あの白く咲いている花は夕顔《ゆうがお》と申します。ひとかどの名前がついていますが、こうしたみすぼらしい垣根に咲く花でございます」

元歌のことなど知るよしもない随身が、無粋にお答えします。そう言われるまでもなく、貧し気な家ばかりが軒を連ねている一角です。こういうところにも人は住んでいて、あのように若い娘たちも大勢暮らしているのだと、あの方はしみじみとした思いにうたれます。

「あわれな花ではないか。一房《ひとふさ》折ってまいれ」

随身は押し上げてある門に入り、花をひと枝折りました。その時です。黄色の生絹《すずし》の単袴《ひとえばかま》を長めにはいた女童《めのわらわ》が出てきて、しきりに手招きいたします。このみすぼらしい家には似つかわしくない綺麗な少女でした。白い扇の香を深く薫《た》きしめているものを差し出してこう申します。

「これに載せてくださいませ。枝は風情のないかよわい花でございます」

随身はちょうど乳母の家から出てきた惟光に取り次がせます。惟光はあの方をお待たせしたことに恐縮しきっておりますので、花の次第も、声をかけた無礼な少女のことも気にはとめておりません。それどころか、

「鍵がなかなか見つからず、本当に申しわけございません。君をこれほどむさくるしいところにお立たせ申し上げてしまいました。しかしこのあたりに君がどなたかわかるような身分のものはおりませんのでご安心ください」

などと呑気なことを言っておりましたが、それはこの男の見当違いというものでありましょう。この貧しい家の奥にいた女主人には、陽が翳《かげ》ってきた大路に立っていた、輝くような男が、いったい誰なのかひと目でわかっていたはずでございます。

やがて惟光にうながされてあの方は、乳母の家に入っていきます。惟光の兄の阿闍《あじゃ》梨《り》、婿の三河守《みかわのかみ》、娘などがあの方のお越しをかしこまって待っておりました。そこであの方はしみじみとした言葉をかけ、乳母はもちろん、そこにいる者皆を泣かせる

のです。

「幼い私は、母、祖母と頼りにする人に次々死なれ、どれほど心細い思いをしていただろう。公に養育してくれる人は何人かいたけれど、心からなれ親しんでいたのはあなただけだったのだよ。どうかもっと長生きして、私がもっと出世するのを見届けておくれ」

そう言ってあの方も涙を流し目に袖をあてると、薫きしめたあの香がいっそう濃くあたりにたちこめるのです。

こうした情の深いやさしい一面を見せたかと思うと、外に出たとたん、あの方の心はあの夕顔の咲く家のことでいっぱいになります。扇を差し出した少女はなかなか品があり、とても下々が行く遊女屋とも思えません。帰りしなに先ほどの扇を開けますと、香のかおりと共に文字が浮かんでまいりました。先ほどは気づかなかったのですが歌が書かれているのです。もう夕暮れが深くなっていましたので、惟光に紙燭《しそく》を持ってこさせて読みますと、

「心あてにそれかとぞ見る白露《しらつゆ》の光そへたる夕顔《ゆふがほ》の花」

あて推量にあの方ではないかと思っております、白露のようなあなたの出現で、私どもの夕顔の花もいっそう映えますという意味です。あの家にいた女は、たぶんあの

方が誰なのか気づいていたのでしょう。

そもそもあのように下賤《げせん》なものが、高貴な方に向かって歌をよむなどというのは、とんでもないことでございます。それなのにあの方は、歌は古今集の秀歌をなぞっているし、扇の香や文字が奥ゆかしいとすっかり舞い上がってしまいました。こんな場所に自分を知っている者がいるという驚きが、あの方から正常な判断力を失わせてしまったのです。

さっそく惟光に命じました。

「この西隣にはどんな者が住んでいるのか、お前は聞いたことがないか」

惟光はまたやっかいな癖が出た、それにしてもよりにもよって、こんなみすぼらしい家の者に興味をお持ちになるとはと、ため息が出るような気分です。そうは申しましても主君のお尋ねですので、実家の留守番の者を呼んできました。

「揚名介《ようめいのすけ》という人の家のようでございます。男の方は田舎へ出かけていて、妻がまだ若くあれこれ趣味が広いようです。またその姉妹に宮仕えをしている者がいるのでしょう。派手な女が出入りしていますが、下人の私ではこれ以上はわかりません」

では自分に歌を送ってきたのは、その宮仕えの女だったのか。それならば自分の顔を知っていても不思議ではないけれども、上臈《じょうろう》とも思えぬ下の女が、源氏の君と知っていてよびかけてくるとは、勘違いもはなはだしい。が、扇を贈った趣向はなかなかのものであるし、その勇気を貴ぶべきなのかと、あの方の心は楽しく揺れるのでございます。そしていつもの宮廷内のことならともかく、これほど貧しい界隈で起こったこの出来ごとは、意外なほどあの方の心をとらえ、あろうことか、このような下々の女に筆跡を変え返事をなさったのです。

「寄りてこそそれかとも見めたそかれにほのぼの見つる花の夕顔」

もっと近くに寄ってはっきり確かめたらいかが、などとお答えになったのは、なんというはしたなさだったでしょう。

　さて主君の好き心にはうんざりさせられるものの、そこは忠実な惟光でございます。いろいろとご報告を差し上げるようになりました。

「あの家の正体は全く見当をつけかねているのですよ。大層人目を忍んで隠れて住んでいるのは確かなのですが、このあいだ重大なことがわかりました。車の音がすると若い女房たちが窓のところに寄っていくのです。頭《とう》の中将《ちゅうじょう》さまの車が通った時のことでございます。女童がとって返し、『右近《うこん》の君、早く、ほら、中将さまが行くわよ』などと申しまして、あれは御随身《みずいじん》の誰それ、小舎人童《こどねりわらわ》の誰それ、などと言い合っておりました」

　この話を聞いて、あの方の心は大きく騒ぎます。頭の中将の車を見て従者共の名をあてるのは、よほど深い縁の者たちでしょう。もしかするとその女主人こそ、中将が雨夜に語った愛人かもしれない。頭の中将の正妻に脅かされて姿を消した女が、あの家に住んでいるとしたら、身を隠すようにしている理由もすべてわかるというものです。惟光はさらに続けます。私も何度か間近で見たことがございますが、好き者のうえに実にまめまめしい男でございます。

「あの家を探れ、というご命令ですから、さっそく女房のひとりとねんごろになりました。家の中に入るのはいちばんの手段でございます。みんなしめし合わせて、女主人が誰だかわからないようにしているのですが、それはそれで誰かわかります。女主人をちらっと見ただけですけれども、実に可愛らしい顔をしていました。もちろんあのあたりの者でなく、何かの事情で身を隠しているのでしょう」

　これを聞いてあの方の期待はさらに増すばかりでございます。あそこが隠れ家ならば中どころか下に属する女に違いないが、思わぬ拾いものをしたと思うのでした。

　やがて惟光の奔走の甲斐あって、あの方はその小さな家の女のところへ通うようになりました。やがてあの方は、女にどうしようもないほど溺れていくのでございますが、なんというお心の不見識なことでしょうか。女は確かに頭の中将さまの思い人でありました。そして中将さまと別れて一年もたたぬうちに、もうあの方を通わせ始めたのです。そういう女なのです。

後でわかったことでございますが、女は三位の中将の娘でございました。三位と申せばそう低い身分ではございません。姫君として大切にかしずかれ、入内《じゅだい》の話もあったということでございます。けれどもそれほどの財産も残してくれず親が早く亡くなり、頼りになる男兄弟もいないとなりますと、姫君といえども哀れなものでございます。力のある男君を通わさなければ、たちまち生計《たつき》にも困るありさま。身を隠していたためといっても、五条のあばら屋に住んでいました女が、いったいどのように暮らしをたてていましたやらわかりませぬが、今をときめく源氏の君が現れた時、この人こそ、と思ったとしても何の不思議はございません。しかしあの方は、このような五条の女のところへ通うのを誰にも知られたくないと思い、大層警戒しておりました。随身と童ひとり、そしてもちろん惟光だけを連れて馬で向かいます。いつもの豪華な直衣《のうし》ではなく、狩衣《かりぎぬ》をまとい、顔は常に袖で隠しておりました。このような異様な姿をしていても女が迎え入れたのは、源氏の君と知っていたからに他なりません。もちろん歌をよみかけたのもあの女です。女はさらに確証をつかもうと、明け方に帰る一行の後を尾《つ》けさせたりいたします。けれどもあの方はうまくはぐらかしてしまいます。男も女も、決して一途《いちず》で純情というわけではありませんのに、会うともう何もかも忘れてお互いに夢中になっていくさまは、まあ、あさましい道理のとおらぬことでございます。

女はそれほどの美貌というわけでもなく、教養や才気があるというわけでもありません。けれどもものごしがやわらかくとても可憐なのです。幼いといっていいほどあどけないのですが、そうかといって男と女のことを知らないわけではなく、閨の中では驚くようなことが多々ございます。こういう女がたまにいるものです。心の中のことは何ひとつ見せず、男からはただひたすらに恋しくいとしいと思われる女でございます。あの方は知らなかったでしょうが、女は暗闇の中の手触りで、この男が源氏の君だと確信を持っておりました。車を使わず馬に乗ってやってきても、狩衣姿に身をやつしていても、高貴な男の肌というのはすぐにわかるものでございます。なめらかで場所によっては大層熱く、ほとんど歩くことのないふくらはぎは女のように細いはずです。女が情欲に我を忘れるふりをしながら、そういうことをひとつひとつ確かめていったのを、あの方は知りますまい。そしてあの女が頭の中将さまとの幼子を、泣き声を聞かれたくないばかりに、外にこっそりと移したのもあの方は知りますまい。

そうですとも、あの方はもう何の分別もつかぬほど、あの女にからめとられてしまったのです。今、女と別れてきたばかりの朝だというのに、早く夕方にならぬかとそればかりが気になります。自分でもいったいこのもの狂おしさはどうしたものだろう、そこまで心が奪われるほどの女かと、つとめて冷静になろうとするのですが、やはり会わずにはいられません。毎日どんなことをしてもあの家に行かずにはいられない、というありさまでございます。

いったいあの女には、魔性のものがとりついているのではないだろうか、どうしてこれほどあの女に溺れていくのかと自分に問うても答えは出ず、ただただあの女のところに通いつめているのです。当然のことながら、私のところには足遠くなりました。男の訪れがまれになることほど、女にとって恥ずかしいことはありません。ましてやあの方は、強引に私を自分のものにして、通い始められたばかりなのです。仕える女房たちが、いったいどんなことを言っているのやらと、私は消え入りたいような思いになったものです。もうその頃、私とあの方とのことが世間では噂になってまいりました。前東宮妃でしかも七歳も年が上の私が、若い男の虜《とりこ》になっているなどと口さがない人たちは言っているのではないか。そして邸の中のささやきが、やがて都中の嘲笑になるのではないだろうかと、私は日がなそのようなことばかり考え、誰にも知られぬように涙を流したものでございます。

あの方も私のことは気にかけていたようなのですが、女からもう離れることは出来ません。毎日のように女のもとに出かけるのです。女はあの方の変装や、他の者たちの誰にも見られまいとする用心深さを決して非難したりはいたしません。ただ愛らしく、

「ふつうではないようで、なんだかおそろしゅうございますの」

と言うだけです。しかし女のほうも決して素性を明かしません。子どもまでなした頭の中将さまは、あの方の親友であり義兄でもあります。その男と別れたからといって、すぐにあの方に身をまかせたのは、いかにもきまりが悪かったのです。そう、あの女は自分に都合の悪いことはいっさい口をつぐんでおりました。その点あの方のほうがはるかに純でいたかもしれません。ここまで入れ込んだ女に会ったのは初めてなのだから、いっそのこと二条邸にひきとってしまおうか。しかし世間体というものもあるし、正妻やその実家の左大臣家は何と思うだろうかと、心は乱れるばかりで、またそのゆらぎが女への執着につながっていくのですから、全く困ったものでございます。そしていきつくところ、女が自分の身の上を打ち明けないのはきっと深い事情があるからだろう、あちらが言うまでは決して問うまいと考えるのですから、なんとい

う世間知らずでありましょう。女は女であどけないさまを装って決して本当のことは申しません。ただ、

「なんだか変わっていて、おそろしゅうございます。まるで昔語《むかしがたり》の妖怪のようですもの」

と言うのです。あの方はそんな時、急に大人びた口調になり、

「なるほどどちらかが狐なのだね。でもなんでもいいから私に化《ば》かされていなさいよ」

と微笑みます。すると女はこっくりと頷《うなず》き、その様子の愛らしさに、あの方はたまらなくなり女を抱き締めるのです。この女はまさしく雌狐でした。そしてあの方はひたすら騙《だま》されることに酔っていたのです。

秋のはじめ、あの方は満たされぬ思いの中にいたのではありますまいか。

蟬が脱け殻を残すように、薄衣《うすぎぬ》を置いて逃げていった女は、その後も頑《かたく》なな態度を変えようとはいたしませんでした。そのうち、彼女の夫の伊予介《いよのすけ》が上京の挨拶《あいさつ》にまいります。さぞかしみっともない老人だろうと思っていたところ、上品な、見栄えもよい男でした。若いあの方は少々気圧《けお》されましたうえに、後ろめたいところがあるもの

ですから、受け答えもついそぞろになってしまいます。が、老人は礼儀正しくこまやかに遠い国の話をいたしますうち、こんなことを申しました。

「娘は縁がありましたので、ある男のところへ片づけ、妻は今度の赴任に連れていくつもりでございます」

あの方の胸は大きく波うちました。一度だけ契《ちぎ》った継娘《ままむすめ》のことはともかく、伊予介の妻のことは、未だに忘れられません。それが伊予の国へ行ってしまいますとは、思いもよらぬことでした。あの方は例の小君《こぎみ》を通して、なんとか逢瀬《おうせ》をつくりたいと考えたのですが、用心している女がどうして応えるでしょう。

正妻の葵《あおい》の上《うえ》さまとの仲も、冷ややかになるばかりで、聞こえてくるのは左大臣家の恨めし気なお言葉ばかりです。

けれどもあの方は、私に心のすべてをかたむける、ということはありませんでした。最初の頃のひたむきな、空恐ろしくなるほどの情熱が、ごく短い間に白々とした義務のようなものに変わっていったことに私は気づきました。

今、考えますにあの方は私を買いかぶっていました。いや、全くご存知なかったと言った方が正しいかもしれません。年上の優しくものわかりのよい女、聡明さで定評のある身分高い女は、決して嫉妬《しっと》などせず、自分をやわらかく居心地よく包んでくれるに違いないと思っていたのでしょう。けれども私はあの方が考えていたような女ではありませんでした。ものごとを深く思いつめ、その答えを自分にも相手にも強く求めていくのです。

決して口には出しませんでしたが、私は常に幾つかの問いをあの方に発していたのではありますまいか。

「私のような身分の女とこういう風になり、いったいどうなさるおつもりなのか。正妻の葵の上さまがいらっしゃるというのに」

「私に飽きる、ということはありますまいね、そのようなことがあったら、私は世間からもの笑いのたねになるのですよ」

若いあの方はさぞかし驚き、そして息苦しくなったことでしょう。まだ十七歳のあの方は、平凡な女とあなどっていた受領《ずりょう》の妻の内に強靭《きょうじん》な自尊心があることも、そして完璧と言われる身分高い女人《にょにん》の中に、女の業《ごう》が渦まいていることも初めて知ったのです。それはいつしかあの方をおびやかし、不安にさせました。そしてあちらから去っていった伊予介の妻はともかく、私のことをうとましく感じるようになっていったのです。

若い男は、答えを見つけようと女を追い求めるのではありません。未来も理屈もなく、ただ前にいる女が欲しいのです。それなのに私はあの方に誓わせようといたしました。誓いなどというものは、女を胸に抱いた時の男が一瞬するものでございます。それなのに愚かにも私は、無言であの方に迫っていたのです。あの方は、少しずつ自分でも気づかないまま後ずさりをしていったはずです。

夕顔《ゆうがお》の花を庭に咲かせる女は、あの方の心にすっぽりと入っていきました。ただ可憐であどけなく、むずかしく問うてくることなどいっさいいたしません。顔と身分を隠し、毎晩のように訪れる男にも、

「あなたはいったい誰？」

と問うことはなかったのです。女はもちろん男が源氏の君ということを知っておりました。確証を得ようと後を尾《つ》けさせたりもいたしました。それなのにあの方の前にいる時は、まるで少女のようにあどけないのです。

「まるで物語の中の出来ごとのようですわ。あなたはどこかの世界からやってきたあやかしの者かしら」

などと言いながら、男に身をゆだねるのです。閨《ねや》の中でも女はたとえようもなく従順でした。あの方のどんな大胆さにも、激しさにもひるむことなく応えるのです。もう少しあの方に経験があったら、女の体のあちこちに子どもを産んだなごりを見つけ

ることが出来たはずですが、そんなことは無理でしょう。それは私も必死で隠しとおしたものです。女の体はやわらかく、どこまでも男を沈めていきそうでした。たわむれに冷たく長い髪をその首に巻きますと、女は苦しいのか嬉《うれ》しいのか、どちらともとれる長い吐息を漏らします。女はあの方がそれまで抱いた姫君や女房たちとは違っておりました。まるで婢《はしため》のように従うばかりだった体が、ある時から女自身を裏切り、まるで別人のような反応を見せるのです。あの方がどのように驚き、どのように歓んだか、ここで申し上げるのははしたないことですが、それでも私は言わずにはいられません。あの方は女に溺《おぼ》れたのではなく、女の体に溺れていったのです。が、そんな区別が若い男につくはずもありません。あの方はいつしか、女をこのうえないものといとおしく思うようになったのです。もうこの女とは別れて生きていけそうもない。いっそ自分の邸《やしき》に引き取ろうか、しかしこのことが左大臣家に知られたら、舅《しゅうと》や姑《しゅうとめ》はいったいどう思うだろうか。

それならばこのまま、女のところに通うしかないのですが、家のみすぼらしさにいつまで耐えられるかということになりましょう。

満月の夜、月の光は板壁の隙間《すきま》から漏れてまいります。月は高欄《こうらん》の上から眺めるものと思っていたあの方にとって、壁から射し込んでくる月光も、あらわになった室内の様子ももの珍しく、つい暁近くまで長居してしまいました。女の家の向かいは小さな広場になっていて、そこに卑しき者どもが出てきて、何やら言い合っております。

「もう夜明けは寒くなってきたね。今年は米の出来もよくないっていう話だから、田舎の買い出しもしんどそうだな。おい、お隣さん、聞いてるかい」

宮廷の儀式でのおごそかな声、管弦の響き、女房たちのざわめき、といったものしか聞いてこなかったあの方にとって、下々のそういうざわめきは初めて耳にするものでした。傍《そば》にいる女は恥ずかしさのあまり消え入りたいと思うものの、わざとおっとりと構えております。そういう強さは持っている女なのです。

やがてごぼごぼと大きな音が聞こえ始めます。足で杵《きね》の柄《え》を使って米を搗《つ》いているのですが、いったい何の音かと聞くのも女にすまないような気がして、あの方は黙っています。

やがてもっとかすかなやわらかい音がいたします。これは藤の繊維を打っている砧《きぬた》の音です。絹を得ることのない貧しい者たちは、冬がくる前にこうしたものから布をつくっているのです。やがてそれと競うように、雁《かり》の声がいたします。まだ暗い空を斜めに飛んでいく鳥を見ようと、あの方は遣戸《やりど》を開けます。片手で女をぴったりと抱いたままです。こういたしますと、自分の顔をはっきりと見られることがないのです。

女の家の庭とも言えないほど小さな植え込みから、夜を惜しむように虫がいっせいに鳴いております。あの方は虫の鳴き声をこれほど間近で聞いたこともありません。呉《くれ》竹《たけ》のしげるさま、前栽《せんざい》の露もはっきりと手に取るように見えます。こういうことをひとつひとつ面白く感じるのも、自分の胸の中にいる女をたまらなくいとしく思っているからでしょう。

女は白い袷《あわせ》に、着なれてやわらかくなった紫色の表着《うわぎ》を着ています。決して華やかではない衣裳が、女のほっそりとした体をひきたて、より可愛らしく見せているようです。何度も申し上げているように、女はことさらに美女というわけではありません。異国《とつくに》の書き物などはそれなりに学んでいるようですが、とりたてて言うほどの教養があるというわけでもないのです。男の歌にすばやく返す程度のものです。それなのにあの方は、どうしようもないほど女を愛らしくこのうえないものと思い、すぐさま女をこの場に押し倒したい気持ちにかられるのですが、道端で喋《しゃべ》り合う者たちの声が先ほどからあの方に衝撃をもたらしています。虫や鳥と同じように、下々の者たちは夜は息をひそめどこかで呼吸をしているのでしょう。そして夜が明けると、生きもののひとつになり、いっせいに音をたてるのです。これほど間近で声を聞いたということは、昨夜の自分たちの睦言《むつごと》やさまざまな声も、おそらくあたりに響いていたのだろうと、あの方は顔が赤くなりました。姫君たちを抱く時も、あたりには女房たちが寝ておりますが、あの者たちはすべて心得ておりますし、子どもの頃から空気のようにまわりにおります。よくわからぬ言葉で、よくわからぬことを大声でまくしたてる男たちに、昨夜は囲まれていたのではないかと、あの方はいささかぞっといたします。そして他に誰もいないひっそりとした場所で、女を思いきり抱いてみたいという望みを持つのです。

「ねえ、こんなところたまらないよ。近くにもっといいところがあるからそこに移らないか」

「でも、そんなこと。とっても急なお話ですもの……」

と女はそう気がすすまない様子です。あの方は女を連れ出したいばかりに、ありとあらゆる言葉を尽くすのです。その中に誓いがありました。この世だけの成就を願ったものではありません。あの世までも二人は離れることがないという誓いは、ついに私にはしてくれないものでした。

やがて明け方も近くなってきまして、あたりでは鶏の声がいたします。その夜、女のところに泊まった男たちが、家を出る合図とする鶏の声です。しかしあの方は、そのままとどまって、じっと女を腕の中に入れております。誓いを立てたばかりの女を、どうして離すことが出来るでしょう。

また近くから、「南無当来導師《なむとうらいどうし》」と祈る声が起こりました。老人の声です。修験道《しゅげんどう》の勤行《ごんぎょう》をしているのでしょう。あの方はいささか鼻白《はなじろ》んだ気分になります。動物がうごめくように貧しいところに住み、明日もわからぬようなかすれるほどの声の老人でいながら、何を欲張ってわが身の幸福を祈っているのだろうか。しかしこれを自分の口説きに利用いたします。

「ほら、聞いてごらん。あの声の年寄りだってこの世だけとは思っていないんだよ。私たちはあの世でもずっと一緒に暮らす宿縁なんだからね」

全く何という傲慢《ごうまん》さでしょうか。自分たちだけは弥勒菩薩《みろくぼさつ》がお出ましになるという未来まで、ずっと若いまま幸福でいられるとあの方は考えていたのです。次の世は極楽浄土だけが待っていて、愛する者とまた共に暮らすと信じている幼さといったら……。が、お教えいたしましょう。ここにあるのは闇ばかり。その闇の中で、闇穴道《あんけつどう》から風が吹いてまいります。極楽というところは存じませんが、ここにあるのはただ闇と冷たさばかり。比翼《ひよく》の鳥などは飛んでおりません。

しかし十七歳のあの方は、女をさらに強く抱き締め、あの世までと何度も言葉を尽くすのです。

そのうちに手はずがすべて整い、車が迎えにまいりました。この家の女たちは、主人がいきなり遠出することに不安を抱えながらも仕方ないと諦《あきら》めておりました。高貴な方が、自分たちの女主人になみなみならぬ心をお持ちだと、右近《うこん》といういちばん近くに仕えるものがよく言い聞かせていたからです。とにかく人目につく前にと、あの方はすばやく女を抱いてひらりと車に乗ります。その後あわてて右近も続きます。あたりが明るくなった万里小路《までのこうじ》を通り、着いたところは廃院でございます。昔、さる大臣の邸だったものが皇室に献上され、院と呼ばれるようになったのですが、今は住む人もなく荒れ果てております。半分壊れかけた門のあたりにはしのぶ草が生いしげり、手入れされていない庭は森のように樹々が暗い陰をつくっていました。

勢いで女をこんなところに連れてまいりましたが、あの方は動悸が静まりません。女というのは夜明け前に別れるものですのに、このように空がしらみかけて二人して見知らぬところに来るというのは、それこそ大変な冒険なのです。

やがて管理人たちが忙しく立ち働き、西の対《たい》に敷物を敷き、几帳《きちょう》をしつらえたりいたします。それを右近という女は、うっとりとした気分で眺めております。遠い日に同じようなことがあったのを思い出したからです。やはり権力ある若い男の前で、急な要求にもかかわらず何人もの召使いが必死で動いたものです。自分たちの女主人にも、ようやく再び運がめぐってきたのだと、右近は確信を持ちました。院と名がつくところで、管理する者たちが無条件にかしずく若君といったら、それはもう帝の御子、源氏の君しかいないはずです。

あの方が日頃住んでいる邸にも出入りしている下家司《しもけいし》が、恐縮しきって申し上げます。

「ここにはちゃんとした者もおりません。何かと不便をかけると存じます。二条のお邸から人を呼びましょうか」

「いや、そんなことはしなくてもよい」

あわててあの方は答えます。得体の知れぬ女を外に連れ出し、一緒に過ごしていることを家の者たちに知られたくはありません。

「人が来ない隠れ家を探してここに来たのだ、絶対に他の者には言わないように。わかったな」

とにかく早く二人きりになりたいあの方は、最後には声を荒らげたほどです。

急ごしらえではありますが、綺麗に整った御座所に着くやいなや、あの方は女の袴の紐《ひも》に手をかけます。さきほど結んだばかりだというのに、また紐は解かれ、女はなよなよとその場に崩れ落ちます。あの方は小鳥の羽をむしるように、女の衣裳をはがしていきます。女と外で泊まることも初めてならば、明るいところで女を抱くのも初めての経験でした。朝の光を恥じて女はしきりに身をよじりますが、あの方はそれを許しませんでした。ふだん陽を浴びたことのない女の肌は、痛々しくなるほど青白く、あの方が焦ったためにつけた指の跡が赤く残るほどでした。

その日、陽が高くなってから二人はやっと起き出しました。まわりに侍《はべ》る者はおりませんので、あの方は自分で格子を上げます。邸の広大な庭は、ただもう枝の伸びるままにまかせておりまして、昼も薄い闇がひろがっております。あたりに人影も一軒の家もなく、池の面がびっしりと水草で埋まっているのも何とも気味悪い様子です。何かものを言えばこだましてきそうなほど、あたりは静寂が支配しておりました。

「何だか怖いところに来てしまったね。でも私ならば鬼だって見逃してくれるはずだけどもね」

あの方はそんな冗談を言いますが、〝鬼〟と舌の上にのせた時、その禍々《まがまが》しい響きにぞっといたしました。本当に鬼が出てきてもおかしくないほど荒涼とした場所なのです。

女は心細げにぐったりとしております。衣裳をつける間を全く与えられませんので、裸の肩に表着だけをふんわりとかけておりますが、陽の下で女のそんな姿を見たことのないあの方は、いとおしくてたまりません。考えてみれば正妻の葵の上さまとて、こんな風に明るいところで睦み合ったことはないはずです。ここまで深い仲になって隠しごとをするのもおかしいと、もう袖で隠すことをやめ、あの方は明るい光の下で顔を女に向けます。

「夕露《ゆふつゆ》に紐とく花は玉ぼこのたよりに見えしえにこそありけれ」

夕べの露に花開くように深い仲になったあなたは、あの通りすがりの道で会った縁だったのですね、という意味の歌をよみ、

「この露の光、どうだろう」

とさらに顔を近づけます。何度も女と契り、疲れて眠り、そして起きたばかりのあの方の顔は、うっすらと汗をもち薄桃色にほてったままです。あの方はそんな自分の顔がどれほど美しいかよく知っておりました。あの方は女から賞賛と愛の言葉を得ようとしたのです。けれど女は流し目でちらりと見て、

「光ありと見し夕顔の上露《うはつゆ》はたそがれ時のそらめなりけり」

光り輝いているように見えた、あの夕顔の露のような美しいお顔は、たそがれの時の見間違いでしたのね、とわざとそっけなく答えます。子どもっぽく、ただあどけないように見せて、女はこういう機転が実に巧みです。瞬時に男の心を蕩《とろ》かすようなこ

とをすぐ口に出来るのです。案の定あの方は、なんと頭のいい女なのだろうとすっかり嬉しくなってしまいました。

「いつまでも他人行儀でいるのはおかしいよ。私だって顔をすっかり見せたんだよ。だから名前を教えてください。あなたはいったい、どこの方なの」

しかし女は名前を明かそうとしません。古い歌にひっかけて、

「海士《あま》の子ですから……」

と小さい声で申します。名を言うほどもない女だとへりくだるところがこれまたいじらしく、あの方はまた女を抱き締めるのです。

夕暮れ近くなり惟光《これみつ》がやっと行先を探しあて、果物やお菓子をさし上げます。惟光はもうすっかり自分の正体もわかってしまっただろうと右近に対してきまり悪く、おそば近くに行くことが出来ません。それにしても源氏の君の、女に対してのこの入れ込みようといったらどうだろう。こんな大胆なことを決行なさるぐらいだから、さぞかし相手はいい女なのだろう。それならば最初に自分が近づいていった時に、わがものにすればよかったと惟光は好色なことを考えます。まあ、その程度の女なのです。あの方ではなく、腹心の家来が手をつけてもよかったのです。

あの方はご存知なかったでしょうが、その廃院はかつて私の一族のものでございました。広大な邸のあちこちには、私の祖母、曾祖母、大伯母、その前の女たちの霊がまだうごめいております。それを揺り動かしたのはあの方でございます。

夜になりまして、もう何度めかわからぬほどの契りが始まりました時、あの方はちらっと私のことを思ったのです。このところすっかり六条あたりへはご無沙汰している。あの誇り高い貴婦人はどれほど怒っておいでだろうか。が、仕方ない。自分の思うがままに、ぐにゃりと体が曲がっていくこの女の愛らしさといったらどうだろう。あえぐ声の甘さといったらどうだろう。もうこの女から当分離れることは出来ない。しばらくはただの男と女となって、思う存分この廃院の中で睦み合いたいものだ……。あの方は心の中でそうつぶやきながら、女の体を開いていったのです。

その夜眠っていた私は、誰かに名を呼ばれました。御帳台《みちょうだい》の中に女がひとり立っていて私を手招きします。誰と名乗らなくてもその女が私の一族の者だということはすぐにわかりました。懐かしさだけで、恐怖は全く感じなかったからです。

私の魂は女と一緒にふわふわと飛び、荒れ果てた邸へと着きました。西の対の仮御座所には、もう数人の女たちが集っておりました。みんな髪が長く美しい顔の、私の一族の女たちです。女のひとりは、私に几帳の中を覗《のぞ》くように合図いたしました。そこで見た光景は今も目に灼《や》きついております。男と女のあさましい姿でした。まともな女では決してしないような姿態を見せ、あの女は歓喜の声をあげております。そして女を組み敷いていくあの方の背のたくましさに私は一瞬見惚《みと》れ、次に絶望の声をあげました。女はあの方を完璧に所有していたのです。私から離れていこうとするあの方を、女は自分のものにしていたのです。この程度の女に、どうしてそんなことが出来るのか……。私はしばらく呆然《ぼうぜん》と見ていたはずです。

やがて二人は形だけ衣をつけ、とろとろと眠りに入りました。一族の女たちは寝ている女を起こすことなく、いたぶり始めました。女自身の髪で首を絞めたり、鞭《むち》のようなものでぶったりいたします。中でも長老の女が、

「ここをどこだと心得ているのか。お前のような女が来るところではない。立ち去りなさい」

と罵《ののし》っているのが私にははっきり聞こえました。が、あの方はぐっすり眠り始め何も聞こえていないようです。やがて女のひとりが枕元に立ち、私を前に押し出し恨み言を口にしたのです。

「何の取り柄もないこんな女をお連れになって、本当に恨めしく思います」

その声に目を覚ましたあの方は、とっさに太刀をひき抜き手元に置きました。灯火《ともしび》

が消えている中、右近の名を呼びます。ただならぬ気配にすっかりおびえている右近に、叱《しか》りつけるように命じました。

「渡殿《わたどの》にいる宿直《とのい》を起こしてくれ。そしてすぐに紙燭《しそく》をつけてくるように言ってくれ」

「私は怖くて、とても行けません」

「子どもみたいなことを言うものではない」

あの方は空《から》元気を出し、大きな声で笑います。そして「誰かある」と手を叩いたのですが、邸の中にこだましていくばかりです。その間女はわなわなと震え続けていました。先ほどの恐ろしい出来ごとが、とても夢とは思えず、そのことを告げようにも声が出ないのです。丸二日続いた男との激しい交わりは、女の体をすっかり弱めていて、それに私の一族の女たちの打擲《ちょうちゃく》が続いたのですから、もう息もたえだえになっていたのです。

伏して恐れおののくばかりの右近を諦め、あの方が立ち上がりました。

「仕方ない。私が起こしてくる。しばらくここで待っていておくれ」

西の妻戸《つまど》に出て戸を開けますと、渡殿の灯も消え、あたりには誰もおりません。あの方は人をみな遠ざけていて、この邸にいるのは管理人の他には下働きの若い男、殿《てん》

上童《じょうわらわ》、随身《ずいじん》がひとりだけなのです。ようやく下働きの男が返事をしたので、

「紙燭をつけて持ってこい。随身は弦打《つるうち》をして魔物を追い払え」

と手早く指示を出します。管理をしている者の子は滝口《たきぐち》の武士なので、力強く弓弦《ゆづる》をうち鳴らしあちこちを清め始めます。灯りもやっと戻ってまいりました。部屋に帰りますと、女は先ほどの姿のまま臥《ふ》していて、右近もその傍に倒れております。あの方はまず右近を起こしました。

「何ていう怖がりようなんだ。こういうところは狐などが出てきてよく人を脅かすらしい。私がついているから大丈夫だ」

「私のことよりご主人さまを見てくださいませ。どんなに怖がっていらっしゃいますか」

確かにそのとおりだと、あの方は几帳をひき寄せます。緊急なことで、身分卑しいものが紙燭を持ってくるため、その男の目から女を隠そうとしたのです。暗闇の中、女を抱き寄せるとぐったりとして正気を失っておりました。しっかりしなさい、と声をかけながらあの方はふと顔を上げました。そして私と目が合ったのです。そのことで私は、自分がまだその部屋から立ち去らず、その姿があの方に見えていることを知ったのです。あの方は私に何か言いかけ、そしてはっとしたように女に目をやります。

「紙燭を持て。なんて愚図愚図《ぐずぐず》しているんだ。そんなところでかしこまっていないで、ここまで持ってきなさい」

あの方の怒声が聞こえ、やがてそれは驚きの声に変わりました。

「何ていうことだ……」

女の呼吸が止まったのです。何度も申し上げましたように、これは私のしたことではありません。けれどもあの方は私を見たのです。ですからもはや申し開きは出来ませんでしょう。

あの方は二度と私の方に目をくれません。ひしと女を抱き締め、ただ同じ言葉を繰り返すばかりです。

「生き返っておくれ。このまま死なないでおくれ」

強がりを言い、色男ぶってもまだ十七歳の若者なのです。このような荒れた無人の邸で、女をひとり死なせてしまったのですから、その恐怖と不安はいかばかりのものだったでしょう。

その間にも私の一族の女たちは、あの方のまわりをしのび歩いております。女が死んだからといって、後悔しているようでも、喜んでいるようでもありません。ただ自分たちの持家を淫靡《いんび》な場所に変えられたことが不満だったのではありますまいか。

あの方が女を抱き、揺り動かし続けどのくらいの時間がたったでしょう。ようやく惟光が到着しました。あの方は惟光の顔を見たとたん、ふっと気がゆるんで泣き出してしまいました。愛する女が急死したことに加え、このことが世間に知れたらもう生きていけないという子どもじみた恐怖から、涙はとめどなく出てくるのです。が、そう年は違わないのに惟光はしっかりしておりました。

「どうかご心配なさいますな。私のよく知っている小寺がございますので、そこにお移ししましょう。あなたさまはこのまま早く二条のお邸にお戻りください」

惟光はてきぱきと女の死体を上《うわ》むしろにくるみ車にのせます。気が動転していて呆《ほう》けたようになっている右近が一緒に乗り込みます。きちんとくるまなかったせいか、女の黒髪がむしろから何筋もこぼれ出ていて、あの方はそれを正視することも出来ません。車は女のために使ったので、馬に乗りようやく二条の邸へと帰り着いたのは、もう夜明けからかなりたってからです。あの方は御帳台の中に倒れ込み、死んだように眠り続けます。そしてその悪夢の中に、私は何度も出てくるのでございます。

前にもお話し申し上げましたとおり、この世の者ではなくなった私には、たくさんのものが目に入ってまいります。あの方の今も、過去もさまざまな景色が目の前を通り過ぎていくのです。

そしてある時、私は見てはいけないものを見てしまったのです。あまりの驚きと恐ろしさに、現身《うつしみ》を失った身となりましても私の体は小さく震えたほどでございます。震えながらも私は、すべての謎が解けたと合点いたしました。あの方がどうして突然涙をこぼしたのか、どうしてあのように怯《おび》えたのか、すべてがわかったのでございます。

あの方は私を抱き締めながら、こんな風にささやいたことがあります。

「あなたには足りないものが何ひとつない。すべてのものをお持ちです。なんて美しい方だろう。あなたは私を恋い焦がれさせて、苦しめるためにお生まれになったのではありますまいか……」

それは私たち二人の恋が始まっていた頃、いちばん濃く強いものが燃え上がっていた時でございます。私はあの方の言葉にうっとりと酔ってもよかったのにそうはなりませんでしたのは、賞賛の中に何かしら空々しいものを感じ取っていたからではありますまいか。それは言葉が空虚というのではなく、きちんと私に向かって言われているのではないような気がしていたからです。けれども私はまだ本当のことを何ひとつ知ってはいませんでした。戯れ半分に、

「他の女の方にも、そういうことをおっしゃっているのでしょう……」

と拗《す》ねて申し上げるのがせいぜいでした。が、どうしてあの時の私に、考えもしないほどの秘密を感じとることが出来たでありましょうか。

後にあの方は二人の女性《にょしょう》にこう誓ったのです。

「あの世でも一緒の蓮《はちす》で暮らしましょう」

ごく若い時に知り合った夕顔を育てていた女にも同じことを言いましたが、これはもののはずみというものでしょう。はっきりと心から誓われたのは、あの方の正妻ともいえる紫《むらさき》の上《うえ》さま、そして、そして……、父君の最愛のキサキ、藤壺《ふじつぼ》の宮さまでございます。

三歳でお母さまと死に別れたあの方は、お祖母さまにも逝かれ、六歳で宮中に引き取られることになりました。帝はそんなあの方を不憫《ふびん》がり、可愛がりようもひとかたではありません。幼いあの方を連れ、キサキたちの御簾《みす》の中にも入っていかれます。その中でもひときわ若く美しくいらしたのが、入内《じゅだい》したばかりの藤壺の宮さまだったのです。申すまでもなく、亡くなったあの方の母上に生き写しと評判の方でございました。

いくら小さな男の子といっても、藤壺の宮さまはずっと袖で顔をお隠しになります。すると帝はやさしくさとされるのです。

「どうかそんな他人行儀になさらないでください。あなたは不思議なほど、この子の母親に似ているのですよ。どうか弟だと思って、この子を可愛がってください」

そしてあの方を前に押し出すようになさるのです。

「さあ、もっと側《そば》におゆきなさい」

藤壺の宮さまからは甘やかな香りがいたします。他のキサキたちも高価な香を薫《た》きしめていますが、藤壺の宮さまのそれは若々しい体臭と混ざって、やさしく懐かしい香りとなるのです。それに誘われるように宮さまに近づくと、その美しいお顔があらわになることがございます。色が白く整ったお顔立ちなのはもちろんですが、素晴らしいのが生えぎわです。薄暮色にやわらかくけぶっているのです。

字を学ぶようになると、あの方は〝五つ年上のやさしいお姉さま〟に、文を届けるようになりました。最初はたどたどしく花や紅葉の風景を歌によみ、どれほど慕わしく思っているかを書き綴《つづ》ります。宮さまはまるでままごとの相手をなさるようにお返事をくださいました。しかしそれは長いことではありません。あの方が元服なさる少し前に、手紙のやりとりはぴたりとなくなりました。御簾に入るどころか、遠くから女房を介して言葉をかわすということになりましたが、これはあの方にとって大きな裏切りとなりました。

「なんと冷たい仕打ちをなさるのだろう」

という悲しみと恨みは、やがて激しい心へと変わっていったのです。

それにしても、なんという恐ろしいことをなさったのか。あの方の父上は一天万乗《いってんばんじょう》の帝です。そのキサキに恋をし、やがて奪う、などということは、いくらあの方が帝の愛子《まなご》でも許されることではありますまい。いいえ、愛子ゆえに、あの方は宮さまにあれほど近づいたのでございます。

「どうか、この子を可愛がってください」

と帝は、あの方を愛する女性《にょしょう》の前に立たせられました。その帝のお心が、私には測りかねます。まことに失礼ながらも申し上げれば、迂闊《うかつ》といえば迂闊でいらっしゃいます。そしてまわりに侍《はべ》りながら、

「なんとお美しく、似ているお二人でしょう。まるで姉と弟のようでございます」

と、ため息をついて眺めていた女房たちもなんと呑気《のんき》なことでしょう。おそらく人々は、角髪《みずら》の童子が、またたくまに青年になっていくことに気がつかなかったのではありますまいか。確かにまだ少女といってもいいほどの宮さまが傍《そば》にいらっしゃると、二人は無垢《むく》のただ美しいばかりの雛《ひな》人形のように見えました。その雛人形のひとりが、もうひとりに迫り、懇願し、半ば犯すように自分のものにするとは、あの頃誰ひとりとして想像しなかったに違いありません。

あの方は光り輝くように美しい、「光の君」と呼ばれ、宮さまは「輝く日の宮」と世間の人々は申し上げるようになったのです。

しかし私のまわりで「輝く日の宮」の噂をする者は、全くといっていいほどおりませんでした。帝にいちばん愛されるキサキという地位は、私が当然得るものと皆が考えていたからに違いありません。いえ正式な東宮妃《とうぐうひ》でありました私は、寵妃《ちょうひ》というよ

りも中宮《ちゅうぐう》や皇后となって当然でありました。

帝に何人かの美しいキサキがいらっしゃるのは知られておりましたが、そういう方々のことはみだりに噂するものではありません。あの頃、都でいちばんの美女、いちばんの貴婦人と言われたのは私でございました。私の書きました、どうということのない時候の手紙も手本のようにされ、私の姿かたちは、かなり大げさに人々の間に伝わっていたようでございます。

「どうか私を拒《こば》まないでください。あなたのような貴い方を手に入れるために、私は死ぬ覚悟でここに来たのですよ。この勇気を知ったら、あなたは決して冷たくは出来ないでしょう」

そんなことを言ったあの方が、私は本当に恨めしいのです。同じ頃、あの方はもっと貴い女性《にょしょう》に迫っていたのでございます。

私などよりもっと得がたい女性《にょしょう》を求めて、あの方は絶崖《ぜつがい》を素手で登っていきました。少しでも手を滑らせたらそこには深い谷底が待っているばかり。それでもあの方はためらうことなく、いっきに登りつめようとしたのです。どうしてあの方が、それほどの危険を冒そうとしたのか、私にはわかりません。宮さまに母上の趣《おもむき》を見たのでしょうか。いいえ、母の代わりに男が女を抱くものではありますまい。

ただ決然と宮さまに向かっていったあの方に、私は暗い心を見たように思います。いくら自分を愛してくれたといっても、帝は決して帝位を譲ってくださらないではないか。何よりも、自分がこのうえなく慕う母君を、死出《しで》の旅へと向かわせたのは帝その人ではなかったか。あの方のやりきれぬいらだちが、いつか宮さまへと向かわせたのではないでしょうか。

いえ、いえ、これは嫉妬《しっと》からくる私の臆測《おくそく》というもの。あの方は本当に宮さまの美しさに心を奪われていたのでしょう。その美しさは、あの方に罪を負ってもいいと思わせるほど類《たぐい》まれなものだったに違いありません。そしてあの方の傲慢《ごうまん》さは、この美しさと対等の価値があるのは、それは父、帝の地位ではなく、自分の若さと美しさだと思わせたのでしょう。

夕顔《ゆうがお》の花を塀に咲かせている女が亡くなってから、あの方はしばらく起き上がることも出来なくなりました。悲しみのあまり、身も心も空っぽのようになったのです。そうした中、宮さまへの執着が異様に募っていったのは、どうした心の不思議さでしょうか。あの方のお母さまもお祖母さまも、早くに亡くなられましたが、幼い子どもが死に際にいたわけはありません。しかし夕顔の女だけは、自分の胸に抱き、息をひきとっていくさまをはっきりと見たのです。あの方にとって、初めて味わう死の実感というものでございました。死への恐れが、この世の空しさとなっていくのは老人のすること。十八にまだなっていなかったあの方にとって、死というものの大きさ、近さというものは、荒々しい衝動と欲望に変化したのです。

どうせいつか消えていく命ならば、その前に自分の思いを遂げずにいられようかと思ったのです。自惚《うぬぼ》れといわれてもよいのですが、あの方の猛《たけ》り狂った決意の陰には、私への成功があったことは間違いありますまい。とても相手にしてもらえまいと思った年上の高貴な女でも、心と言葉を尽くせば、思いを遂げることが出来たのです。それどころか、女の方でもいつか自分に激しい執着と愛情を寄せるようになったのです。そう、あの方をあのように無軌道な恐ろしい挑戦に駆り立てたのは、私かもしれません。あの方は心のどこかで女をみくびるようになっていったのでしょう。

宮廷で管弦の遊びが行なわれ、人の出入りでざわついておりました夜、あの方は王《おう》命婦《みょうぶ》の手びきで、宮さまの寝所にしのんでいかれたのです。王命婦は名前でわかるように、皇族ともつながる身分の高い女房でございますが、あの方は当然この女とも通じております。私の邸におります中将もそうですが、あの方はこれぞと思う女君の近くに仕える女を、まず自分のものにするのです。

女たちは、あの方から責められ、懇願されますと嫌とは言えません。自分たちが口説かれた時と同じ熱っぽさで、自分の主人とをとりもてと言われる女たちが、果たしてどんな気持ちでおりますのか。今をときめく光の君と、わずかでも関係を持てたことをよしとするのか、それとも所詮《しょせん》女房勤めというのはこういうことと割り切っておりますのか、私にはよくわかりませんし、知りたくもないことです。いずれにしても、御簾の奥深く住む女たちは、腹心の女房に運命をゆだねているところがございます。その女房が、自分によいものを差し出してくれるかどうかは、ひとえに女主人と女房との信頼関係にかかってくるのです。

その点、王命婦は決してよい女房とは申せません。

「ただお話をするだけでいいのだ、私は子どもの頃、いつも宮さまの御簾の中にも入れていただき、近しく、お声をかけてもらった。あの頃のように、本当に近くでお声を聞き、思い出話をしたいだけなのだ」

というあの方の言葉を信じ、お側近くまで連れていってしまったのです。しかしあの方は王命婦が必死で制するのをふり切り、御帳台《みちょうだい》の中まで入ってしまいました。王命婦はさぞかし驚いたことでしょうが後のまつりです。ここで自分が大声をあげたりしたら、宮廷が大変な騒ぎになることは間違いありません。あの方はそうした女の弱みを充分に知っております。私の時もそうでした。

あまりの驚きとあさましさに、宮さまはただ泣くばかりです。うつぶして耳も貸さないようにしている父の思い人を、あの方は上から、抱きかかえるようにし、冷たい髪に何度も口づけするのです。

「私の心を知らなかったとは言わせませんよ」

言霊《ことだま》と申しますか、あの夜のあの方ぐらい、言葉の持つ力に導かれていった人間はおりますまい。

「幼い頃、たったひとりでおりました時から、あなたのお声、お笑いになる顔だけが生き甲斐でした。そうですとも、私は本当にひとりぼっちであなたに縋《すが》っていたのですが、そんな私の気持ちを、まさかご存知ないとは言わせませんよ」

そう訴えながら熱い涙をとめどなく流すあの方に、さまざまな光景が浮かんでまいります。広大な宮廷をひとりさまよう童子の自分がおります。どこまでが虚構なのか、どこまでが真実なのか、もう本人にもわからないまま、あの方は泣きながら必死にかきくどくのです。

「さあ、お顔を見せてください。ずっとそうなさっているのは卑怯《ひきょう》ですよ。私は今夜、死を賭《か》けてここに来ているのですから」

〝死〟という言葉を発した時、あの方はその不吉さと甘美さに身を震わせます。そしてこの恋だけが、自分が本当に望んでいた本物の恋だと確信を持つのです。この重さと切実さに比べたら、他の恋など話にもならない。必死になって手に入れたと思っていた六条の女性さえ、この恋の序詞《じょことば》に過ぎなかったと考えるのは、なんというひどいお心でしょう。

「どうか、もうお帰りください……」

やっと本来の気高さを取り戻した宮さまは、息もたえだえにこうおっしゃいました。

「こんなことを知られたら、私はもう生きてはいけません」

「私もです」

あの方はささやきます。

「でも、あなたなしでも私は生きてはいけないのですよ」

宮さまの肩がかすかに上下しましたが、ただそれだけのことです。気丈にも宮さまはつっぷしたまま無言でいることで、相手を拒絶したのです。これが他の女でしたら、力ずくでわがものにしたでしょうが、宮さまならばそんなことが出来るわけがありません。夜明け近くまで、あの方はさまざまに手を尽くしたのですが、やがて諦《あきら》めることになります。春にはまだ早い、冷え冷えとした夜のことでございました。

人は誰でも、心の中に函《はこ》を持っております。その中にさまざまな感情を隠し、鍵をかけ、墓場まで持っていくのが分別というものでありましょう。しかしいったん函から取り出した心は、もう元に戻るものではありません。強靭《きょうじん》な一本の紐《ひも》となり、ずるずるとつながっていくらでも出てまいります。ましてやあの方は、行動を起こしてしまわれたのです。選ぶ道は二つしかありません。このまま諦めるか、それとももう一度挑むかです。あの方は心のうちで、自然と後者の方を選んでおります。だからこそ思い悩む日が続いたのです。

そしてそれが原因というわけでもないでしょうが、突然瘧病《わらわやみ》にかかったのです。瘧病というのは、発熱にともなって発作が起こるやっかいなものです。いろいろなまじないや加持祈禱《かじきとう》などをなさったのですが、いっこうによくなる気配はありません。するとある人が、北山に行くように勧めました。

「そこにすぐれた修行者がおります。昨年の夏にも瘧病は流行いたしまして、たくさんの者がわずらっておりましたが、その者のところへ通った者はすぐに治ったということですよ」

こじらせてはやっかいになると、すぐにその者をお召しになります。が、使者が戻

ってきて言いますには、

「もう年をとって腰が曲がり、家の外に出ることも出来ません。都に出ていくなどとても無理なことです」

とお答えしたということです。

「それならば仕方ない。こちらから行くことにしよう」

あの方は、ごく内密に親しい者だけを四、五人お連れになり、まだ暁のうちにお出かけになりました。

三月の末ですので、都の花の盛りは過ぎてしまいました。しかし深い山にわけ入るにつれて、山の桜は濃くなっていくばかりです。ふだんはめったに遠出をしないあの方は、霞《かすみ》のかかった景色をめずらし気にながめます。その奥の奥、岩に囲まれた小さな家に修行者はひっそりと住んでおりました。身をやつし、誰と名乗っているわけではないのですが、あの方の様子はやはりふつうではないのでしょう。

「もったいないことでございます。このあいだお声をかけてくださった方が、わざわざいらしてくださったのですね。もう世間とも縁を切り、修験の方法なども忘れておりますので、どうなりますでしょうか」

と微笑む修行者は、おそらくすべての雑事をやめ、来世に向けての祈りに入っておりました。ただ者ではない高い徳に充ちております。さっそく護符をつくってあの方に飲ませ、念の入った加持を始めました。もうこの頃になると日は高く上っております。

ひととおりのことが終わり、外に出てあたりを見ますと、下の方に幾つもの僧坊が見えます。このあたりは有名な寺もあって、信心深い人々が集ってくるのでした。その中でもひときわ目立ちますのが、つづら折りの下の、小柴垣《こしばがき》に囲まれた一軒の邸です。家や廊舎が並び、まわりの木立ちもきちんと手入れされているのが風情もあり、豊かな暮らしぶりを表しています。

「あの家は誰が住んでいるのだろう」

あの方が尋ねますと、供の者がどこで聞いたものやら、

「某《なにがし》の僧都《そうず》が、この二年籠もられているということでございます」

僧都は四位の殿上人《てんじょうびと》に相当するほどの位ですし、卑しい者がその名をはっきりと口にせず、「某」とぼやかして言ったところをみますと、かなりの家柄の方と思われます。

「ちょっと気を遣わなくてはならない者かもしれない。こっちはこんなみすぼらしい格好できたんだから、挨拶にこられたりするとめんどうだろうな」

それきり興味をなくしたかに見えたのですが、その時家の中から女童《めのわらわ》が大勢出てまいりました。仏さまにお供えする水を汲《く》んだり、庭の花を折ったりするのですが、みな綺麗な顔をしておりますうえに、同じような表着《うわぎ》をつけているのでいっせいに花が咲いたようです。男たちは驚き、顔を見合わせます。

「こんな山奥に、これほどたくさんの女がいるとは」

「僧都が女を囲っているのか」

「まさか。ちょっと見てまいりましょう」

さっそく道を走って下り、塀の中を覗《のぞ》く者さえいました。その者が申しますには、

「中にも若い女房や女童がたくさんおりました」

女たちは僧都ではなく、別の女主人に仕えるためなのでした。いったいあの邸には誰が住んでいるのかと、あの方は仏のお勤めの合間にもそのことが頭から離れないのです。

さて、その日加持が終わりましても、遅い春の陽はなかなか暮れようとはいたしません。満開の桜のまわりが、陽をためこんでいるように光っております。そしてもっと山の方の桜は霞を従え、さらに青白く輝いております。都ではまず見られない見事な景色に、あの方は扇を口にあて「ほーっ」とため息をつきます。しかしこの桜にな

まめかしい気持ちをかきたてられても、ここは北山の奥、冗談をしかけるなじみの女房がいるわけでもありません。あの方の足は、自然とさきほどの僧都の邸へと向かっております。惟光《これみつ》だけを連れているのは、女たちを覗き見するつもりなのです。が、柴垣のこちら側に立ちますと、意外なものが目に飛び込んでまいりました。そこにいるのは若い女でも女童でもなく、中年の尼だったのです。簾《すだれ》を少しまき上げているので、部屋の中がよく見えます。持仏に花をお供えし、その方はお経を読んでいました。四十過ぎと見える本当に気品ある美しい尼君なのですが、体の具合がよくないのか、柱にもたれがかり、脇息《きょうそく》の上に経文を置いて読んでいます。その姿がいかにも大儀そうで、あの方はおぼろげに憶《おぼ》えているご自分のお祖母さまのことをふと思い出しました。祖母上も亡くなる少し前、あのように柱にもたれてばかりいたのです。

その時です。奥から強い光が走ってくるような感じがありました。キラキラとしたものが、突然あの方の目を射たのです。

それはひとりの少女でした。白い下着に、着なれてやわらかくなった山吹襲《がさね》の表着を着ています。よほど急いでいるのか、肩までの髪がゆらゆら揺れ、口はしっかりと結ばれています。女の子が家の中で走るというのはとても不作法なことですのに、なんとも愛らしく自然なことのようにも見えるのは不思議なことでした。泣いたと見え、こすった顔が赤くなっていましたが、少女の美貌は疑いないもので、先ほどの女童たちと、顔つきも着ているものもまるで違っています。

「何ごとですか。子どもたちとまた喧嘩をしたのですか」

と見上げる尼君と少女の顔がどこかしら似ていて、これは娘に違いないとあの方は見当をつけます。が、少女は十歳ほどなので、四十過ぎの尼君が母とすると、随分遅い子になります。

「雀の子を犬君《いぬき》が逃がしちゃったの。伏籠《ふせご》の中にちゃんと入れておいたのに」

訴えるように尼君に言う、少女の愛らしさといったらありません。大人になったらどれほどの美女になるだろうかと思われるほどです。

尼君は呆《あき》れたように、深い悲し気なため息をつきました。

「まあ、なんて子どもっぽいことをおっしゃるの。私がもう今日明日とも知れない命だというのに雀を追っかけてらっしゃるなんて、本当に情けないこと」

そして、こっちにいらっしゃいと手招きしますと、少女は素直にちょこんと膝をついて座ります。見れば見るほど本当に美しい少女で、生えぎわのけぶるような感じがある女性にそっくりなのです。それはあの方が恋い焦がれている藤壺の宮さまでした。と申しましても、あの方がそれをはっきりと目にしましたのはごく幼い頃です。美しい女というのは、みんな生えぎわが子どもの頃から整っているものなのですが、少女を見慣れたことがないあの方は、目を離すことが出来ません。清潔で無垢な命《いのち》が息づいている様子《さま》は、私を含め数々の恋に疲れ果てているあの方を惹きつけてやまないのです。尼君は二人の男が覗き見していることも気づかず、延々と胸の内をさらけ出しお嘆きになります。少女の美しい生えぎわをそっとかき上げながら、

「櫛《くし》を入れるのをいつも嫌がられるけれど、なんて綺麗なおぐしでしょう。本当に子どもじみているのが、気がかりでたまりません。あなたぐらいのお年になれば、もっと大人びてちゃんとしている方もいるのですよ。あなたのお母さまは、あなたと同じ十歳で父上に先立たれました。けれどもよく何でもわきまえて、それはご立派でしたよ。それなのに同じ十歳でも、あなたは赤ん坊とそう変わりないではありませんか。たった今でも、私がこの世を去ったらどうなさるおつもりなの。ひとりぼっちでどうしていくおつもりなの……」

尼君は袖を目にやりさめざめと泣き始めます。覗き見しているあの方も、思わずもらい泣きしてしまいました。尼君の話によると、どうやらこの少女の母は早くに死んでしまったらしい。父親はどうかわかりませんが、祖母の尼君に育てられ、今その人も病弱のようです。こんな幼い可愛らしい子どもが孤児になるのかと、あの方は自分

の幼い頃が甦《よみがえ》ってとても人ごととは思えないのです。そして、もしこの尼君に何かあったら自分が育てたい。この美しい少女が大人になるまで見届けたいものだと強く思ったのでございます。そしてそれを実現させるのですから、何やら奇妙な話ではありませんか。

あの方は十八歳になったばかりです。ふつうこの年代の若者が、幼い少女に心を寄せるものでしょうか。私は今でも少女を引き取ったあの方の心が本当にわかりかねます。後にわかることですが、たとえ藤壺の宮さまの由縁《ゆかり》の方、似ているお方といっても、たいていの青年にとって少女は退屈で幼稚なものでございます。少女に強い興味を持つ若い男というのは、ごくめずらしいものです。

この少女は後に正妻格となり、あの方に最も愛された女性として「運のいい方」「幸せ人」と世の中から言われますが、本当にそうでしょうか。あの瞬間から、少女という時代を少しずつ盗み見された紫の上さま、それがこれから私がお話しするあの方です。

山の春の盛り、覗《のぞ》き見をした少女のことを、あの方はどうしても忘れることが出来ません。自分でも不思議に思うほど、少女に心を惹《ひ》かれていくのです。

「あんな可愛らしい子どもを手元に置いて、朝に晩に眺めていたら、どれほど心の慰めになるだろう。この心の苦しさを慰められるかもしれない」

あの方は自分から望んで、不幸を味わいたいと思ったのではありますまいか。今でも、そう思うことがございます。何人もの恋人を持ち、とてもかなうはずがないと思っていた私まで手に入れたあの方ですのに、この世でいちばん不可能な恋に向かって突進して行ったのです。父上である帝の、いちばん愛していらっしゃるキサキを自分のものにしたいという願いは、藤壺《ふじつぼ》の宮さまの必死の拒絶に遭《あ》いました。それでもあの方は諦《あきら》めることが出来ず、ぐずぐずと悩んでは涙を流し、自分の身を嘆いているのです。

不幸というものは、そんなものではありません。不幸というのは、自分が持っていたものを失うことを言うのです。夫に死なれ、恋人に去られた私にはよくわかるのです。

なくても済むものをどうしても欲しいと願い、それが得られないと言って悲しむのは不幸とは申しません。しかし十八歳になっただけのあの方に、そんな道理がどうしてわかるでしょう。あの方の心の中は、ただ藤壺の宮さまが欲しい、というそのことだけなのでございます。そして、その延長のように、あの少女が欲しいと、狂おしく思うようになったのです。

その思いに火をつけたのは、少女の縁者の僧都《そうず》でいらっしゃいます。北山に療養に出かけたあの方のところへ、挨拶《あいさつ》をしたいと参上されたのです。この方は尼君の兄君でいらっしゃいます。品のいい実に高潔なご様子で、忍び歩きのためいつもよりずっと質素ななりをしているあの方は、少々きまり悪くなったほどです。

僧都は、あの方をご自分の僧坊《そうぼう》に案内し、せっかくこの聖なる場所にいらしたのだからと、仏の話をしみじみとなさいます。

「私たち人間というのは実にあさましいものでございますから、このように朝晩念仏を唱えておりましても、心が澄んでいかない時がございます。けれども私は案じていないのですよ。阿弥陀仏《あみだぶつ》は、このようなことを初めからご存知のはずです。煩悩から逃れることが出来ない愚《おろ》かな私たちを救うために大きな慈悲の心を持っておられるのですからね。どれほど名ごりおしくても、いつかは私たちの生は尽きるのです。その時、すべてをゆだねて、ゆったりとした心で浄土に往生させていただければよいのですよ」

あの方はそうした有難い話を聞けば聞くほど、何やら恐ろしい気分になっていきます。あの世の地獄は八つあって、そのうち邪淫《じゃいん》の罪を犯したものは、衆合《しゅごう》地獄というところに落ちていくそうでございます。そこには熱く赤い大河があり、獄卒《ごくそつ》が真赤に燃えた鉄の武具を投げ込み、罪人を投げ込んでは焼き殺していくというのです。

父の妻と言うべき人を愛してしまった自分は、いずれこの地獄に落ちるのだろうか、いや、まだ契ってはいないのだから罪は軽いはずだ。けれども自分の心は、たとえあの世で焼き殺されようとも、この世であの女性《にょしょう》を愛し抜きたい。それを諦めることは、この世で地獄に行くことだと、あの方の心は千々《ちぢ》に乱れ、息苦しくなるほどです。

その時、不意にあの方の前に、少女の姿が浮かんできました。肩までの髪をゆらゆら揺らしながら、半分べそをかいて走ってくるあの姿の愛らしさ、清らかさ……思い出せば思い出すほど、あの少女は自分にとって特別の意味を持っているとしか思えないのです。

「ところで、こんなことをお聞きするのは不躾《ぶしつけ》ではありますが、あなたの僧坊に住んでいらっしゃるのはどなたでしょうか。実はここに来る前に不思議な夢を見たのですよ。どうも思いあたることがございますので、お聞きしたいのですが」

夢占いにかこつけて、内々のことを聞き出そうとしたのですが、僧都はそんなことはとうにお見通しです。が、まさか少女のこととは思わず、おそらくあの方が女房の一人にでも目をつけたのだろうと見当をつけ、ふふっと微笑《ほほえ》まれます。

「なんとも突然な夢物語でございますね。しかしお尋ねになられても、きっと見当はずれになりましょう。この家に住んでおりますのは、年とった尼でございますよ、私の妹になります。按察大納言《あぜちのだいなごん》と申しますが、亡くなってもう、久しくなりますので、お若いあなたなどご存知ありますまい。妹はその北の方でした。大納言がお隠れになった後、世をはかなんで出家したのですが、最近は病《やま》いがちなので、私のところに身を寄せております」

それではあの少女は、尼君と大納言の孫なのかと、あの方は性急に質問を重ねずにはいられません。

「決してうわついた、おかしな気分からお尋ねしているのではありません。その大納言には、姫君がいらっしゃると聞いたことがございますが」

「確かに娘がおりましたが、亡くなりましてもう十年になります。大納言が、いずれ入内《じゅだい》させたいと、それは大切に育てておりましたが、その願いもかなわず残念なことでございました。父親が早く亡くなってからは、妹の手で育てておりましたが、誰が取り持ったものか、兵部卿宮《ひょうぶきょうのみや》がお忍びで通ってくるようになったのですよ」

この僧都は身分も卑しくないご立派な方ですが、山にずっとお籠《こも》りになっていた人淋しさからなのか、あるいはあの方の美しい様子に心が多少うわついているのか、家内のことをつい口軽くお話しになってしまわれました。

「娘の方は、兵部卿宮のようなご身分の方が通っていらっしゃる気苦労があったのでございましょう。宮の北の方も、ご存知のように名家の出でいらっしゃいますから、娘が心安らかにいられるわけもありません。朝晩悩んでいるうち、あっけなくこの世を去ったのです。本当に心の苦労が病になるものだということを、私は身近でまざまざと見たわけでございます」

これで合点がいきました。あの少女に自分がどうしてこれほど執着するかということをです。兵部卿宮さまは、藤壺の宮さまのお兄さまでいらっしゃいます。あの少女はおそらく、兵部卿宮さまと、大納言の姫君との間に出来た子どもに違いありません。藤壺の宮さまの姪《めい》にあたるのですから、似ていても何の不思議もなかったのです。

それでもあの方は念を押して尋ねます。

「本当においたわしいことでございます。それで、姫君は形見のお子さまを遺《のこ》していかれなかったのでしょうか」

「亡くなる少し前に生まれたのは女の子でございました。この子が妹の心配のたねでございまして、この子を遺して養い親の私まで死んでしまったらどうしようと毎日嘆き暮らしているのでございます」

「そのことでございますが……」

あの方は膝を進めます。そういたしますと、かぐわしい香のにおいがさらに強くなり、僧都を包むのです。

「突然のことで驚かれるかもしれませんが、この私を幼い姫君の後見役にしていただけませんでしょうか。実はいろいろ子細がございまして、通う女性もいるにはいるのですが、思いどおりにはならず、今は独り身も同然でございます。ですからいろいろお世話申し上げ、成長を見届けたいのでございます。なにぶん姫君とはあまりにも年が離れておりますので、とんでもない好色者のように世間から思われるかもしれませんが」

僧都は大層驚き、しげしげと目の前の若い男を見つめました。遠出をなさっているからこそこれほど身近で言葉をかわすことの出来る光の君。噂以上の美しさ、立派さで、年老いた僧が見てもうっとりとするほどです。しかしまだ年端もいかぬ少女を貰《もら》いたい、とはいったいどういうことなのだろうか、と全く合点がいきません。光の君が正妻とうまくいっていない、ということは聞いたことがありますが、お通いになる女人《にょにん》はいくらでもいるはずです。さてはもう大人の女に飽きて、幼い少女をなぐさみものにするおつもりなのか。なんという好き心なのかと、僧都にはあの方の熱心さが、なにやら薄気味悪く見えてくるのです。

「本来なら喜んでお受けするお話なのでございましょうが、姫はただあどけないだけの本当の子どもでして、ご冗談にもお相手にはなりません」

と、きっぱりと申し上げます。

「まあ、こんなことは僧侶の私がとやかく申すことではありませんが、あちらの祖母ともよく相談していずれお返事いたしましょう」

いずれ、と言っているものの、婉曲《えんきょく》な断わりでございます。そして、

「そろそろ阿弥陀仏のいらっしゃるお堂でお勤めがありますので、もうまいります。終わりましたら、また参上いたします」

先ほどまでのうちとけた様子はどこへやら、そそくさと、席を立ってしまわれました。

一人残されたあの方は、きまり悪さと失望とで、すっかりうちひしがれております。宮中での意地の悪い方々は別にして、帝の愛子《まなご》としてまわりから大切にかしずかれてきたあの方は、他人から拒否されたり、嫌悪のまなざしで見られることに慣れておりません。ただただつらくなるのです。

桜を輝かせた陽ざしはどこへやら、変わりやすい山の天気で夕刻から弱い雨が降り

始めました。風は強く吹き、水かさを増した滝の音が高く聞こえてきます。僧都がお勤めしているのでしょう。お堂から、やや睡《ねむ》たげな読経《どっきょう》の声が、たえだえに聞こえてくるのも、ぞっとするほどの淋しさです。

あの方は僧都の坊に来たことを後悔し始めました。もしかしたらあの少女を間近に見られるかもしれないとやってきたのですが、これほどつれなくされるのでしたら、最初から宿にきめていた寺の方が気楽でよかったかもしれません。先ほどのことで気分を悪くしているのか、僧都の方からは夜具ひとつ、白湯《さゆ》ひとつ出るわけでもなく、あの方は横になったまま、寒さと悲しみに耐えております。

さらに夜は更け、読経も終わったのですが、あの方はまんじりとも出来ません。それどころか、さまざまな感覚が冴えわたっていくようです。近くにまだ寝ぬ人々がいるのも、手にとるようにわかります。さらさらという衣ずれ、数珠《ずず》が脇息《きょうそく》に触れるかすかな音……。

それにしても、この気のきかなさはいかがなものかと、空腹のあまり少し乱暴になられたあの方は、仕切りに立てかけている屏風《びょうぶ》を少し引き開け、召使いにするように扇をぱちんと鳴らします。そういたしますと、やっと出てくる者がおりますが、どのようにふるまっていいやら、まごまごするばかりです。

「どうか、尼君にお取り次ぎください」

うちひしがれた心と腹立たしさ、そしてひもじさが、あの方を大胆に粗暴にしてお りました。苛立《いらだ》った声をあげ面会を求めたのです。

女は急いで奥へ入り、尼君にこのことを申し上げましたが、あちらも驚きとまどう ばかりでした。

「兄上からちらりとお聞きしましたが、どうやら見当違いをされているようです。姫君のお年をもっと上と勘違いされているのでしょう」

などと言いながらも、あまりお待たせすると失礼になるので、急いでお歌の返事をさし上げます。こうして仕える女が行き来するうち、ついにあの方は、少し声を荒らげました。

「このようなお取り次ぎを、私は今までされたことがありません。いったいどうなっているのでしょうか」

あの方の心のうちは、自分のような高貴なものがどうしても話をしたいと申し出ているのに、山奥の僧坊でこのようにもったいぶった扱いはどうしたことかと腹を立てているのです。尼君も観念なさって、近くにやってこられ、直接お話をなさいます。

「だしぬけなことですので、浅墓《あさはか》な考えとお思いでしょうが、私としては決して一時の思いつきではありません。どうか姫君のお世話をさせていただけませんでしょうか。私も幼い頃、母に死に別れ、大層つらく淋しい思いをしてまいりました。だから姫君と自分とをつい重ねてしまうのです。姫君と同じような生いたちの者が、心を込めてお世話申し上げる、という風に思っていただけませんでしょうか」

ここがあの方の狡猾《こうかつ》なところでしょうが、自然と僧都の時よりも尼君の方に言葉を尽くしてお話しになります。いつとても、女の方が自分の味方になることをよく心得ているのです。

実際尼君は、僧都よりもずっとやわらかくお考えになりました。

「うれしく思わなくてはいけない仰せなのでございますが、姫君について何かお聞き違いをされているのではありませんか。まだ人形遊びをするような年頃で、とても人さまの前に出せるような姫ではないのですよ」

まさか覗き見をしたとは言えないあの方が、

「いいえ、すべて聞いておりますので、何もご心配はいりません。どうか堅苦しく考えずに、私の真心を信じてくださいませ」

などと言い合いしているうちに、お勤めを終えた僧都が戻られたようなので、あの方はひとまずそこを退散することにいたしました。ていよく断わられたわけですが、

「これで糸口がついた」

と密《ひそ》かに喜ぶあの方も、まだ少年のような幼さを持っていたのかもしれません。

しかしあの方は、決して少女のことを諦めたわけではありません。そしてその百倍もの強い心で藤壺の宮さまのことを追い求めていたのです。藤壺の宮さまのお血筋で、驚くほど似ている少女。今や二人の女性《にょしょう》は、重なり合い、離れ合いしながら、二つの大きな車輪となり、あの方をどこかへ駆り立てようとしているのです。その駆り立てる先は衆合地獄なのか、私にもまだわかりません。わかっているのは、あの時あの方を止めるものは何ひとつなかったということです。この私のことも、何ひとつ頭をかすめることはなかったでしょう。

あの方はしょっちゅう尼君に手紙や歌をことづけ、自分の心が決していっときのものではないということを盛んに伝えております。そうしながらも、まるで狙いを定めた獣のような周到さで、あの女性《にょしょう》の動向をしきりにうかがっております。口に出すのもつろうございますが、あの女性《にょしょう》というのは藤壺の宮さまです。父上の帝の、いちばん愛していらっしゃるキサキに、もう一度何とかして会いたいものだと、あの方は絶えずまわりから情報を得ようとしていました。しかし帝いちばんのご寵愛《ちょうあい》の女性《にょしょう》は、めったに宮中からお出になることはなく、あの方の入り込む隙《すき》はまるでないのです。

ところが初夏の季節に、藤壺の宮さまは体調を崩され、お里に下がることになりました。この機を逃してはなるものかと、あの方は女房の王命婦《おうみょうぶ》をしつこく追いまわします。どうしてもあと一度だけ会わせてくれと懇願するのです。王命婦は藤壺の宮さまからもきつく言われておりますので、最初のうちはとり合いませんでしたが、あの方の執拗《しつよう》さについ負けてしまいました。こういう願いを、女たちとの情事の最中に口にするあの方は、本当にずるうございます。抱かれた男からの願いとなりますと、女たちが無下《むげ》に断われないのを、あの方はよく知っております。たとえその願いが、お前の女主人を抱きたい、というものでもです。

またもや御帳台《みちょうだい》の中に入ってきたあの方を見て、藤壺の宮さまは恐ろしさと情けなさでただ泣くばかりでした。ただ前回と違っていたのは、お泣きになりながらも、あの方の口説に耳を貸していたことでしょう。

「今夜こそ、私の話をちゃんと聞いていただこうと思って、私はここにまかり出たのですよ。あの夜以来、私がどれほど苦しくつらい日をおくってきたか、おそらくあなたはご存知ありますまい。私はどんなことをしても、あなたを思い切ることは出来ません。私は幼い頃から、あなた一人をお慕いし、あなた一人を思って生きておりました。あなたへの思いを断ち切れ、というのは、私にとって死ねということなのです。いいですか、あなたがもう一度私を拒んだりしたら、私はこの場で死にます。脅しではありませんよ」

その時藤壺の宮さまは、うっかり、

「そんなことはなさらないで」

と声をおあげになり、それですべてのことは音をたてて崩れておしまいになったのです。宮さまの髪は想像していたよりも冷たく長く、そしてその肌は想像をはるかに超えてなめらかでした。

「今となってはあなたが恨めしい」

宮さまの喉を軽く嚙《か》み、あの方は涙を流します。

「あなたには欠けたものや不足したものが何ひとつないのです……」

その後の言葉はさすがに憚《はばか》られます。閨《ねや》の中の宮さまがどれほど素晴らしかったか、あの方は伝えたかったのですが、それは到底口にすべきことではありませんでした。

「あなたのような方がこの世にいらっしゃることが私には恨めしい。これではますます、あなたを恋するばかりではありませんか。いつかは恋い死にしろと、誰かが私に命じているようです。ですが、このままではきっと私はそうなります。ええ、間違いありません……」

やっと思いがかなったという感激と、これが最後かもしれない、という思いが、あの方の涙を誘います。あの方は本当に愛する女性《にょしょう》の耳に唇を這《は》わせこう囁《ささや》くのです。

「ですが私が恋い死にをしても、私たちはあの世で一緒になれるのですよ。私たちはあの世の蓮《はちす》の上で一緒に住むのですよ」

これと同じ言葉を、十年後、あの方は少女に言うことになります。私には決して口にしなかった言葉です。しかしあの世に、蓮の花はひとつしかございません。あの方が生涯一人の人と定めたのは、藤壺の宮さまだったのか、それとも後に紫《むらさき》の上《うえ》さまと呼ばれるようになる少女だったのでしょうか。

いずれにせよ、重たくねっとりとした闇の中、あの方は宮さまとついに契ってしまったのです。夜が明けるのがにわかに早くなったというのに、あの方は宮さまを腕に抱え、さまざまな誓いを立てていました。そして御帳台の外では、早く出ていくことをうながすように、王命婦があの方が脱いだ直衣《のうし》を集めております。その顔からは何の感情も読み取ることは出来ません。こうした時の女房というのは、たいてい無表情なのですけれども。

私に藤壺の宮さまをお恨みする気持ちはございません。そうですとも、ああした時、女が抗《あらが》うことはほとんど出来ないものです。最後の力を振り絞れば何とかなることもございますが、あの方は鬼でさえ身を任すと思われるほどの力を持っています。かぐわしい香がまず漂ってきたかと思うと、やさしく低い声が心をかきくどくのです。それは時には涙さえ混じり、女の心は揺さぶられずにはいられません。そしていつのまにか手を取られ、するすると引き寄せられていくのです。当時のあの方は、相手のためらいを抑えつけるためにか、やや乱暴にふるまうのですが、その性急さは若さと甘さに満ちていて女たちはいつかそれを許してしまうのです。

藤壺の宮さまも、心のうちのどこかでは、あの方のことを許していらしたのではないでしょうか。あの夜以来、宮さまはぐったりと横になり、泣いてばかりいらっしゃるようになりました。まわりの者たちは、それを見てお体の具合がまだよくないのだとしきりに案じておりますが、宮さまは一向に回復いたしません。宮さまはご自分の犯した罪におののいていらっしゃいました。どうしてあのようなことになってしまったのかと、情けなさとつらさに、涙はいくらでも出てまいります。しかしその涙の中には、一滴の甘美が含まれているのでした。

帝は大層おやさしく、宮さまをご寵愛なさっておいでですが、なにぶん年が離れていらっしゃいます。穏やかで寛大な愛情しかご存知なかった宮さまにとって、青年の一途《いちず》な攻勢は、それこそ目もくらむようなものでした。愛が得られなければ死ぬと、男は何度も口にしたのです。だから相手を死なせないために、あれは仕方なかったのだという自分だけの言いわけを、天はお見逃しになりませんでした。即座に宮さまに罰を与えたのです。

突然切り裂かれたように真夏の空が姿を現した時、宮さまは体の変調をはっきりと悟られたのです。初めてのことですのに、子どもを身籠ったのだとすぐにわかりました。事態のあまりの恐ろしさに、もう起き上がることも出来ません。汗でお顔をしとどに濡らしながらも、ずっと衣を被《かぶ》って横になっていらっしゃいます。お加減が悪いと、手紙のお返事もさし上げませんので、帝も大層心配なされ、毎日使者をお遣わしになります。

七月になりましたある日、汗の気味悪さに耐えかね、宮さまはお湯をお遣いになりました。王命婦と、もう一人弁《べん》だけがお仕えいたします。この弁という者は、宮さまの御乳母子《おんめのとご》になりますので、心をお許しになっているのです。二人の女房は、少しずつ宮さまの体にお湯をかけてさし上げていましたが、やがて手を止め、お互いの顔を見つめ合ったのです。高貴な方が湯浴《ゆあ》みするための白い薄衣《うすぎぬ》が濡れて透け、やや張り出した乳房を目にしたからです。けれどもお腹のあたりはまだきざしはなく、どう見ても懐妊されたばかりのお体です。その前にも二人は宮さまの今月の赤不浄《あかふじょう》がないことを訝《いぶか》しく思っていたところです。里帰りされたのはふた月前、これでは日にちが合いません。

王命婦は大層賢い女でしたから、

「どうなさるおつもりですか」

とは、決して申し上げませんでした。

ただ、

「ご懐妊の御しるし、確かに承りました。まことにおめでとうございます」

と頭を下げました。

「さっそく使者を遣わし、このことをお上に奏上いたしましょう」

言葉も出ない宮さまに続けてこう囁きます。

「お上には、物《もの》の怪《け》のしわざで御しるしが出るのが遅れたのです、と申し上げればよいのです。おそらくご出産も少し遅れることと思いますが、それも物の怪によるものだとするのです」

あまりのことの重大さに、宮さまの一層細くなった肩はわなわなと震え始めました。

王命婦は、

「お心を確かに」

と強く申し上げます。

「あなたさまさえしっかりなされば、すべて済むことなのです。よいですね、あなたさまのお腹の子どもは、帝の御子に間違いはございません。初産の子どもなど、生まれる日は気まぐれでございますから。それから、もうあちらとは二度とお会いになりませんように」

涙に濡れたお顔で宮さまはこっくりと頷《うなず》きます。こうして王命婦は、自分でも気づかぬうち、確かに復讐《ふくしゅう》を遂げたのではありますまいか。

一方、あの方は毎夜異様な夢にうなされるようになりました。それも毎晩同じ夢を見るのです。これはただごとではないと、夢解きの者を呼んで尋ねてみますと、とんでもないことを口にするではありませんか。

「あなたさまに巻きつくその龍というのは、おそらく帝のしるしでありましょう。何年か先、あなたさまの御子が、帝の位につくということを夢が告げているのです」

その後、こんなことも申しました。

「が、そのご幸運の前には、思いもよらないようなつらいことが起こり、しばらく謹慎しなければならないということも出ております」

臣下にくだった自分に、なんと途方もないことを言うのだろうと、あの方は空恐ろしい気分になってまいりました。そして、

「これは私の夢ではなく、他の方の夢だ。このことは決して他言しないように」

と念をおされたのですが、その後すぐにあの方は宮さまのご懐妊の噂をお聞きすることになりました。もしや、あの時の子どもではあるまいか。そうすれば夢解きもすべて合点がいく。あの方はようやく、自分の犯した罪の大きさに愕然《がくぜん》とするのですが、それでも宮さまへの恋情は消えることはありません。そして宮さまのおもかげを記憶の中で追っていきますと、必ずあの少女が浮かび上がってくるのです。

「雀の子を犬君《いぬき》が逃がしちゃったの」

宮さまが手に入れられないなら、あの少女を自分のものにしたい。五年後はおそらく出会った頃の宮さまそっくりになる女性《にょしょう》を。あの方は、次第に自分の狂おしい感情の中に溺《おぼ》れていったのでございます。

秋が深くなっていきます。日々の重なりを、これほど畏《おそ》れ、胸の動悸と共に数えるのは、あの方にとって初めてのことでした。

自分の子どもが、藤壺《ふじつぼ》の宮さまのお腹の中でゆっくり育っているという事実。たっ

た一度だけだというのに罪の証《あかし》は、日いちにちと大きくなっているのです。

「いったいどうしたらいいのだろうか」

これほどの苦悩は、あの夕顔《ゆうがお》を塀に生《お》わせていた女以来です。が、あの時のつらさは死がもたらしたものであり、今度の苦しみは、もうじき迎える生のためでございます。延々と続くことになるはずでした。しかしこの苦悩を、藤壺の宮さまも味わっていると思う時、あの方はとんでもない恍惚《こうこつ》を感じるのです。この死まで浮かべるつらさを愛する女性《にょしょう》も負っていると考えるのでした。

藤壺の宮さまを恋する気持ちは、ますます強くなるばかりです。どんなことをしても会いたい、という狂おしさは失《な》くなった替わりに、激しく心の中で思いをつのらせていくという恋は、あの方に大人の陰影を与えていったのかもしれません。私はあの頃、ますますあの方への執着をつのらせていったのです。

藤壺の宮さまへの思いが深くなるにつれ、あの方は再び足繁《あししげ》く私のところへ通うようになりました。それどころか、さらにせつせつと愛を誓い、さらに強く私を求めるのです。

あの夕顔を咲かせる家の女が死んで以来、あの方はしばらく私から遠ざかっていました。しかし、他の女では心を埋めることは出来なかったに違いありません。いつしか、あの夜のことは物《もの》の怪《け》のなせる業《わざ》、私と思った女は、何かを見間違えたのだとあの方は思うようになりました。いや、思うように努めたのでしょう。あんな現《うつつ》か幻かよくわからぬことで、私を失いたくはなかったのです。そうですとも、私ほど美しく、知にすぐれた女が他にいたでしょうか。

私は藤壺の宮さまの替わりではありません。私があの宮さまにかなわなかったことはただひとつ、若さだけでした。今ならはっきりと申せます。宮さまは確かに美しくすぐれた女性《にょしょう》だったでありましょうが、人の心に深く入り込んでいく知というものをお持ちだったのでしょうか。ここで言う知とは、社交の場で当意即妙に答える機知ではございません。そんなことは、女房たちに任せておけばよいのです。それよりも、愛する人に問われた時、その方にいちばん必要な言葉を差し上げられるかどうか、人人の心の動きを優雅に読み取り、いちばんふさわしいふるまいが出来るかどうか、藤壺の宮さまはいかがだったのでしょうか……。

いや、いや、そんなことを申すのは嫉妬《しっと》というものでしょう。私はただ、何も知らずあの方との愛に酔っていた、自分の愚かさがただ口惜しいのです。あの方があれほど恐ろしく重要な秘密を抱えていたことも知らず、自分のところへ戻ってきてくれたと喜んでいた日々が、まざまざと甦《よみがえ》ってまいります。今思えばあの方が、いちばん暗く悩んでいた時が、私たちの蜜月でした。

秋もたけなわとなった頃、あの方はその夜も私のところに向かっていました。冷たく澄んだ空気が湿り気を帯びていると感じたとたん、やわらかい雨が降ってまいりました。車の御簾《みす》ごしにそれを見、遠い六条まで行くことにふともの憂くなったあの方の目に飛び込んできたのは、荒れた大きな邸《やしき》でした。手入れをされていない樹々の枝が伸び放題に繁り、大きな闇をつくっております。といっても無人のようにも見えず、あの方はとても興味をそそられます。悪友たちと女の話をした時、

「世間から忘れられ、荒れ果てた邸に住んでいるような、おちぶれた姫君の中に、案外拾いものがあるものです」

と聞かされたことを思い出したからです。さっそく惟光《これみつ》に尋ねましたところ意外な答えが戻ってまいりました。

「亡くなられた按察大納言《あぜちのだいなごん》のお邸でございます。ほら、北山でおめにかかった尼君のお住まいの……」

ああ、そうだったと思い出しました。北山で覗《のぞ》き見た美しい少女のことが忘れられず、惟光に言いつけ、見舞いは絶やさないようにしていたのです。

「そうだった、それで尼君は、もう回復されて山を降りられたのだろう」

「いったんはそうでしたが、ここに移られてから、ご容態はよくないようでございます。つい先日も伺いました時は、ひどく弱られたようで、仕える者たちも途方にくれておりました」

「それをどうしてもっと早く言わないのだ」

あの方は少し声を荒らげました。

「そういうことだったら、さっそくお見舞いに伺おう」

女のところへ行くはずでしたのに、別の女が目の前にいれば、すぐさまに実行に移すのがあの方の性分というものです。そして尼君のお邸に車をつけた時は、自分の最初の目的は、ここに見舞いに伺うことだったと、しんから思うことが出来る人。それがあの方でございました。

もちろん尼君のところでは、いい迷惑だったことでありましょう。夜が更けてからの高貴な方の訪れに、女房たちはとまどうばかりです。が、あの方は惟光を使い、強引に取り次ぎを願います。尼君の近くに仕える女房たちは、

「困ったことになりました。この何日かめっきりお弱りになって、面会などとてもかないませんのに」

と言い合いますが、気丈にも尼君は、

「光の君さまをお待たせするわけにはいきますまい」

と南の廂《ひさし》の近くまでにじり寄っていきます。あの方は心を尽くしてお話しいたします。先ほどまで、私の邸に車を向け、私との逢瀬《おうせ》のことをあれこれ考えていたはずですのに、頭の中はもうとうに切り替わっているのです。

「いつもお手紙ばかりで申しわけありません。お見舞いにお伺いしなければと思っていたのですが、いつもそっけなくされますので、つい気がひけてしまうのです」

まるで女にするような恨みごとを、尼君に申し上げるのです。

「そんなわけで、お加減がよろしくないということも、今まで知らなかったのです。どうかご無沙汰《ぶさた》をお許しください」

「いえ、いえ、気分がすぐれないのはいつものことなのでございますよ」

御簾のすぐ近くまで尼君はいらしているようですが、かぼそい途切れ途切れの声で、じっと耳を傾けなければよく聞こえません。ご病気はよほどひどくなっているのだろうと、あの方はお気の毒に思いながら、女を口説く時以上の熱心さで、尼君に申し上げます。

「どうか好色な気持ちから、こういうことを口にしていると思ってはくださいますな。いったいどのような前世の因縁なのか、初めておめにかかった時から、姫君に心を奪われてしまったのです。とてもこの世の縁《えにし》だけとは思われません。どうかこの私に、姫君のお世話をさせていただけませんでしょうか」

しばらく沈黙がございました。ややありまして、体の位置を変えたのかかすかな衣《きぬ》ずれの音がしました。尼君が力をふり絞って、言葉を続けようとなさっているのです。

「私の命はもう長いことないような気がいたします。心残りはひとり残される姫君のことで、この思いが私の往生を悪くしているのでございましょう。本当にみっともないことでございます」

この世での執着があり過ぎると、極楽浄土へ行くのはむずかしいとされていることを言っているのでしょう。そして尼君は苦しそうに息を整えられた後、ひと息にこうおっしゃいました。

「もしあなたさまのお気持ちが、将来もお変わりないようでしたら、今のように他愛ない年頃を過ぎました時、どうか女君の中に加えてくださいませ。どうか年頃になりました時に……」

幼い孫娘を案じる、必死の言葉でした。けれども「託す」ところまで、尼君はあの方を信用していないのです。どう考えても奇妙な話です。たった十歳のあどけない少女に、十八歳の男盛りの貴公子が、なみなみならぬ思いを寄せ、どうしても引き取りたいと言っているのです。もし姫君が十三、四の年頃でしたら、尼君は願ってもないご縁と喜ばれたことでしょうが、姫君はまだ女の証さえ始まっておりません。そのような少女をどうしても手に入れたいとするのは、ねじれたお好き心と、尼君でなくても思ってしまいます。さんざん女性《にょしょう》との関係に飽《あ》いたあの方が、さては幼い少女を、なぐさみものにするおつもりなのかと。それで尼君は、

「そういう年頃になりました時に」

と申し上げているのです。しかしあの方は、老いた尼君のそうした必死さを、汲《く》み取ることが出来ません。

「せっかくここまで来たのですから、あの可愛らしい方のお声を、ちょっとだけ聞かせてもらえませんか」

などと図々しいことを申し上げます。奥で聞いていた女房たちは、おお、嫌だ、これだからこの方は信用出来ないのだと思い、尼君のご意向を聞くまでもなく、すぐにお答えいたしました。

「さあ、いかがでございましょうか。何もご存知なく、ぐっすり眠っていらっしゃる最中でございますからね」

その時、間の悪いことに小さな足音が近づいてきました。

「おばあさま、このあいだお寺でお会いした光の君がいらしたんですって。どうしてご覧にならないの」

あちら側では、女房たちの、

「ま、そんなことをおっしゃって」

「静かになさいませ」

と、あわててたしなめる声がしました。

「あら、どうしてなの。だっておばあさま、あの時おっしゃったのよ。光の君を一目拝したら、いっぺんで気分がよくなられたって」

潑剌《はつらつ》とした少女の声を、世にも愛らしいものとあの方はお聞きになりました。しかし困惑しきっているまわりの女房たちに気を遣い、すっかり知らん顔をなさることにいたしました。そして尼君に丁寧に挨拶《あいさつ》され、邸を辞します。車に乗り込む時、雨はすっかりあがり、雲の切れ間から黄色い半月が顔を出します。姫君は、もう自分のことを慕《した》っているではないか、もう少しの我慢だと、あの方は少しうきうきとし、そのまま昂《たかぶ》った気分のまま、私の邸へと向かうのです。

そうしながらも、次の日の朝、尼君にさっそくお見舞いの手紙を差し上げ、ついでにこんな歌をひとり言でよんでみます。

「手に摘《つ》みていつしかも見む紫《むらさき》のねにかよひける野辺の若草」

手に摘んでいつか見たいものだ、紫草の根につながっているという野辺の若草を、という歌の真意は、他の人には到底知られてはならないものです。紫草というのは、当然、藤壺の宮さまをさしていて、野辺の若草というのは、姫君のことです。あの方は、決して手に入れることの出来ない藤壺の宮さまの替わりに、姪《めい》のあの少女を手に入れようとしているのでしょうか。私はそれは違うような気がいたします。藤壺の宮さまと由縁《ゆかり》の方だとわかる前から、あの方は姫君に惹かれていたのですから。

おそらく見たこともないほどの美少女を目にした時、あの方の心の中に、新しい好き心が芽生えたに違いありません。あの方はたえず、美しく風情ある女性《にょしょう》を求めていました。男の方ならみんなそうしたものかもしれませんが、あの方の求め方は、少し常軌を逸していました。私や藤壺の宮さま、といった評判の女たちを手に入れても、いや手に入れれば入れるほど、

「もっと誰か他にいるのではないか。この女性《にょしょう》よりも素晴らしい人がいるのではないだろうか」

という気持ちは強くなるのでした。これはあの方が、お母さまをほとんど知らない、ということによるのかもしれません。お母さまによって、女性《にょしょう》というものを知ってい

く機会を、あの方は逸してしまったのです。あの方の求めるような女性《にょしょう》など、この世にいるわけがありません。あれほど憧れ、長年恋い焦がれた藤壺の宮さまですら、自分に身を任せた時から、あの方は少し倦《う》む心をお持ちになったはずです。半ば犯すようにして、強引に契った藤壺の宮さまに、なんと傲慢《ごうまん》で勝手な仕打ちでしょう。けれどもあの方はまだ気づいていませんでした。激しく藤壺の宮さまを追い求める気持ちは、まだ見ぬ、もしかしたら会えないかもしれない理想の女性《にょしょう》を探すつらさなのです。実は姫君は野辺の若草ではありません。まっさらの野辺に立つ一本の若木なのです。そこに水をやり、枝を払い、自分の思うとおりの女性《にょしょう》に育てられないものだろうか。あの方は何度も諳《そら》んじている計算をいたします。あと五年たてば、姫君は十五歳、自分は二十三歳になる。十歳と十八歳では奇妙な組み合わせと人々は訝《いぶか》しがるけれど、十五と二十三では何の不都合もないはずだ。

あの方にとって、女性《にょしょう》というのは、いつも美しく差し出される完成品でした。ご本妻の葵《あおい》の上《うえ》さまにしても、藤壺の宮さまにしても、この私にしてもそうです。女たちはものごころつくと、ただちに御簾の中に入れられるので、姉妹を持っていない限り、幼女、少女時代は見られないものです。

が、あの姫君を手に入れさえすれば、蝶《ちょう》の成長のように、美しい女がどういう風に育ち、変化していくかを逐一見ることが出来るのです。そして手をかけ金をかけ、少しずつ自分好みの女にしていくことも出来るのだと、ほくそ笑むような気持ちになるあの方は、やはり風変わりといわなくてはなりません。まだ十八歳の青年だというのに、老人のような好色さと辛抱強さとを身につけているのですから。

十月に朱雀院《すざくいん》へ行幸《ぎょうこう》が行われることになり、宮廷はその噂でもちきりとなりました。帝は都中のおもだった高貴な方々を指名し、舞や管弦の役目を仰せになります。臣下だけでなく、親王や大臣といった方々も、ご自分の得意な技《わざ》の練習を始められるので、その忙しさやにぎやかさといったらありません。あの方は当日の華ともいえる青海波《せいがいは》を舞うことになっておりましたので、その準備に追われております。が、どんな時も女性《にょしょう》のことを忘れないのが、あの方のよいところでありましょう。暇が出来ますと私のところにも足繁く通ってきましたし、尼君のところへもお見舞いの手紙を差し上げます。するとご本人ではなく、僧都《そうず》の方からお返事がありました。尼君はなんと先月の二十日に亡くなられたというのです。

人の世のはかなさを、あの方はつくづく悲しいと思いました。尼君と最後におめにかかった時のことを思い出すと、自分の祖母の記憶と重なります。祖母も母親を亡くした孫を守ろうと、必死になっていたに違いありません。尼君が、最後にお見せになった真摯《しんし》なご様子を考えると、あの方の目から自然と涙がこぼれてくるのです。

「立派な方でいらした。もっとしみじみとお話をしたかったのに残念なことであった」

さっそく使者を遣わし、お悔やみを申し上げます。が、あの荒れ果てた屋敷で、姫君がどれほど心細い思いをしていらっしゃるかと思うと、いても立ってもいられなくなってまいります。長月《ながつき》のある夜、あの方は尼君の住んでいらしたお屋敷へ車を向かわせます。応対するのは、少納言《しょうなごん》という女房で、姫君の乳母《めのと》です。邸の中ではいちばん気のきいた女房で、あの方も何かと頼りにしておりました。

その少納言が、目に袖をあてながら、尼君の臨終のお話をいたしますと、あの方ももらい泣きせずにはいられません。想像どおり姫君との悲しいお別れの会話があったのです。

「いずれ姫君は、父上のところに引き取られるはずですが、それがお幸せかどうか。なにしろ父君の北の方は、それはきつい方でいらっしゃいます。亡くなった姫君のお母さまが、どれほどつらいめにお遭いになったことか。それにあちらには、たくさんお子さんもいらっしゃるのですよ。そんな中にお入りになっても、姫君は軽く扱われるだけにきまっています」

それならば、私にお世話させていただけないだろうかと、あの方が膝を進めますと、尼君にさんざん言いふくめられていたのでしょう、少納言は恐縮しつつもきっぱりと申します。

「そのようなお申し出は、本当に嬉しいことなのですが、姫君は本当に子ども子どもしていらっしゃるのですよ。年よりもずっと幼くていらっしゃいますので、とてもお相手にはなりますまい」

確かにこの姫君は、子どもじみていらっしゃいます。十歳といいますと、私などは東宮妃としての心構えを、まわりの者からうるさく言われていたような気がいたします。夫婦の契りは後になるとしても、十一や十二で入内《じゅだい》される方もいらっしゃるのですから、姫君のご様子はあまりにもあどけないような気がいたします。おそらく尼君が不憫《ふびん》に思われるあまり、いつまでも子どものようにお扱いあそばしたせいかもしれません。

その夜も姫君は、亡くなったおばあさまが恋しく、泣きながらおやすみになっておられました。そこへためらうことなくあの方が入ってこられます。

「さあ、こちらへいらっしゃい。この膝の上におのりください」

そう言っても、年頃の少女が従うものではありません。よく知らない男性が、こんな家の奥まで入ってくることを気味悪がって避けようといたします。少納言の傍《そば》に身を寄せ、

「もう行きましょう。私、ねむたいの」

とぐずります。そういたしても、

「私を嫌がってはいけませんよ。今日からは、私が尼君の替わりに、あなたをだいいちに可愛がってさしあげますからね」

と、いきなり姫君の手をつかまえます。姫君は恐ろしがって、御帳台《みちょうだい》の中に逃げようとしますと、あの方も中にするりと一緒に入ってしまいます。乳母は困惑しきって、

「そんなことをなさるとは、あんまりですわ。どうかお出になってください」

と懇願いたしますが、あの方は女世帯とみくびっております。

「こんな幼い方に何をするわけもありません。ただ私は、今宵の宿直人《とのいびと》をおつとめするのです」

折しも、強い風に加えて霰《あられ》が音をたてて降ってまいりました。こういう時、男の声がするだけでも心強いものですが、あの方はそうした女房たちの心の隙にうまくとり

入っていきます。

「さあ御格子《みこうし》を下ろして、みんな近くに集まりなさい」

とてきぱきと指示を出します。乳母はもう大変なことになったと気が動転しておりますが、あの方のふるまいを声に出して咎《とが》めるわけにもいきません。どうか無体なことをなさらないようにと、祈るような気持ちで、御帳台のすぐ近くに侍《はべ》っておりますが、あの嵐の夜のあの方のふるまいは、破廉恥《はれんち》というものでした。暗闇の中、下着だけの姫君をじっと抱き締め、少女特有の甘ったるいにおいや、髪の感触を楽しんでいたのです。

自分が何をされているか全く理解出来ていない少女は、ただおびえて身をすくめているのですが、その様子はたまらなく愛らしく、決して父君に渡すものかとあの方は心を決めました。もともと兵部卿宮《ひょうぶきょうのみや》さまが好きではなかったのです。藤壺の宮さまを入内させることについて、宮さまの母君は体を張って反対いたしました。が、そのお母さまがお亡くなりになると、兄の兵部卿宮さまは、すぐに妹を帝に差し出したと言われています。その見返りに、今の官位を得たのだと口さがない者たちは申しますが、とにかくあの方は兵部卿宮さまを軽んじていました。帝の御子でありながら皇太子になれないところは、自分と全く同じですが、片や臣下にくだり、それなりの苦労もしております。それなのに兵部卿宮さまは、名だけ高い親王の身分に甘んじていらっしゃいます。

とはいうものの、あのようなことは許されるべきではなかったでしょう。なんと嵐の夜のすぐ後、あの方は姫君を連れ出してしまったのです。もちろん父君の兵部卿宮さまが、何もご存知ないままにです。秘密を守るため、同行させたのは乳母や女童《めのわらわ》といった、ごく近くでおつかえするものだけです。二条の邸にお連れした姫君に、あの方はその夜から添い寝いたします。頰や髪に口づけしたり、どんな絹でもこれほどなめらかではないと思わせる頰をなでたりしながら、姫が眠りに落ちるのを見届けるのは、あの方の至福の時となりました。肌の手触りは楽しみますが、決定的なことはまだいたしません。が、髪も肌も何もかも艶々としていて見事で、将来この方が素晴らしい美女になるのは約束されているようなものです。

「早く大きくなってくださいよ」

あの方は毎夜、少女の耳たぶをやわらかく嚙《か》みながらささやくのです。

「そうしたら、私たちはもっと深く愛し合うのですよ。ああ、その日が待ち遠しくてなりません」

そして首すじをゆっくりとなでます。若木はこうして成長を早めなければなりません。

そうしているうちに行幸の日が近づいてきました。神無月《かんなづき》の十日と決められたその日の前に、帝は試楽《しがく》を催されることとなりました。本番ですと、女君たちがご覧になれないからです。帝は特にご懐妊中の藤壺の宮さまを楽しませせようとなさったのでしょう。清涼殿《せいりょうでん》の前庭に、立派な舞台をおつくりになりました。

あの方は頭《とう》の中将《ちゅうじょう》さまと一緒に、青海波を舞います。頭の中将さまも美しくご立派な方で、舞の名手とされていましたが、到底あの方にはかないませんでした。本当に十代の終わりの頃のあの方の美しさというのは、神に選ばれた者、という感じがしたものです。袖を振られるとさっと空気が変わり、足拍子をうっても、あの方のそれは深くあたりに響いていくのです。そして舞の最中のあの方の横顔といったら……。憂愁といいましょうか、典雅というべきなのでしょうか、凜《りん》とした表情をしているのが、香るような気品なのです。

折しも西へ向かう陽の光が、まるで松明《たいまつ》のようにあの方を照らし出します。楽の音がひときわ高くなり、あの方は舞の手を天に向けてかざします。ああと、小さなどよめきが起こり、その場で泣かなかった見物人はいなかったと申します。あまりの素晴らしさに、人々はこれが極楽というものだろうと言い合いました。ただひとり弘徽殿《こきでん》

の女御《にょうご》さまだけが、

「こんなに綺麗なお顔だと、神が魅入ってさらっていってしまいそう。ああ、なんだか気味悪いわ」

とおっしゃったとか。

あの方は父、帝の方に向かい、袖をひるがえし、さらに足を踏みならします。帝の隣の御簾の中には、今日いちばん見てほしい方が座っているからです。その方に向かい、いつしか呼びかけていました。

藤壺の宮さま。あなたを欲しくて欲しくて、どうしようもなく、ついにあのようなことをしてしまいました。しかし私は、あなたよりももっとすぐれた女性《にょしょう》をやっと手に入れたのです。どうかいつかご覧くださいませ。私はこの世でいちばん美しく素晴らしい女性《にょしょう》に育てるつもりです……。

あの方は次第に、靄《もや》のような深い幸福に包まれそれに酔っていきました。家では愛すべき少女が自分の帰りを待ちこがれ、そして、あちらの御簾の中には、自分を熱いまなざしで見つめている女性《にょしょう》がいる。おそらく平静を装っていられないほど激しく、自分のこの舞に感動しているに違いない。

「ああ、自分はなんと幸福ものなのだろうか」

その他にも、この場には、あの方と契った女たちがたくさんいたはずです。女たちは涙を流しながら、あの方を賛《たた》えて渇仰《かつごう》していました。

「ああ、私ほど人から愛される人間がまたといるだろうか」

あの方は天をあおぎました。すると青空に吸い込まれていく尼君や、お母さまや、お祖母さまたちの姿を確かに見たのです。

この後、あの方は少しずつ落日に向かって進んでいきます。後に女たちは、あの輝いていた日のことを、よく思い出すことになるのです。

末摘花の君

あの方への恨みごとばかり申していたような気がします。いくら輝くように若く美しい男だからといって、いくら皇子《みこ》だからといって、あまりにも薄情な仕打ちをなさったと、くどくどとお話しし過ぎたような気がいたします。それならば、どうしてそのような男に惹《ひ》かれ、ここまで魂をさまよわせているのかと、問われるかもしれませんぬ。

このたびはあの方のやさしさについて、少しお話ししなくてはなりません。あの方は淋しいお育ちのせいか、老いた者や弱い者に対しては、格別のやさしさやいたわりを持っていました。

あの方が、ある女性《にょしょう》に抱かれた気持ちというのも、愛情というものとはかけ離れたいたわりというものでございました。ふつう男と女が契《ちぎ》りを結べば、そこにはさまざまな感情が生まれます。もちろんいいことばかりではございません。愛憎という二本の縄がより合わさり、女の心をぎしぎしと痛めつけるのでございます。あさましい身の上になりましたから申し上げるのですが、それも生きている甲斐性というものでございましょう。何も味わわず、感じることもなく生を終える女たちを、私はこちらの世で何人も見聞きいたしました。

それならばあの女性《にょしょう》は、あの方の気持ちをどのように受け止められたのか、相手の男から愛情ではなく、いたわりなどを与えられたお心は、いかばかりだったのか。末《すえ》摘花《つむはな》と奇妙なとおり名がついたあの方は、確かに変わったところがおありでした。

何年か前に末摘花さまも、生を終えられこちらへいらしたのですが、すれ違いざまに思わずお声をおかけしても、

「むむむ」

とくぐもったお声で微笑《ほほえ》まれ、決して言葉をかわそうとなされませんでした。ひと息に向こう岸に渡ろうと焦っていらっしゃいましたが、あちら側でお待ちになっていたのは、父君、常陸宮《ひたちのみや》さまとお見受けしました。末摘花さまを心から愛されたただひとりの男君でありましょう。

藤壺《ふじつぼ》の宮さまのことで思い悩み、そして私の邸《やしき》に足繁く通いながらも、あの方はま

だ見ぬ「可愛い女性《にょしょう》」のことを考えているのでした。

考えれば考えるほど、夕顔《ゆうがお》を家の塀に咲かせていた女は愛らしかった。自分のことをひたすら信じ待っていてくれ、会う時はただ無邪気に甘えながら放恣《ほうし》になった女のことを、あの方はどうしても忘れることが出来ません。そこへいくと、正妻の葵《あおい》の上《うえ》さまの気がおけることといったらどうでしょう。夫婦でさし向かいになっても、決してくつろいだところはお見せにならないのです。そしてこの私も、あの方にとって「可愛い女」ではありませんでした。

このことをもうくどくどとお話しいたしますまい。ただ、私が心を傾ければ傾けるほど、あの方はその重みに耐えかねて、少しずつ後ずさりをしていったのです。あの方は、思いもよらぬほどの、年上の女の強い心に少々むせていたのでありましょう。

葵の上さまと私という二人の女は、まるで違っていたようでよく似ていたかもしれません。どちらも男をよい加減で包み込むことが出来ないのです。

どこかにうっとりするほど美しく、愛らしい女がいないものだろうか。一緒にいるだけで、楽しく寛いだ気分にしてくれる女は、いったいどこにいるのだろうか。この頃から、都にあの方の噂が立つようになりました。今まではどこかもの堅くて近づきがたいと言われていたあの方ですのに、案外好き心をお持ちだと女たちが嬉し気にささやくようになったのは、女性《にょしょう》への文があちこちに出まわるようになったからです。と申しましても、今をときめく光の君をすげなくするような女性《にょしょう》はほとんどおらず、それであの方はすぐに興醒めとなってしまうのですから、なんと我儘《わがまま》なことでございましたか。

そんな折、大輔《たいふ》の命婦《みょうぶ》という帝にお仕えする女房がご機嫌うかがいにやってまいりました。あの方の乳母《めのと》は何人かおりましたが、いちばんに大切にしていたのが惟光《これみつ》の母親である大弐《だいに》の乳母、その次が左衛門《さえもん》の乳母と呼ばれる女でございます。命婦はその娘でございますから、あの方にとっては乳《ち》きょうだいにあたります。したたるような色香を持つ、色好みで有名な若女房でございました。ふつうでしたら、こうした女房とは何の造作もなく、するりと関係を持つあの方ですのに、乳きょうだいで男と女の仲になるのはやはりきまり悪いと思うようです。何かの折には用を言いつけ、親しく話をするだけのつき合いでございました。命婦は恋の噂は絶えない女ですのに、なぜか決まった夫はおりません。あの方の乳母をしていた母親は、再婚して筑前守《ちくぜんのかみ》の妻となって下っております。父親の兵部大輔《ひょうぶのたいふ》の方も若い女と一緒になっておりますので、里方となる邸が非常に心もとなく、退出の時には困っていたようです。

「この頃は父の実家を里としております」

命婦の父は常陸宮の血を引く者なので、命婦はその邸を実家替わりと定めたようです。

「そこのお邸には、常陸宮さまの姫君がひとりでお住まいでございます。遅くなってからもうけられた姫君でございますから、それはそれは大切にご養育なされたのですが、宮さまは案外早くみまかられて……。兄君がひとりいらっしゃいますが、仏門に入られた方ですので、これといったご後見も出来ません。姫君は長いこと心細いお暮らしをしているようですね」

「それはおいたわしいことだ。常陸宮さまには、生前おめにかかったことがあるが、なかなか立派な方であった」

などと言いながら、ちらりと会ったその人のことを必死で思い出そうといたしますが、何も浮かんではまいりません。よってその娘が美人なのかどうなのか、全くわかりかねます。「亡き常陸宮の若姫」というのは、男たちの俎上《そじょう》にものったことがなく、初めて聞く名なのでした。

「どんな方なのだろうか」

「私は遠くの部屋をいただいておりますので、近しくおめにかかったことがありませんの。何かの折に、御簾《みす》ごしにお話しするぐらいですわ。ですからお顔も、ご気性も存じ上げません。ただ琴だけを友にして、ひっそりと暮らしていらっしゃるということしかわかりませんの」

「琴を弾いて、淋しくお暮らしになる姫君か。いいねえ……」

まるで昔の物語に出てくるような話ではありませんか。男たちの噂にのぼらないということは、全くの手つかずということになります。あの方は昨年の、雨夜の長話に出てきた話をふと思い出しました。世間から忘れられた邸に、こっそりと住まう女たちの中に、素晴らしい掘り出し物があるという、下の位の男たちの手柄話でございました。が、あの夜の話を手がかりに、自分は空蟬《うつせみ》と名づけた女や、夕顔を咲かせる女と知り合えたのです。考えてみますと、夕顔の家の、たまらなくいとおしい女を見つけたきっかけは、大弐の乳母の見舞いでした。そして今度は別の乳母の乳きょうだいからもたらされた話です。これは何かの運命かもしれないと、あの方は例によって都合のよい解釈をいたします。

「その姫君の琴をどうしても聞かせてほしいものだ。どうかお前が手引きをしてくれないだろうか」

何げない世間話のつもりだったのに、あの方がすっかり乗り気になりましたので、命婦は少々後悔し始めました。この女はまだ若く、自分の色恋で手いっぱいでございます。人の逢瀬《おうせ》の手引きなどまっぴらだと思ったのです。

「琴は改めてお聞きになるほどのものかどうでしょうか」

「いや、いや、亡くなられた常陸宮さまは、琴の名手でいらした。その姫君とあれば確かなお手並であろう」

少しずつ思い出しました。常陸宮さまは、平凡なお顔立ちのもの静かな方で、何かの折に帝の前で琴を演奏なさったのを聞いたことがあります。

「近い朧月夜《おぼろづきよ》にこっそりと出かけるから、その時にお前は常陸宮邸に退《さ》がっているように、うまく手はずを整えてくれよ」

と、あの方は半ば強引に話を決めてしまったのです。

その春は雨も少なく、美しい月夜が続きました。くぐもった雲を淡い衣のようにして、ぽってりと黄色い月が空にのぼった宵、あの方は身をやつし惟光も連れずに常陸宮邸に出かけました。今や主のいない邸は庭の手入れも行きとどかず、塀もところどころ壊れ、お暮らしの苦しさが伝わってくるようでございました。しかし庭には何本もの梅の木が植わっており、ちょうど花の盛りです。ぼんやりとした薄闇の中に、白い梅の花が幾つも灯りのように浮かび上がり、気品高い香をはなっております。この梅と荒れた邸との取り合わせはなかなかの風情だとあの方がお思いになるのは、まだ見ぬ姫君への期待が高まっているからでありましょう。

手はずどおり命婦の部屋で待っておりますと、琴の音が聞こえてまいりました。それは命婦が盛んに勧めて、姫君が弾かれているものです。

「いつもは気ぜわしく、お邸にお邪魔していて、このようにゆったりとしていられるのは初めてでございます。今夜のように、梅の花が満開の時に、姫君の琴をぜひお聞きしたいものですわ」

さすがに宮廷の女房だけあり、言葉巧みに申し上げますと、

「あなたのように、宮中にいらっしゃる方がお聞きになるほどのものではありませんが……」

御簾ごしの姫君は、消え入りそうな声で何度も遠慮なさるのですが、命婦は女房に命じかなり強引に琴を持ってこさせたのです。やがて琴の音が聞こえ始めました。決してかき鳴らすようなことはせず、控えめな弾き方です。あの方が気に入ってくれるかと、命婦は不安で仕方ありません。が、あの方は、しみじみとした気持ちで耳を傾けておりました。宮廷の楽人に慣れているあの方にしてみれば、そう素晴らしい音色だとは思えないものの、このように荒れた寂しい大きな邸に、零落《れいらく》した姫君が琴を弾いているということの哀れさに、あの方は心を奪われているのです。親王などのご身

分の方が、いったいどのように姫君をお育て申し上げていたのか。きちんとした後見人もないまま、このようなお暮らしをしていることを、あの世で常陸宮はご存知なのだろうか。まだ子どもがいないあの方でしたが、親の心をしみじみと哀しいものと思うのでした。

帰り際、透垣《すいがい》の脇を通ろうとした時、あの方は人影を見つけました。

「私がようやく探し出したものを、もう目をつけた好色者がいるのか」

あの方はこっそり立ち去ろうといたしますと、声がいたしました。

「私をおいていこうとなさるから、お見送りしたんですよ。水くさいじゃありませんか」

なんとそれは頭《とう》の中将《ちゅうじょう》さまではありませんか。実は中将さまは、宮中からあの方の後をずっとつけていらっしゃったのです。やれやれとあの方は苦笑しました。葵の上さまの兄上である中将さまとは学問はもとより、管弦の遊び、和歌、そして女性《にょしょう》にいたるまで、二人はずっと張り合ってきました。この私にいたしましても、頭の中将さまが最初はひんぱんに文をくださったことが、あの方の負けん気に火をつけたのかもしれません。

「お忍びがうまくいくかどうかは、一緒に連れていくものにかかっています。私をおいてきぼりにしない方がいいですよ」

あの方もつい笑い出してしまい、その夜は仲よく二人一緒に左大臣邸にお帰りになったのでございます。

しかし、数日もたたぬ間に、あの方は次第に気がせいてまいりました。あの頭の中将のことだ、せっかく見つけた姫君のことを、このまま見過ごすはずはあるまい。きっと自分よりも一刻も早く、姫君と契ってわがものにしようと焦っているのだろうと、あの方は自分のことはさておいて、中将さまの好色さが心配でたまりません。正妻の兄君で従兄《いとこ》でもあられる中将さまとは、親友とも好敵手とも世間では微笑ましく眺めていて、それは間違いないのですが、あの方の中に複雑な思いが時々起こります。数歳年上の中将さまは、女性《にょしょう》のことにはずっとたけていらっしゃいました。あの雨の夜、みなで女の話をしておりました折、十七歳のあの方は専《もっぱ》ら聞き役でした。けれども中将さまは、外にこっそりと愛人をつくり、その女に子どもを産ませていたとさりげなくお話しになるではありませんか。あの時、あの方は衝撃を受け、それほど驚いた自分を後に口惜しく思ったほどです。あの時分、あの方が経験した女性《にょしょう》は、葵の上さまを含めてそれこそ数えるほどでした。

が、今のあの方は、中将さまを出し抜くほどになっているのです。私のこともそうですし、中将さまが秘《ひそ》かに通っていたあの夕顔の女とも深い関係を持つようになりました。この女を死なせてしまったことに、あの方は中将さまに対して、後ろめたいところを持っておりますが、同時に中将さまの愛人をやすやすと自分のものにした傲《おご》りの心も忘れていませんでした。

今、「掘り出し物」の姫君をめぐって、あの方と中将さまは同じ場所に立っております。どうしても譲ることは出来ないと、あの方は子どものような負けん気を持ちます。とはいうものの、あちらは宮の姫君でいらっしゃいますので、女房たちや、受《ず》領《りょう》の妻や娘に迫るようなわけにはまいりません。あの方はせっせと手紙を差し上げるのですが、返事はありませんでした。それは頭の中将さまも同じらしく、隠し立てなさらないご気性なので、

「梨のつぶてなのはきまり悪いことなので、もうそれきりにいたしました」

などとおっしゃいますが、あの方はまだまだ油断は出来ないと疑ったりいたします。

こうしているうちに春も過ぎて夏となりました。前にもお話し申し上げましたとおり、あの方は藤壺の宮さまの姪《めい》にあたる可愛らしい少女を、なんとかして自分のもとに引き取りたいとやっきになっているのですが、同時にあの姫君のことも忘れられま

せん。もうこうなってくると意地というものでありましょう。命婦に会えば、思わずなじってしまいます。

「全くこんなことは初めてだよ。何のお返事もいただけないのだから」

「もう本当に、遠慮深くてつつましい方でいらっしゃるのですよ」

「そうかといっても、返事ぐらいはくださるものであろう」

命婦も確かにそのとおりだと思うのですが、肝心の姫君が、手紙というものは、男の人に対する恋文だと頑《かたく》なに信じているのです。珍しいほど昔気質《かたぎ》の父君が、思わせぶりなことを書いて楽しむ最近の手紙のやりとりを嫌っていらっしゃったのですが、今どきそんなやり方が通用するはずもありません。命婦は近いうちに必ずおめにかかれるようにいたしますと、約束をしてしまいました。

そして、月はなく、星だけが強く輝く秋の夜のことでした。あの方はこの前と同じように、荒れた邸に難なく入っていきました。手はずどおり命婦は、姫君に申し上げます。

「困ったことになりました。源氏の君さまがお越しです。あのようなご身分の方を、すげなくお帰しするわけにはいきません。どうかものごしにご対面くださいませ。そしてあの方の言うことをお聞きください」

姫君は大層お困りになられましたが、強く人に逆らうことが出来ないご性格でいらっしゃいます。

「お返事は本当にしなくていいのですね……」

と念を押して、あの方を入れることを承知いたしました。ひどく年とった乳母はとうに眠ってしまい、二、三人いる若い女房たちは、

「まあ、本当にあの光の君さまがいらっしゃるのですか」

とそわそわするばかり。その夜、姫君のまわりには役立つ者が誰ひとりおりませんでした。

あの方はいよいよ姫君の近くまで来ることが出来たと胸が高鳴っております。物語でも、こういう荒れた邸の奥深く入っていく情景がございました。そして破れた几帳を幾重にもかき分けていくと、奇跡のように美しい姫君が座っているのです。あの方は、裛被香《えいこう》がかぐわしく漂ってくるのを好ましく聞きながら、ご身分を考えれば、手紙をくださらないのも昔風で奥ゆかしいかもしれないと、姫君の不作法をいつのまにか許し始めていました。そして襖ごしに、ご自分の胸のうちをせつせつとお話しになるのです。しかし何ということでしょう、姫君からは何のご返答もありません。途中見るに見かねて、若い女房が替わりにお返事申し上げますが、若い軽々しい声なので、

あの方はすっかりしらけてしまいました。

「手紙はおろか、ひと声も発しないというのはどういうことなのだろうか。ここまで来て私に恥をかかそうとするのだろうか……」

青年らしい憤りにかられたあの方は、いきなり襖を開け、中に入ってしまいました。こういう場合、傍にいた若い女房たちはすぐにひき退がります。世に二人といないといわれる貴公子に契ってもらえるのは、自分たちの女主人にとって幸運なことだと判断したからです。が、姫君に、男と女のことを何ひとつお教えしなかったことは、いたわしいことだとちらりと思うのです。

「あなたがいけないのですよ。あなたがあまりにも私をつらいめにあわすので、こんな風に強引なことをするのです……」

あの方は甘く姫君を責めながら、すっぽりと着ているものを脱がせていきます。自分にすげなくしたのは意中の男でもいたのか、もしや中将さまに先を越されていたのではないかと、あの方は色々疑っていたのですが、姫君は間違いなく処女《おとめ》でいらっしゃいました。ご本人は恥ずかしさのあまり、じっと身を固くされています。それはいとして、暗闇の中で、あの方は女の気配をひとつひとつ確かめていきながら、次第に心が萎《な》えていくのを感じたのです。こんなことは初めてでした。闇の中での出来事は、あの方にいつも黄金のようなひとときを与えてくれたはずです。が、今、自分の体の下にいるのは、何の手ごたえも面白みもない、かすかに胸を上下させている温かいかたまりなのです。

「これはいったいどういうことなのだろう」

あの方は当惑してしまいました。

「まあ、ご身分もご身分だし、最初はこのくらいが初心《うぶ》で可愛いのかもしれない……」

と思うものの、ついため息をもらし、それを近くにいた命婦は聞いておりました。先ほどからずっと聞き耳をたてていたのですが、色ごとにたけた女なので、男がその直後、ため息をついたことに心底驚いてしまいました。

「きっとお気に入らなかったに違いない」

同時に残酷な喜びがこの女の体を貫きます。ずっと言われるとおり、姫君への手引きをしてきましたが、こうなることを実は望んでいたのかもしれないのです。乳きょうだいであるために、あけすけにものを言うだけの男と女であることに、自分はずっと複雑な思いを抱いてきたことに命婦は気づいたのです。が、どうすることも出来ません。やはり近くで息を潜めていた若女房に、

「お見送りをしなさい」

とうながすこともすっかり忘れ、ただ困り果てております。

さて、あまり楽しいとも言えない逢瀬でしたが、後朝《きぬぎぬ》の文を書かないわけにもいきません。本来ならば朝のうちに文を出し、その夜再び訪れるというのが、女君への礼儀というものですが、あの方が手紙をお遣わしになったのはなんと夕方でした。今か今かと待ち構えていた命婦や女房たちは、ほっとすると同時に、こんな時刻に来るとはと顔を見合わせるのです。しかしまだ問題は残っていて、姫君が恥ずかしがってばかりで、返事を書こうとはなさいません。命婦は自分が後ろから筆をとらんばかりの勢いで催促し、やっと手紙を書かせました。

「晴れぬ夜の月まつ里をおもひやれおなじ心にながめせずとも」

晴れぬ夜に月を待っている里のように、あなたのおこしを待っている私の心です。たとえあなたが同じ心をお持ちでなくても。

この歌と手紙を、あの方は呆れた思いで読み、すぐに下に置いてしまいました。少し昔の流儀を守り、しっかりした筆づかいはいいとしても、この手紙は天地を揃えて書いているのです。今どきこんな書き方をする女君などひとりもいません。みんなそれぞれに工夫をこらし、いちばん優美に見えるようにちらし書きをいたします。そしてこの姫君は、紙さえも風変わりなのです。いくらお手元が苦しく高価な紙をお買いになれないからといって、後朝の文の返事が、いったいいつ漉《す》いたのかと思うようなごわごわとした古い紙とは……。

「あの姫君は期待はずれというものだったかもしれない。けれども、今さらお見捨て申し上げるわけにもいかないだろう」

それは十八歳の青年には珍しい心構えというものでありました。とはいうものの、姫君のところへまた行こうという気が持てないのも、十八歳の青年らしい正直さでありました。そうでなくても、帝の行幸《ぎょうこう》に伴う管弦の稽古で何かと忙しく、大切な自分の時間は、本当に大切な女人《にょにん》のために使われなければなりません。

そんな時、命婦がやってまいりました。

「あのような薄情なことをなさると、まわりにいる者たちがとてもつろうございますよ。姫君がおいたわしくて、とても見ていられないのです」

本当のことを言いますと、姫君は自分の身に何が起こったのか、よく理解していらっしゃらないのです。男の方に身をまかせたものの、それきり訪れもなければ文もない。ふつうでしたら屈辱のあまり、病を得てもおかしくないことですのに、姫君は以前と変わらないご様子です。が、命婦は本当のことは申しません。自分が仕掛けた男女の綾が、こんなことで解けるのは嫌だったのです。

「だけど本当に暇がないのだよ」

いくら本音を言い合える相手だといっても、

「寝てみたら、あの姫君は大層つまらなかった」

などと口に出来るわけもありません。別の言いわけを口にします。

「あの姫君は、人の情けというものを少しもおわかりにならない。だから少しこらしめてやろうと思ってね」

脇息《きょうそく》にもたれかかり、ふっと笑うあの方の美しさ、なまめかしさに命婦は一瞬見惚れます。そしてこんな男に一度でも抱かれた姫君を嫉《ねた》ましく思うのでした。これほど身近に会っていて、乳きょうだいでなければ、とうに関係を持ったはずです。命婦の心根は決して悪いものではなく、姫君を気の毒に思う気持ちにも嘘はないのですが、そうかといってすんなりとあの方に愛されるのも望んではいないのです。

それをわかっているのでしょうか、あの方はいかにも気がのらないように、命婦に命じます。

「それでは今夜にでも行くことにするから、あなたがちゃんと手はずを整えておいてくれよ。あの家は夜食もろくなものが出ないから、そちらの方もきちんと用意しておくれ」
かしこまりました、と答えながら、命婦は今夜あたり自分も姫君を見ることが出来るかもしれないとふと思うのでした。同じ邸に寝ていても、客分として扱われる命婦は、女房たちのように姫君の御簾の中に入ることが出来ません。美しい方かどうかまるでわからないのです。しかし女独得の勘で、なぜか違うような気がしてならないのです。そしてあの方もあの方で、いつもとはまるで違う気配を感じ取っています。私や、他の女を抱いた時とは別の感触……それをまだ若いあの方はうまく表現することが出来ません。しかし行かなくてはならないのです。

気がすすまない女を抱くというのも、光の君と呼ばれる自分の使命であると、既にあの方はわかっていたのでした。

繰りごとと思われるかもしれませんが、あの頃の女のはかなさ、生きていく不確かさというのは、申し上げてもおそらくわかってはいただけますまい。

私が命を終えようといたします時に、いちばん気がかりでしたのは、年頃を迎えていたひとり娘のことでございました。邸《やしき》や荘園といったものは充分に残しておりましたが、父親は早くにみまかり、頼りになる男兄弟もおりません。財産は娘が受け継ぐものとはいえ、後楯《うしろだて》のない者はみじめでございます。女ひとりとあなどられ、管財人に何もかも騙《だま》し取られた方を何人も知っております。ですから女は、力を持った男君を頼りにしなければとても生きてはいけないのです。とは申しましても、高位について莫大な年給を手にする男君は、女性《にょしょう》を何人もおつくりになるもの。嫉妬《しっと》に耐え、自分の心を懸命になだめる術《すべ》を知っていなければ、とても相応の暮らしを維持出来るものではありません。

ご立派な両親を持ち、倉には米や黄金が充《み》ちていて、そして頼もしい男兄弟にかしずかれているような方、たとえば弘徽殿《こきでん》の女御《にょうご》さまや葵《あおい》の上《うえ》さまなどが、我儘《わがまま》や傲慢《ごうまん》なおふるまいが出来るのです。本当に幸せな女性《にょしょう》だけが、ご自分の我を通すことが許されるのです。

そこへいきますと、亡き常陸宮《ひたちのみや》の姫君は不思議な方でございました。貧しさに朽ち果てようとした時に手を差しのべてくれた男君に、感謝するでもなく、すがるでもなく、もちろん媚《こ》びるでもなく、ただ泰然となさっていたのです。末摘花《すえつむはな》というよび名をつけられた姫君は、思えばあの方がただひとり、手を焼いた女性《にょしょう》ではなかったでしょうか。まるで手ごたえのない姫君に、あの方は呆《あき》れ、うんざりとしながらも、決して見捨てることはありませんでした。

「私がこの姫君をお見捨てしたら、もう他にはめんどうをみる者はいまい」

そこまでのお気持ちは、あの方のやさしさというものでしょう。自分と深くかかわりあい、睦《むつ》み合った女性《にょしょう》には、時々ぞっとするような冷たさを持つあの方が、末摘花さまだけには、最後までやさしさを見せたのです。それはまるで、猫や狆《ちん》に与えてやるようなやさしさ、と申し上げたら末摘花さまにはむごい言葉でしょうか。いいえ、末摘花さまはそんなことに傷つきはしますまい。末摘花さまは生涯何によっても傷つくことはありませんでした。世間から忘れられたご境遇も、ご自分の顔かたちも、あの方にまるで愛されなかったことにも、何もお感じになっていなかったはず。石のように、と申し上げるのもこれまたむごいもの言いかもしれませんが、本当にそうですとも。あの女性《にょしょう》はまるで大きな石のように荒れた邸に、何も感じず、何もお考えにならず、ずっと座っていらっしゃいました。ですからひたすら信じ、待つということが出来たのでございましょう。

あの方は物語のようなことを考えていました。誰からも見捨てられた廃屋のような邸の中に、ひっそりとお暮らしになっている美しい姫君がいる。その姫君と恋をして、人知れず通い続けることが出来たら……。

常陸宮さまのお邸は、あの方が夢見た場所によく似ておりました。元の宮邸ですので、門構えも塀も今は壊れかけているものの、大きく格のあるつくりです。手入れのいき届いていない庭の樹々も、かえって風情のあるものと思えないこともありません。ところが肝心の姫君が、まるで手ごたえがなかったのです。男と初めて契る女も、閨《ねや》の中では、何かしらの特徴を発揮するものでございます。抗《あらが》いながらもいつか身を寄せてきたり、泣き続けて甘えたりと、あの方は幾人かの女のことを微笑ましく思い出すことが出来ます。

が、末摘花さまは、そういう方々とまるで違っていました。女をようやく手に入れた楽しさも、うき立つような気分ももたらしません。そして楽しくないということ以上に、何か腑《ふ》におちないことがあるのです。その腑におちない、ということの真実を確かめたいと思うほど、あの方は相手に固執しているわけではありませんでした。ちょうど、あのいとけない紫の姫君を攫《さら》うようにして屋敷にひきとったところでございます。姫君に夢中で何かと忙しいうえに、帝の行幸《ぎょうこう》のための試楽《しがく》の稽古が始まっております。が、例の大輔《たいふ》の命婦《みょうぶ》があまりにも責めますので、仕方なく屋敷に出かけることにいたしました。初めて訪れた春の頃から既に時は過ぎ、もはや雪がちらつく季節になっておりました。前よりも屋敷は荒れた様子で人気《ひとけ》も少なくなっております。日頃はそんな不作法なことをしたこともないのに、あの方はつい格子の隙間《すきま》から中を覗《のぞ》いてみました。わずかな灯りの中に、ひどく傷んで、ところどころほころびのある几《き》帳《ちょう》が見え、隅の方に女房たちが四、五人座っているのもうかんできます。その女たちの格好ときたら、もとは白い衣なのでしょうが、灰色といっていいほど黒ずんでおります。主人の前に出る時につける褶《しびら》がよれているのも滑稽です。その女たちが鼠のように前かがみになり、食事をとっているところでした。青磁色の磁器という高価な食器の上にのっているものは、離れていても粗末で少量だということがわかります。主人の食べ残した汁粥《しるかゆ》や干し魚といったところでしょう。この寒い夜に、火桶《ひおけ》ひとつなく貧しい食事をとっている女房たちの姿は、哀れとしか言いようがありません。給金など貰《もら》っているはずもなく、ただ寝て食べるところを約束してもらった女たちなのです。

「ああ、なんて寒いのかしら」

低いかすれた声で、あの方は女がもう若くないことを知りました。

「今年は特に寒いようだわ、ああ……寒い……全く長生きなんかするもんじゃない。長生きするから、こんなつらいめに遇《あ》うんだわ」

しくしく泣き出すではありませんか。

「宮さまが生きていらした頃、どうしてあれがつらいと思ったのかしら。こんな日が待っていたとはねえ……」

内裏《だいり》で育ち、他は豪壮な邸しか知らないあの方にとって、これほどみすぼらしい女たちを見るのは初めてでした。貧民街に住んでいた夕顔にしても、仕える女たちはいきいきとして、小綺麗ななりをしていたものです。あの方は女たちをじっと観察していることにいたたまれなくなり、その場を去りました。そしてしばらくたってから、今来た風を装い格子を軽く叩きました。

「まあ、誰かいらしたの」

灯が明るくなり、格子が開けられます。そしてあの方は招き入れられ、ゆっくりと邸の中に入っていきます。ろくに灯台もない広い邸の中は、半分裂けた几帳と元の絵が消えかかった屏風《びょうぶ》というありさまで、火の気のない部屋の片隅に女たちは寄り集って暮らしているようです。下沓《しとうず》を通って、床の冷たさが脳天までつき抜けてきます。雪はやがてふぶいてきました。ごうごうと風が獣のような音をたて、先にいく女房の燭台《しょくだい》もかき消されました。あの方は、夕顔という女と出かけた廃院の恐ろしい夜を思い出しました。私にとっても、つらく、身の毛がよだつような夜でございます。しかしこの荒れ果てた邸で、雪と風の荒ぶるさまを聞いても、不思議と心は落ち着いているのです。近くに人の気配がしていることもあるのでしょうが、恐怖心はまるでないのです。

あの方は確かに気配を感じたのです。

「常陸宮さまがそこにいらっしゃる」

霊というものは、風や嵐に姿を変えてやってくるともよく申します。あの方の目の前には、燭台が消え、うろたえる老いた女房がいるだけですが、足は勝手に動き、姫君のいる奥へ奥へと導かれていくかのようです。

「ああ、そういうことだったのか」

あの方はひとり合点したのです。

そして夜が明けました。今夜もじっと身を固くされるばかりの姫君のお顔立ちを、どうして見ようとしたのでしょうか。そんなことを許されるのは、男と女との仲がよほどうちとけてからと決まっております。それなのに、あの方は自ら格子を上げ、外の様子を見ようとしました。吹雪《ふぶき》はやみ、積もった清らかな雪が、白い灯りの替わりをしておりました。それは姫君にとって、なんと不運なことだったでしょうか。

「空が晴れてきましたよ。美しい雪景色です、あなたも恥ずかしがられてばかりいないで、一緒にご覧なさい」

やがてごそごそと音がして、姫君がにじり寄ってきました。起きたての女性《にょしょう》の様子など直視するものではないことぐらい、あの方もわかっております。前栽《せんざい》を眺めるふりをして横目でちらりと視線をやっていたのですが、途中あまりの衝撃についまじまじと見つめてしまいました。

これほどおかしな顔つきの女性《にょしょう》を見たことはなかったからです。ひどく痩せて胴が長く、不格好なのですが、そんなことよりも、驚かされるのはその鼻でした。死人のように青白く長い顔の真中に、これまた長い長い鼻が伸びているのです。その長さときたら法華経の中にある普賢菩薩《ふげんぼさつ》の乗り物、そう、象という動物と同じではありませんか。

おまけにその異様ないでたちといったら……。寒さのためでしょうか、表着《うわぎ》に黒貂《くろてん》の皮衣《かわごろも》をお召しなのです。黒貂の皮衣は、大陸から伝わってきたもので、何代か前の帝の頃には大層珍重されたと聞いております。当時はさぞかし高価なものだったでしょう。けれども到底若い女が身につけるものではありません。あまりのことに、あの方は言葉も出ません。ただこのみすぼらしく不器量この上ない姫君を見つめているだけなのです。

どうかこんなことを詳しくお話しする私を冷酷《れいこく》だと思わないでくださいませ。昔の物語にもよくございます。さぞかし美しい女に違いないと思い言い寄った男が、ひどい醜女《しこめ》をつかまされてしまうという滑稽譚《こっけいたん》でございます。しかし私が、どうしてあの方や姫君を嘲笑《あざわら》うことが出来るでしょうか。宮の姫君にお生まれになったとしても、内裏からいただく封禄《ほうろく》はわずかなものです。男の方の力がなかったら、朽ち果てる邸と運命を共にするしかありません。それは私の娘の行末《ゆくすえ》とも重なっていくのです。まあ、なんと女が生きていくのはつらいことでしょうか。男の方の愛にすがるしかなく、しかもそれはしばしば裏切られるのです。しかも末摘花さまは、あまり世間にないようなご器量に生まれついているのです。亡くなった常陸宮さまは、ご自分の娘をどのようにご覧になっていたのでしょうか。父と娘ならば、御簾《みす》や几帳で隔てられることなく、直にお会いになったはずです。仏門に入れとも、心して生きよ、ともおっしゃらず、亡き宮は愛娘をただただいつくしんで、そして頑《かたく》ななほど昔気質《かたぎ》にお育てになりました。男の方に愛される術も何ひとつ教えられず、むしろ反対の方に導かれた宮のお心が測りかねます。ただ思いますことは、たったひとりの姫君を、男と女の駆け引きの中に追い込みたくなかったのではないでしょうか。気高く孤独に生き、それがかなわぬ時は朽ちて果ててしまうことを望まれたのではないでしょうか。私には娘をそのように育てる勇気はありません。たとえ男と女の渦の中に巻き込まれようと、一度は嫁いで、子をなしてもらいたいと考えるのが親心というものです。

この世にまいりましたからには、宮のお気持ちも少しずつわかってまいります。そうは申しましても、飢えて寒さに震える姫君のことが気にならないはずはありません。亡き宮は、数ある男君の中から、あの方を選び出し、姫を託そうとしたのです。そしてあの方も少しずつそのことに気づいておりました。ですから初めて見るような容貌の女性でも、驚き落胆はしても決して嫌悪することはありませんでした。それよりもすべてのことが腑におちたと思ったのです。閨の中での、すべてのことに関する無関心さ、それはすなわちご自分に対する無関心さだったのか。姫君は亡き父親の教育により、鏡に映る自分をご覧になっても何も感じられぬ心をお持ちになっていたのだと、あの方は合点がいくのでした。

「それにしても……」

と、やっと落ち着いたあの方は感慨にふけります。このようなご器量の方に会ったことがないので、感動のようなものさえわいてきたのです。薄衣《うすぎぬ》を脱ぎ捨てて逃げていった人妻も、明るいところで覗き見をしたら決して美しい女ではありませんでした。老けて痩せたどうということのない女です。しかし優雅なつつしみがあり、それが強くあの方の心をとらえたのです。が、目の前にいる女は、何ひとつ取り柄がありません。いや、長くたっぷりとした髪は見事なものですが、あの方の問いかけにろくな返事も出来ず、口をおおって「むむ」とお笑いになるさまで台無しです。

「このような身分の方が、どうしてこれほどみっともないのだろうか」

あの方が愛された身分の高い女性《にょしょう》、藤壺《ふじつぼ》の宮さま、葵の上さま、後に紫の上さまと呼ばれる少女、そしてこの私にしても、みんなどこかで血が繋《つな》がっております。そしておそらく同じような美貌だったはずです。まわりの者たちから「さすが……」と、仰ぎ見られるような美しさと気品を、身分の高い女なら持っていなければならなかったはずです。それなのに末摘花さまのこの奇妙なお姿はどう申し上げたらいいのでしょう。そもそも末摘花という呼び名も、鼻の赤さから染料に使う花を連想して後にあの方がつけたものです。

「宮家にお生まれになった方が、どうしてこのようなお顔立ちなのか」

落ち着きを取り戻しますと、あの方が感じますのは、いたわしさという色恋とは大きくかけ離れたものでした。その替わりいたわしさは、人としてのやさしさを呼び起こします。

「このような女性《にょしょう》のところに通ってくるような物好きは、私以外にはおそらくいないだろう」

あの好き者の頭《とう》の中将《ちゅうじょう》でさえなさらないことを自分はしているのだという矜持《きょうじ》が、まだ若いあの方の中に起こります。とはいうものの長居をしていられるはずもなく、あたりに息を潜めて待っている女房たちの手前、去りづらいふりを一瞬だけして、すぐに外に出ました。思っていた以上に雪は積もっていて、沓《くつ》を履いた足がずぶずぶと中に入っていきます。見送る女房がひとりもいないことに、あの方はもう腹を立てたり呆れたりしません。この邸の女主人にふさわしいと思うだけです。実は侍従《じじゅう》という気のきいた若い女房がひとりいるのですが、斎院《さいいん》にも兼けもちで勤めているためにこの日は留守をしております。あとは、田舎じみた役に立たない女房ばかりでございます。

牛車《ぎっしゃ》を待たせた中門のところへやっとたどりつきましたが、薄暗い中でも門がゆがんでいるのがわかります。ふんわりと白い雪が積もる屋根は、半分剝《は》がれかかっております。次第に目が慣れてきますと、この邸の荒れたみすぼらしい様子がはっきりと見えてまいりました。人の気配に、出てまいりました門番も、これまた腰の曲がった見苦しい老人でございます。この寒さに薄く煤《すす》けたようなものを身につけ裸足が雪に埋もれております。急いで門を開けようといたしますが、力がないためぴくりともいたしません。そのうち、娘とも孫ともつかない若い娘がやってきて、二人で力を込め

ます。この娘もろくなものは着ておらず、着物が短いため脛《はぎ》がむき出しになっており
ます。このような貧しい者たちを、あの方は見たことがありませんでした。それを常陸宮邸に届
けさせます。寒さに震えていた老女房たちへ絹、綾を、門番と娘のためにも暖かそう
なものを見つくろってやりました。姫君へはまさか古着というわけにはいきませんの
で、倉から新しい生地を取り出し、いろいろと指図をいたします。
「その小菱の文様で、色目は出来るだけ地味なものでいいだろう」
というあの方の言葉に、女房たちは今度の女君はどんな方だろうかと想像いたしま
すが、あの方の心のうちはといえば、あの黒いぬめりとした皮衣の替わりに、とにか
くまともなものを着てほしい、というそれだけなのです。日々美しいお顔立ちがはっ
きりとする紫の姫君の衣裳を、あれこれ選ぶ時の心のはずみはまるでありません。
女房たちが布を仕立てに出そうと、あれこれ忙しくしているのを、脇息《きょうそく》にもたれて
あの方は眺めております。そして小さなため息をついたのです。
あの姫君が世間並のご器量だったら、自分もこのまま知らん顔をしていることも出
来るだろう。しかしあのようなお顔立ちで、愛敬や心くばりというものを微塵《みじん》もお持
ちにならない姫君に、他の誰が近づいていくだろうか。もうこうなっては、あのよう

に変わった姫君がいじらしい。亡き宮に替わって、お世話申し上げるしかないだろう……。

そしてあの方は、末摘花さまに対して信じられないほどの誠実さをお見せになります。その後も何回か常陸宮邸にお通いになったのです。闇の中の姫君は相変わらずで、恥ずかしがるでもなく、甘えるのでもありません。ただ身を固くして、時が過ぎるのを待っているのです。ご夫婦としてうちとけることのない葵の上さまとて、その際にはもう少し愛らしさをお見せになります。

そして不思議なことに、末摘花さまを抱いている最中、必ず強い風が吹きました。そんな時、あの方は亡くなった宮さまがすぐ近くにいらしているのだと感じます。そうですとも、あの方は少しも愛していない不器量な女を抱くことに、被虐的な喜びさえおぼえるようになったのです。が、そんなことが若者にとって長く続くはずはありません。やがてあの方は常陸宮邸から遠ざかるようになりました。といってもさまざまな援助は惜しみません。それを全く恥ずかしいこととも、みじめなこととも姫君が思っていないことは、何という大きな救いだったことか。

実のところあの方は、自分のちょっとした気まぐれの跡始末をどうしてよいのかわからなかったのです。もうあの女性《にょしょう》を抱くことなしに、後ろめたい気持ちから解放される。そう考えたら、宮邸に届けるさまざまな品も、いかほどのことがあったでしょうか。

年も暮れようとしている頃、あの方が内裏の宿直所《とのいどころ》でくつろいでおりますと、大輔の命婦がやってまいりました。いつもはすぐに軽口を叩いたり、色っぽい冗談の相手をいたしますのに、今日はきまり悪そうに、何かを言い出しかねているようです。

「何だか神妙にしているんだね。あなたと私の仲で、遠慮なんかしなくてもいいんだよ」

あの方がからかうように言いますと、これを、と一通の文を取り出しました。

「宮さまからおあずかりしてきましたの」

「それは、それは、貴重なものを」

わざと大げさにおしいただくようにします。今まで返事さえくださらなかった姫君が、どうして手紙を寄こすのかと皮肉を言っているのです。それはごわごわとした陸奥国紙《みちのくにがみ》の厚ぼったいものに、香だけは強く薫《た》きしめてありました。例によって天地を揃えた、優美さとはほど遠い筆づかいです。

「からころも君が心のつらければたもとはかくぞそぼちつつのみ」

あなたの冷たいお心がつらく、私の袂《たもと》は濡れそぼっております……。枕詞《まくらことば》の使い方といい、似た音の続くさまといい、何とも古めかしい歌いぶりです。全くあの姫君は、遠く離れた別の世界で生きていらっしゃるようだと、あの方は何かおかしくさえなってしまうのです。

「手紙はともかく、これには本当に困ってしまいますの」

命婦が押し出したのは、重々しく古色を帯びた衣裳箱でした。

「あなたさまの正月の晴れ着として、姫君からお預かりしたものですの。私の一存でお返しすることも出来ず、本当にどうしたらよろしいのでしょうか」

それは元日宮中での、小朝拝《こちょうはい》の儀式に身につける衣裳でした。いったいいつつくったものやら、艶《つや》もなくなった薄紅色の単衣と直衣《のうし》が、これまた何の風情もなく畳まれていました。このように古びたものを帝の御前に着ていけというのかとあの方は声も出ません。しかも正月のこの衣裳は、正妻の方が用意するものなのです。

「ねえ、本当に困ってしまいますわ」

命婦がねっとりとした声で申します。実は何日か前、命婦は偶然に姫君の顔を見てしまったのです。それまでは零落した姫君を何とかしてさしあげたい、という純粋な思いだけでしたのに、顔を見た時から命婦の中に軽んじる心が生まれてきているのです。

「こんなに古くさいものをお贈りになるなんて、私の方が恥ずかしくてたまりませんの」

今や命婦は共犯者となり、あの方もついうかうかとそれにのってしまいました。

「こんなものは隠してしまわなければ。女房たちに見られたら大変なことになる」

とあの方は衣裳箱を脇にどかせ、その場でいたずら書きをなさいました。

「なつかしき色ともなしに何にこのすえつむ花を袖《そで》にふれけむ」

心ひかれているわけでもないのに、どうしてこんな末摘花なんかと契ってしまったか……。

こんな歌をよむあの方を、残酷な男だと決めつけることは簡単です。しかしあの方はその後思いもかけない行動に出ます。大晦日《おおみそか》の夕方、姫君からの衣裳箱に、誰かがあの方に献上した装束一揃い、葡萄染《えびぞめ》の織物、山吹の襲《かさね》など見事なものを数多く、命婦を通して届けさせたのです。怒り呆れながらも、

「衣裳を人に贈る時は、こうするように」

と、あの方は姫君に教えずにはいられません。あまりにも浮世離れをし、ものごとの常識をご存知ない姫君を、哀れともほっておけないとも思い、そんな心根にいつし

か苛立《いらだ》ち、自分でももてあましてしまうのです。

そしてそんな心の延長で、なんとあの方は、もはや終わったことと決めていた姫君のところへ出かけていきました。あれほどうとんじていた女性《にょしょう》ですのに、あの方は心の中で賭けのようなことをしているのです。

あの方の心遣いで、邸は華やぎをとり戻しておりました。若い女房が増え、見苦しい几帳などはとり払われています。意外なことに、閨の中の姫君は、幾分やわらかな風情を身につけられているではありませんか。

「年も改まったことだし、もしかすると姫君は、見違えるようになっているかもしれない」

などと本気で期待するのは、あの方の若さと、ほんのわずかに残っていた姫君への思いだったかもしれません。明け方もわざとぐずぐずと身じたくをいたします。はっきりともう一度姫君を見るつもりなのです。あの日と同じように雪が積もっております。あの方は格子を上げました。雪明りの中、横になっている姫君が見えます。この位置からだと、艶のあるたっぷりとした髪がこぼれ出ているのだけが見え、格別の美女のようです。お衣裳もあの方から贈られたものをそっくり着ているので、当世風のしゃれた姫君となっています。

「せめて今年からでもお声を少し聞かせてくださいよ。待たれるものはさておき、あなたのご気性が変わったなら嬉しいことですからね」

これは、

「あらたまの年たちかへる朝《あした》より待たるるものは鶯《うぐひす》の声」

という歌を踏まえたものです。ここまで言われたら、姫君も何か答えなくてはなりません。やがて、わなわなと震える小さな声が聞こえました。

「さえずる春は……」

これは古今集の中にある、

「百千鳥《ももちどり》さえづる春は物ごとにあらたまれども我ぞふりゆく」

という歌の一節で、すべてあらたまる年に自分だけは老いていくという意味です。何ということでしょう。初めてはっきりとものをおっしゃったと思ったら、姫君はあの方の不実さを嘆いたのです。あの方は少々むっとして、

「おや、年をとった甲斐がありましたね」

とからかいます。そして姫君に近づきますと、口もとをおおっていた袖から、あの異様に長く赤い鼻が、にゅっと覗いていたのです。あの方が心底ぞっとした瞬間です。

その夜、二条邸に戻ると、紫の姫君が、絵を描いていました。あの方はふと思いつ

いて、鼻に紅をつけます。小さな姫君は笑い出しました。

「私がこんなみっともない顔になったらどうしますか」

「そんなの、いやだわ」

紫の姫君は本気で心配なさり、一生懸命紙で拭《ふ》きとろうとします。そのふさふさとした髪のやわらかさ、白い肌と桃色の頬の愛らしさ。

「こんないとしい人をほっておいて、どうしてあんなところに出かけたりしたのだろうか」

そして強い力で鼻をこすります。ついに愛することの出来なかった女への奇妙な執着も、すべてぬぐい去ろうとしたのです。

源典侍

桐壺帝《きりつぼ》の華やかな治世を、憶《おぼ》えている方はもうそれほどおられますまい。大きな政変も起こらず、自然の厄災も少ない時代でした。都は栄え、内裏《だいり》には藤壺《ふじつぼ》の宮さまはじめ、美しい方々が控えていらっしゃいました。

帝はまだお若く、三十代後半の男盛りでいらっしゃいます。あの方は十九歳でしたから、まるで兄弟のようにも見えたかもしれませんが、帝は父親らしい大きな愛情で、いつもあの方をつつんでいらっしゃいました。東宮《とうぐう》も他の御子《みこ》もいらしたのに、あの方に対する愛情は格別のもので、ゆえに大層妬《ねた》まれたのです。

朱雀院行幸《すざくいんぎょうこう》に伴う、試楽《しがく》のことはもうお話ししたことと思います。身重の藤壺の宮さまにお見せしようと、本番そのままに管弦と雅楽を行なったのです。その時「青海波《せいがいは》」を舞ったあの方の美しさは、いつまでも人々の語りぐさになりました。あの方が舞の途中で吟詠すると、声の見事さに、

「これこそ極楽浄土に住むという、迦陵頻伽《かりょうびんが》の、歌う声でしょう」

と、みなは涙したといいます。しかしこの世のものとは思えぬほどの美しさ、見事さに、人々が一抹の不安をおぼえたのは確かでした。

弘徽殿《こきでん》の女御《にょうご》さまが、

「まあ、なんだか神に魅入られて連れ去られそう。こわいわ」

とおっしゃったとかで、聞いた人々は眉をひそめたそうですが、案外正直なお言葉だったかもしれません。

そして神無月《かんなづき》の十日に行なわれた行幸は、やはり試楽よりもはるかに素晴らしいものでした。貴族と呼ばれる方々、親王さま、東宮さままですべてお出ましになり、帝に供奉《ぐぶ》されます。

朱雀院の宏大な庭園の池では、船楽《ふながく》が始まりました。竜の頭部を舳先《へさき》に飾った舟の上で、舞が行なわれます。「海青楽《かいせいらく》」「鳥向楽《ちょうこうらく》」「万歳楽《まんざいらく》」といった曲が奏でられました。

左楽《さがく》の唐楽《からがく》を奏でる方たちは赤の衣裳、右楽《うがく》の高麗楽《こまがく》を奏でる方たちは緑の衣裳をつけ、そうした進行をとり行なうのは、左衛門督《さえもんのかみ》、右衛門督《うえもんのかみ》という重い身分の帝の側近でいらっしゃいます。

やがて試楽でもいちばん評判の高かった「青海波」となります。円陣を組んで笛を吹く人は四十人、殿上人《てんじょうびと》、地下人《じげにん》の区別なく、達人と言われる人だけをよりすぐったので、その音色の見事さといったらありません。

樹齢をへた紅葉の木々はどれも高く、影まで赤く輝いているかのようです。その下で四十人の人々がいっせいに笛を奏でますと、響きを合わせたかのように松風が吹き渡ります。そして赤《あか》、橙《だいだい》と染まった木の葉が斜めに落ちていく中、さっとあの方が舞い出ました。その恐ろしいまでの美しさ。さらに激しく紅葉は散ります。まるであの方の輝きに気圧《けお》されているようでした。見物していた左大将《さだいしょう》も同じことを考えられたのか、御前の菊を折って紅葉の替わりに、あの方の冠につけるという風情あることをなさいます。舞は続き、人々はまたもや感涙にむせびます。日暮れ近くなった頃です。さっと雲が拡がり、ぱらぱらと小雨が降ってきたのです。まるで天さえも、あの方の舞い姿に心をうたれたようだと、見物の人々は頷《うなず》き合ったのでした。

帝は試楽を舞われたあの方の姿を見、弘徽殿の女御さまの言葉も耳に入《は》ったのでしょう。愛子の舞い姿に不安をおぼえられました。それで行幸前に災難除けのご読経をさまざまな寺にお命じになりました。が、これもまた、

「まあ、大げさなこと」

と女御さまのご不興をかったようです。

とはいうものの、行幸の成功は誰の目にも間違いないことで、そしてそのいちばんの功労者があの方であることも間違いないことでした。その夜、あの方は正三位《じょうざんみ》に、一緒に舞われた頭の中将《とうのちゅうじょう》さまは正四位下にご昇進されたのです。

行幸の試楽の後、藤壺の宮さまはご出産のために、三条宮にお下がりになりました。あの方は居ても立ってもいられず、お見舞いということで参上いたします。すると王命婦《おうみょうぶ》、中納言《ちゅうなごん》の君、中務《なかつかさ》といった女房たちが出てお相手いたします。宮さまは御簾《みす》の奥深く入られ、一言も発しません。あの方はなんという他人行儀なことをなさるのかと、目の前が暗くなる思いですが、なんとか気を取り直して女房たちと世間話をなさいます。話題は何と言っても行幸の試楽のことで、女たちは口をきわめて、あの方の舞を誉めそやすのです。宮さまもこの賞賛を聞いてくださっていると思うと、あの方は少し心が晴れます。実は試楽の後、宮さまに密《ひそ》かに手紙を差し上げていたのです。

「昨日の私の舞をいかがご覧になられましたか。もの思いのためにとても舞うことなど出来ないと思いましたが、あなたのために必死で袖をうち振りました」

という歌の返事に、

「から人《ひと》の袖ふることは遠けれど立ちゐにつけてあはれとは見き」

という歌がありました。「唐土《もろこし》の人の舞のことはよくわかりませんが、あなたの舞にはとても感心いたしました」というそっけないものですが、それでもお返事をいただけたことにあの方は有頂天となり、手紙をずっとおしいただいていたのです。

行幸の際の舞に対しての賞賛が、あまりにも大きなものでしたので、あの方の心の中には確信のようなものが生まれていました。宮さまも他の人々と同じように、泣かれたに違いない。そして自分がいかにすぐれた男かということも、あらためてわかったはずだ。だから宮さまも自分と同じような恋心を抱いているはずと考えるのは、あの方のおごりというものでした。宴の後の興奮がいつもよりもあの方を自信家にしているのです。

が、実際に訪れると、このつれなさはどうしたらいいのでしょう。宮さまは全く言葉をかわそうとなさらないのです。

そこに宮さまの兄君である兵部《ひょうぶ》卿宮《きょうのみや》さまが、やはりお見舞いのために参上なさいました。言うまでもなく、紫《むらさき》の姫君の父上です。今まであの方は兵部卿宮さまがあまり好きではありませんでした。が、あのいとおしい人の父上だと思うと、うちとけてやさしいお気持ちで対面なさいます。その様子は少々度を越していて、兵部卿宮さまは面くらってしまわれたほどです。いつもは気位高く接してくるあの方が、なにやら愛想めいたことさえ口にするのですから。

やがて日が暮れますと、兵部卿宮さまはためらうことなく宮さまの御簾の中にお入りになりました。兄上ですのでこういうことも出来るのですが、宮さまと言葉をかわすことさえ出来なかったあの方は、妬ましさと恨めしさのあまり、やはり兵部卿宮さまという人は好きになれない、と唇を噛《か》みます。そもそもご自分の出世のために、妹を帝に差し出したのではないか。そして名ばかりの身分を手に入れて、そこに甘んじている男ではないか……。

が、もう退出しなくてはなりません。不自然なほど長くいたのです。

「たびたび参上しなくてはならないのですが、こちらも忙しくしておりまして失礼もあるかと思います。どうか仰《おお》せ事がおありになる時はなんなりとお申しつけくださいませ」

とあくまでも帝の名代《みょうだい》としての姿勢を見せつけるようにし、わざと他人行儀に別れの口上をのべました。

帰りの車の中で、あの方は人知れず涙を流します。御簾の中で、よそよそしく自分をあしらっていた宮さま。が、あの女性《にょしょう》のお腹の中には、間違いなく自分の子が育っているではないか。ふつうの男と女だったら、産み月を楽しみにし、あれこれ話し合うことも出来ただろう。が、自分は全くの他人のようにつれなくされただけではないか。宮さまと自分とは、やはりこの世では許されない仲なのだろうか。宮さまも自分のことを思ってくださっているというのに、それを一言もおっしゃらないまま、自分たちの恋は終わるのだろうか……。

けれども、そんな嘆きはまだたわむれの段階と言えるでしょう。あの方も、そして藤壺の宮さまさえも、自分たちの犯した罪について、本当におわかりになっていたのかどうか。真実の苦悩というものは、ご出産の後に始まるということを、あの方も、宮さまもご存知ありませんでした。

やがて新しい年がやってまいりました。元日の朝拝に参内《さんだい》するあの方は、姫君のお部屋をのぞきます。暮れのうちに、お祖母さまのための喪服を脱いだ姫君は、紅、紫、山吹色などの無地の小袿《こうちき》を着て、大層可愛らしく、

「今日から、また大人になられましたね」

とあの方は声をかけます。が、姫君はいつものように人形遊びに夢中です。厨子《ずし》の中に小さな道具を飾り、また特別にあつらえた小さな御殿を部屋いっぱいに並べています。

正月の正装をしているあの方は、まわりに供の者を何人も従えています。なんとい

う御立派なりりしいお姿かと、女房たちは拝見していますが、姫君はさっそく光の君と決めた男君の人形を動かし始めます。

「これから内裏へいらっしゃるのですね。それではお帰りは遅くなられるの」

などと声に出して遊ばれる姫君の幼さは、いったいどういうことでしょうか。乳母《めのと》の少納言《しょうなごん》もさすがに、

「今年からはもう少し大人になってくださいませ。十歳を過ぎた方は、もう人形遊びはしないものですよ」

とご注意申し上げます。姫君の、年よりもずっと無邪気な子どもっぽさというものは、やがてやってくる運命を避けようとしたものかもしれません。女にとって初夜というものは、それだけで衝撃で、苦痛と羞恥《しゅうち》にみちています。姫君はやがて、いちばん信頼し、いちばん近くにいた男性から、突然の暴力を与えられることになります。そしてあまりの驚きと裏切られたという思いは、姫君が紫の上さまと呼ばれるようになっても、ずっと続くのでございますが、それはおいおいお話しいたしましょう。

少納言は続けて、

「もう姫さまは結婚なさって婿君をお持ちなのですから、もう少し奥方らしくなさいませ」

と申します。姫君はよく意味がわからぬまま、女君の人形を男君の人形の横に置きます。

姫君にとって、結婚というのはこうして男と女がいつもぴったりと寄り添うこと、それならば私はとうに結婚をしているのだと、ひとり納得なさるのでした。


いよいよ藤壺の宮さまのご出産が近づいてきました。いや、近づいていることを知っているのは、あの方と藤壺の宮さまだけ。帝や世間の人々にとっては、とうに過ぎていなくてはならないものなのでした。身ごもられたのが、ご病気で内裏からお里にお帰りあそばす少し前。それならば十二月にご出産のはずと、宮中に仕える者たちは心づもりしておりました。そのためにさまざまな準備もなされていたのです。しかし暮れになっても、いっこうにその気配はありません。いくらなんでもこの正月にはということになりましたが、やはりご出産のきざしは現れません。

「おそらく手強い物の怪《もののけ》がついて、ご出産を遅らせているのでしょう。名高い僧侶をもっと集めなくては」

などという人々の騒ぎを、藤壺の宮さまはどれほどつらくお聞きになっていたことでしょう。指折り数えなくても、いつ身ごもり、いつ子どもが生まれるのかはすべておわかりでした。お腹の中の子どもは夏の夜、お里に退出中に契った時に芽生えたもの。そして相手は帝ではなく、その御子……。今までご懐妊を現実にあっては欲しくない、夢の中の出来ごとのように考えていたのですが、日に日にお腹の中の御子は大きくなられ、時々は元気よく動いたりいたします。苦悩は現実のものとなり、藤壺の宮さまを日々苛《さいな》むようになりました。じっと御帳台《みちょうだい》の中に横たわり、誰にも気づかれぬようにさめざめと涙をお流しになります。

「いっそこの身が失《な》くなればよいのに……」

お産で亡くなる女性《にょしょう》の話はよく聞きます。高貴な身分のきゃしゃな体に、出産という大仕事は耐えられないのです。

「生まれてくる子どもと共に、あの世に行ってしまいたい」

と思っても、このような罪を犯した自分が極楽に行けるはずもなく、子どももろとも地獄へおちていくのだという考えにとらわれ、宮さまは小さく、ああと絶望のため息をお漏らしになるのです。

あの方も、日々苦悩と不安の中におられますが、男であるだけに、宮さまよりもはるかに前向きにものごとを考えます。とにかく今は、ご無事な出産をと思い立ち、祈る事情を知らせずに、御修法《みずほう》を幾つかの寺であげさせます。まだ自分では意識していませんが、初めて父親になる晴れがましさも、密やかに育っているのです。

そして二月十日を過ぎた頃、藤壺の宮さまはやっとご出産のはこびとなりました。ご誕生あそばしたのは皇子《みこ》でいらっしゃいます。今までご心配あそばした分だけ、帝のお喜びもひとかたではありません。

お祝いの言葉を次々と聞いても、いや、聞けば聞くほど、藤壺の宮さまは消え入りたい思いでうつぶしておられます。生まれた子どもが姫君ならまだしも、皇子だったという事実も、暗くのしかかっています。皇子はいずれは帝の後継者のひとりと目されることでしょう。恐ろしい秘密はさらに長く、さらに重く続くことになるのです。

本当に死んでしまえばよかったとお思いになるうち、弘徽殿の女御さまの噂が耳に入ってきました。あまりにも出産が遅いので、御子はもうお腹の中で死んでいるのだろう、などとおっしゃったというのです。あまりのおっしゃりようだと藤壺の宮さまは憤り、やがて顔をお上げになりました。今、自分がここで死んだりしたら、あちらはさぞいい気味と思うことであろう。そして残された皇子はどうなるのか。私は長く生きなくてはならない。藤壺の宮さまはご自身に言い聞かせます。

「私だけが黙っていればよいのです。この御子は帝の子と大切にお育て申し上げよう」

こうして藤壺の宮さまは、母親として強くなろうとなさいますが、現実というのはなんと強く恐ろしいものでしょうか。人々の意識や決意など嘲笑《あざわら》うように、先へ先へと行ってしまうのです。

お生まれになった若宮は、あの方に生き写しなのです。弓を描くように淡くけぶった眉、涼やかな目元、締まった形よい唇、どれをとっても似ていないものはありません。造化の神が悪戯《いたずら》心を起こし、父親の目鼻のひとつひとつを小さく変え、赤ん坊に与えたかのようではありませんか。乳母に抱きかかえられた若宮をひと目見て、藤壺の宮さまは思わず声をあげそうになりました。せっかく強く生きようと誓われたばかりなのに、ご自分の罪のあかしが若宮に姿を変え、そこにあるのです。誰が見ても、この子はあの方のお子ではないか。藤壺の宮さまは若宮ではなく、まわりの女房たちの顔を凝視されました。あなたたちはもう気づいているのか。もうすべてを悟ったのか……。しかし乳母もまわりの女房たちも、華やいだ賞賛の声をあげるだけです。

「なんとお美しい皇子《みこ》でしょう。こんなお美しい若宮を見たことはありませんわ」

この皇子はいよいよ四月に、宮中にご参内になりました。帝はことのほか喜ばれ、あかずお顔を眺められるのです。そしてこんなことをおっしゃいました。

「この若君は、光の君にそっくりではないか。優れた顔立ちというのは兄弟で似るものなのですね」

お言葉を聞いていた藤壺の宮さまのお気持ちはいかばかりでありましたでしょうか。それればかりか帝は自らお抱きになり、管弦の遊びの際などにお出ましになります。そして輪の中心にいるあの方にお見せしたのです。

「ほら、あなたに似ているでしょう。皇子たちは何人もいたけれど、あなただけをひき取って手元で育てていたせいか、なおさら似ていると思うのでしょうね。あなたの小さい時にそっくりですよ」

あの方はおそれ多いこととひれ伏しました。顔色が変わったのを見られたくなかったのと、恐ろしくて若宮を拝見出来なかったのです。

が、やがて気を取り直し顔を上げました。そこにはキャッキャッと笑い声をおたてになる皇子がいらっしゃいます。なんという美しさ、清らかさ、まごうことなく私の子どもだと、あの方は涙をぐっとこらえます。そしてやっとのことで、

「本当に可愛らしく美しい若宮でいらっしゃいますね」

と申し上げ、またひれ伏すのです。脇の下からどっと汗が流れるのがわかります。

「私はこのまま死んでしまうのではないだろうか」

退出するやいなや、あの方は御帳台に横たわります。父親になった喜びなどどこか

へ吹きとんで、ただことの恐ろしさに体が震えているのです。自分は父親の愛人と通じ子どもをなした罪で、地獄におちるに決まっている。あの試楽の時、弘徽殿の女御が発した言葉はあたっているのかもしれない。

「このように美しい人は、早く神が召されるかもしれない」

父の帝も自分が夭折《ようせつ》するのではないかという予感にいつもとらわれていたではないか。そうだ、自分は長くはあるまい、いつあの世に行ってもおかしくはない、という投げやりな気持ちが、あの方をひとりの女性《にょしょう》へと向かわせたのです。それは考えれば考えるほど奇妙な情事でした。源典侍《げんのないしのすけ》と呼ばれるその女性《にょしょう》は、あの時、五十七、八、という大変な老女だったのですから。

桐壺の帝の治世が、特別に素晴らしいものといわれていたのは、その宮廷人たちにも理由がありました。自ら目を配られて、采女《うねめ》や女蔵人《にょくろうど》など、決して身分の高くない者まで、姿と気だてのよい女たちを揃えていたのです。ましてや帝のお側《そば》近くに仕える女房たちは、それこそ選び抜かれた、教養といい、美貌といい、文句のつけようもない女性《にょしょう》ばかりです。この中のひとりにあの方がたわむれの言葉でもかけようものなら、なびかない者はまずおりますまい。そうかと言ってあの方は色めいたことを次々

と起こす、というのでもありません。女房たちが仕掛けた恋もさりげなくかわす、という風で、

「お心がつかめない」

「真面目過ぎてつまらない」

というのが宮廷でのあの方の風評でございました。それなのにあの方は、よりによって、帝にお仕えする女房たちの中で、いちばん年とった女とかかわりを持ったので、このことは長く伝えられることになりました。

源典侍《げんのないしのすけ》は、帝のおぐしを整える役目を担っております。家柄もよく才気と教養に溢れた女房として、宮廷でも重く見られている女房でしたが、ひどく色好みのことでも知られていました。今でもいろいろな噂がたっているほどです。

典侍を見るたびに、あの方は不思議でなりませんでした。こうも年をとっているのに、どうして恋など出来るのだろうか、どうして男と寝ることが出来るのだろうかという興味が好奇心となり、つい誘うような言葉をかけてしまいました。あの方は冗談のつもりでしたが、典侍は本気で応えます。

ある日、帝のおぐしのお手入れが終わり、お召し替えのためにお部屋からお出になりました。たまたま典侍がひとり残っているところにあの方は居合わせたのですが、

その優美な衣裳や着こなしに感心なさいました。いったいどうやったら、この年でここまで気を配れるのだろうか、と、つい裳《も》の裾《すそ》を引っ張り誘いをかけます。すると男に声をかけられた女のたしなみとして、典侍は派手な扇で顔を隠しながら、こってりとした流し目を送ってきました。近くでよく見ますと、瞼《まぶた》は黒ずんで落ち窪み、髪も大層そそけて薄くなっております。あの方はすっかりその気が失《う》せ、その場を立ち去ろうとしたのですが、典侍はそうはいきません。

「私は今までこのような気持ちになったことはありませんのに、私に恥をかかせるのですか」

と懸命に追いすがってきました。それをなんとかあの方は逃れたのですが、このような滑稽《こっけい》な取り合わせを、宮廷の人々が見逃すはずがありません。面白おかしく取り沙汰するのを、あの頭の中将さまがお聞きになりました。何かにつけて、あの方に競争心を持っている従兄《いとこ》で義兄の中将さまは、

「なるほど、あの女にまでは気がまわらなかった。ああした年とった女と寝るのは、今まで知らない楽しみがあるかもしれない」

と、さっそく言い寄り、契りを結ばれたのです。が、源典侍の方は、一度でも声をかけてくれたあの方が忘れられず、手紙を送り続けます。それに負け、あの方は典侍

のところへ忍んで行き、それに気づいた中将さまが、ふざけて脅かすという、後々まで人々の口の端にのぼる滑稽譚《たん》がございましたが、詳しくお話しするのも、おぞましいというものでしょう。あの方もこの一件を恥じて、語ることはありませんでした。

けれどもほんの一時でも、あの方が典侍に魅かれていたのは本当です。

典侍は年老いたことは恥じていませんでした。まだ自分は色気も美しさも残っていて、男たちから心を寄せられるものと信じていました。その確信は揺るぎないもので、からかおうと待ち構えている者を、厳粛な気分にさせるほどでした。その強さは、死に傾いていたあの方の心を圧倒したのです。典侍から溢れ出る過剰なもの、それは生きていく楽しさでございました。閨の中の老女の体は頼りなくやわらかいだけで、あの方に快楽を与えてはくれません。しかし相手は充分に潤い、歓びに身をくねらせていたのです。あの方はその姿に感動すらおぼえたのです。自分よりもはるかに死に近づいているというのに、この貪欲《どんよく》さはどうだろう。自分を信じて疑わない強さはどうだろう。あの後、年甲斐もない老女が恋をしたと、典侍は人々の冷笑をあびましたが、あの方を死から遠ざけた役目を果たしたことを、知っている者はおりますまい。

そしてあの春の夜がやってきました。

如月《きさらぎ》の二十日を過ぎた頃、帝は南殿《なんでん》の桜の宴を催されました。玉座の左右をそれぞれ藤壺の宮さま、東宮さまの御座所といたします。昨年の秋、皇子をあげられた藤壺の宮さまは中宮《ちゅうぐう》に立后なさいました。東宮さまに寄り添う弘徽殿の女御さまは、なんといまいましいこととお思いになりますが、世を挙げての催しに参加しないわけにはいきません。不機嫌そうに御簾《みす》の中にいらっしゃいます。

その日はよく晴れて空は水色に冴え、鳥たちのさえずる声も格別と思われるほどです。親王はじめ上達部《かんだちめ》の方々は、帝から中心となる字をいただき、漢詩をつくります。「春」という字の韻を踏んだあの方の漢詩は、群を抜いて見事なもので、講師が区切りつつ誦《よ》み上げるたびに、専門の博士たちは口を揃えて誉めたたえるのです。

こうした知を競う催しの他に、雅楽でもあの方は主役の座をひとり占めにします。日の傾く頃「春鶯囀《しゅんのうでん》」という舞を面白くご覧になった東宮さまは、二年前の「紅葉の賀」を思い出されます。かざしの花をあの方に渡し、ぜひ舞をとご所望になります。東宮さまは弘徽殿の女御さまを母に持つ方ですが、お心ばえがやさしく、あの方を弟と可愛がっていらっしゃるのです。最初は辞退していたあの方ですが、立ち上がり、静かに袖をひるがえし、短い舞を舞われましたが、それがたとえようもなく優美で、見ていた者たちの目に涙が光ります。

そして頭の中将さまはじめ、上達部の方々が次々と舞われます。袖が揺れ、夕暮れの中に桜の花が散り、まるで絵巻物のような宴が終わりました。

いつになくあの方は昂《たか》まっていました。春の夜は永遠に続くかと思われるほど長く、踏みしだかれて香りが強くなった桜の花びらが地面の色を変えております。酔いがまだ残っているあの方がさまようところといえば、宮さまのいらっしゃる内裏の藤壺のあたりしかありませんが、そこはしっかりと鍵が閉まっていました。あの方はついふらふらとお向かいの弘徽殿へとお入りになります。いわば敵陣に足を踏み入れるようなものですが、宴の名残に浮かれているあの方は平気です。今日、弘徽殿の女御さまの機嫌をとろうと、帝がご自分の寝所にお呼びになっているのを知っています。酔いの勢いもあり、あの方は縁側をやおら上がり、躊躇《ちゅうちょ》することなく、しんとしずまり返った廊下を進みます。そして枢戸《くるるど》を開けて奥をのぞき込みました。その時です。若い女が歌を口ずさみながら歩いてくるではありませんか。

「朧月夜《おぼろづきよ》に似るものぞなき……」

という流行りの歌を口ずさむ君は若々しく綺麗で、そこいらの女房とは思えません。だいいち人に仕える女房は、このように大胆に歌をうたいながら歩いたりはいたしません。そうかといってこの屈託のなさは、身分高い姫君とも思えず、それを知りたいと思った瞬間、あの方は女の袖をとらえました。

「まあ、誰なの。ひどいわ」

女は小さく叫びますが、あの方は構わず女をふわりと抱き上げます。

「私は何も咎《とが》められない立場なのですよ。だから人をお呼びになっても無駄です。静かになさい」

女の体は軽く弾力にみちております。若い女の体です。が、その時なぜかあの方は一度だけ抱いた老女を思い出したのです。そしてこの女にも何か強い魔力を感じたのですが、それはたぶんあたっていました。

その後のあの方の運命を変える女性《にょしょう》でした。

葵の上

車争いのことを、お聞きになったことと思います。そう、都中に知れわたった、あの車争いでございます。

私がこうして冥界にとどまり、いずれ地獄に落ちていく身になりましたのも、あの日のことが原因でございます。

思えば、貴婦人といわれる中で、私ほど辱《はずかし》めを受けた女はおりますまい。人々は私のことを、なんと愛執《あいしゅう》の強い女かと噂《うわさ》したそうでございますが、私が常ならぬ身になりましたのは、嫉妬ゆえではございません。この身に受けました数々の屈辱ゆえでございます。

私は最初あの青年を拒み通していたのです。七つ年下の、まだ少年といってもいい頃でございます。そんな男の求愛など、どうして本気になれるでしょうか。ところがその男は、ある夜御簾《みす》の中に強引に入ってきて、私を自分のものにしたのです。

「覚悟なさい。私たちはこうなる運命《さだめ》だったのですから」

とうそぶくあの方を見つめることも出来ず、私は屈辱のあまり震えてうつぶしておりました。が、それは甘美な屈辱でございました。私は若い男にさんざんいたぶられ、屈伏させられ、辱められ、息もたえだえにされたのでございます。

そしてすぐに本当の屈辱を私は味わうことになるのですが、それは毒薬のように全身にまわりました。身を蝕《むしば》む屈辱というのは、心がずしりと黒く重くなっていくのです。ええ、そうですとも。心のあまりの重さに、息をするのも苦しくなってまいります。

あの方は、すぐに私のことを軽く見るようになりました。それは私があの方をどうしようもなく激しく愛してしまったからです。もちろんそんなことを口に出して伝えたことはありません。けれどもあの方は、美しい男特有の敏感さで、すぐにわかってしまったのです。こちらが愛するほどに、相手がこちらを愛してくれないことほどの屈辱が、この世にあるでしょうか。私が味わう本物の屈辱でございました。大臣の娘として生まれ、東宮妃として生きてまいりました私にとって、屈辱というものは下賤《げせん》の者たちに与えられる罰のようなものでした。ところがどうでしょう、私はそういう者たちよりも、はるかに重い罰を受けるようになったのです。

そしてこちらが与えたほどの愛情をもらえない屈辱、それよりさらに上のものがあるのを知ります。それは男が去っていこうとする屈辱でございます。

それに、私はなんと長いこと耐えたことでしょう。初めて経験することでしたのに、私は必死に耐えたのです。が、もう息もたえだえになった頃、娘に伊勢の斎宮《さいぐう》のお話が起こりました。私はこれを卜占《ぼくせん》の答えのように聞いたのです。娘はまだ十三歳でございました。母親の私がつき添って伊勢に下っても何の不思議もありますまい。これであの方との関係も終わりにすることが出来るだろうという、私の密《ひそ》やかな決意は、すぐに人々に見破られました。なんと帝までこうおっしゃったというのです。

「前から言おうと思っていたが、六条御息所《ろくじょうのみやすどころ》は、亡くなられた東宮《とうぐう》がそれはそれは大切にされ、愛されていた方なのですよ。それをあなたが軽々しく、まわりにいる女《にょ》性《しょう》のように扱うのは、本当によくないことです。御息所はあなたが疎略《そりゃく》にするような方ではないのです。こういう考えなしの色ごとをすると、世間から非難を受けることになりますよ」

あの温厚な帝が、大層きつくあの方を叱《しか》ったというのです。このことを聞いた時、私は有難さよりも、私たちの恋愛の噂が、帝のお耳にまで届いていたことに驚き、その後、恥ずかしさのあまり身が震えました。帝がご存知ということは、その背後に、何十、いや、何百という女たちがざわめいているのです。

宮廷や高貴な方々に仕える女房たちの口が固いか、といえばそんなことはありません。女たちは姉妹や従姉妹《いとこ》と、たいてい縁がつながっております。女たちの楽しみといえば、手紙をかわすことと、宿下がりや方違《かたたが》えで会った時のお喋りでございます。主人たちの内情など、あっという間に伝わるのです。

私は最初、十七歳という青年を愛人にしたきまり悪さから、こっそりとあの方を通わせていました。世間に公表したこともありません。それなのに帝も含めて、すべての方々はご存知だったのです。世間の人たちが知ってしまったのは、あの方と私の仲だけではありません。それまでまじめ過ぎる、もの堅い、などと言われていたあの方が、にわかに〝色好み〟と表現されるようになったのも、この頃からでございます。

花の宴の後、弘徽殿《こきでん》の女御《にょうご》さまの寝殿にしのび寄ったあの方は、

「朧月夜《おぼろづきよ》に似るものぞなき……」

と歌いながら歩いてきた女性《にょしょう》の手をとらえ、奥の枢戸《くるるど》から廊下に連れ出しました。

「何をするの、人を呼びますよ」

と抵抗するその女性《にょしょう》に、

「そんなことをしても無駄ですよ。私は誰にも咎《とが》められない人間なのですから。さあ

「静かになさい」

とあの方はささやきました。それでその女性《にょしょう》も男が名高い光の君とわかり、ぐったりと身をまかせたのです。この女性《にょしょう》が、あまたいる女房のひとりということでしたら、どうということもなく済んだのですが、この方は右大臣家の六の姫君でいらっしゃいます。ということは、あの方を心から憎んでいらっしゃる弘徽殿の女御さまの妹君になります。それだけではありません。この方は何人もいらっしゃる姫君の中でとりわけ美しく、右大臣が東宮さまにさしあげる心づもりをしていた方だったのです。

六の姫君もあの方も、上手に隠しおおせているつもりだったかもしれませんが、たえず暗闇の中に控えている女房たちの目から逃れることは出来ません。

「世間から非難を受けることになりますよ」

という帝の言葉は、この姫君のことを含んでいらっしゃるのです。

今、帝と申し上げましたが、この頃帝は東宮さまに位を譲られ、桐壺院《きりつぼ》とおっしゃるようになっていました。私の娘が伊勢へ行くことも、帝が代わられたことによるものです。

帝を退かれた桐壺院さまは、お立場が多少自由になられましたので、院の御所でごゆっくりとお過ごしになられます。それにご一緒するのは、もちろん藤壺《ふじつぼ》の中宮《ちゅうぐう》さまで、お二人は、ますます仲睦《なかむつ》まじくなられます。そこにあの方の入り込む隙はまるでないのです。

思えば右大臣の六の姫君とのことも、藤壺さまの寝殿に入り込めず、隣の弘徽殿へしのんで行ったのがきっかけでした。あの方は藤壺さまを得られない焦りから、少し奔放になり過ぎていたのではないでしょうか。

いずれにしても、その自暴自棄の荒ぶる心は、私に向けられることはありませんでした。本当のことを申しますと、四年のうちにはいつか「正式な妻」に、という心が私の中に芽ばえていたのでございます。あの方には葵《あおい》の上《うえ》さまという正妻がいらっしゃいますが、私のこともはっきりと世間に公表し、妻のひとりにすることはさもなきことでございましょう。私の身分からすれば、愛人のひとりのままにされるのは、桐壺院さまのおっしゃるとおり、疎略にされていると考えてもよいことでした。

考えてみればみるほど、四年もの間、よく私は我慢していたことよ。私はやはり年下のあの方に軽々しく扱われていたのだ。やはりここは決断を下し、娘と共に伊勢に下向していくべきなのだろう。けれどもそんなことをしたら、あの方は悲しみながらも心のどこかでさぞかし安堵することだろう。ようやく長年のうっ屈が晴れたような思いをすることだろう、と私がいつまでもぐずぐずと悩んでいた頃、葵の上さまご懐妊の噂が耳に入ってきたのです。

あの方は私に言ったことがあります。「まだ十二歳の少年の時、何も知らないままに夫婦になったのです。父上の帝が母と祖母を亡くした私の身の上を案じられ、左大臣を後見人と決めたのです。元服の日、角髪《みずら》を結った私はされるがままに髪をそがれ、冠をかぶりました。そしてその後、左大臣の邸で儀式があり、初めて見る少女が私の傍に横たわったのです。それが妻となった人です。あちらも私より四つ年上で、たぶん子ども子どもした私を、夫と思うのは心に添うことではなかったのでしょう。不機嫌そうにじっと唇を結び、ろくに言葉もかわしません。その関係が今もずっと続いているのですよ……」

ところがどうでしょう。葵の上さまはご結婚十年めに身籠《みごも》られたというのです。ということは、そういうご関係があったということで、あの方が日頃口にしていたことはまやかしだったのではありませんか。葵の上さまは大層気位の高い方で、夫であるあの方が行っても、御簾ごしでお話をなさり、たいていは気分が悪いと、すぐに奥にお入りになる……と言っていたはずです。

ご出産が秋ならば、それならばあの方が、葵の上さまの御簾の中に入ったのはいったいいつなのか。御帳台《みちょうだい》の中に共に入られたのは……と、私は頭の中で卑しい計算をし、そしてああとうつぶしてしまいました。その冬の頃、間遠くなったというものの、あの方は私のところにやってきました。そして葵の上さまにしたのと同じことを私にしたのです。それも何度も……。

私は気が遠くなりました。頭の中はいったん蒼白《あおじろ》くなり、その後はっきりとした景色が見えてきました。私の体はふわふわと宙に浮いております。すぐに正気に戻ったもののこの感覚をどこかで一度味わっております。それはあの方が、夕顔《ゆうがお》を咲かせる家の女と一緒の時でございました。

あれからあの方は、廃院での夜のことを忘れようと、どれほど努力したことでしょう。あの時、闇の中にいた女は、私ではなく自分の心が生んだ幻だとずっと信じようとしていたのです。けれども私への疑いは決して晴れることはなく、それが私から遠ざかろうとしている原因のひとつなのです。

この頃、さらにあの方の訪れは減っていました。それはどうやら葵の上さまのご懐妊のせいという噂が漏れ聞こえてまいります。葵の上さまはご気分がすぐれず、初めてのお子さまゆえ、大層心細くしていらっしゃるとのこと。左大臣家はもとより、あの方も安産を願ってさまざまな物忌《ものいみ》をさせているということで、手紙さえも途絶えておりました。もうこのまま私たちの仲も終わりになるのか。それならばあちらから別れを告げられる前に、伊勢に下向するという思いを伝えるのだ、などと私もいろいろなことを考えますうち、すっかり気分が滅入って寝込むことさえありました。

そんなことをしておりますうち、賀茂の祭りの日がやってまいりました。今年は弘徽殿の女御さまお腹の女三《おんなさん》の宮《みや》が、賀茂神社に仕える斎院にお立ちになります。桐壺院さまもとりわけ大切にしていらっしゃる姫君ゆえに、儀式は格別盛大に執り行なわれるとのことです。上達部《かんだちめ》の方々が供奉《ぐぶ》申し上げるのですが、あの方も参議として行列に加わることとなりました。本来ならばあの方ほどの身分でしたら、斎王の列をお守りする役など引き受けるはずもありませんが、おそらく弘徽殿の女御さまが、桐壺院さまにねだったのでしょう。案の定、賀茂の祭りにあの方がお供するというので、都では大変な騒ぎになりました。身分の卑しい者、遠い国に住んでいる者さえ、名高い光源氏の姿を一目拝もうと、妻や子を連れて都に上ってくると申します。

私はもうあの方のことは諦《あきら》めるのだと心に言い聞かせていましたのに、祭りの日の姿をどうしても見たくなったのです。

考えてみると、晴れがましい場所での、あの方の姿を一度も見たことがありません。闇や夜明けの光の中だけでなく、昼の陽ざしの中で、輝くようなあの方を見てみたいなどというのは、なんとあさましい、思慮の足らぬ考えだったでしょうか。そのために私はその後、業火の苦しみをさんざん味わうことになるのです。

私は目立たぬように網代車《あじろぐるま》の使い込んでいるものを用意させました。ごく近くに仕える、口の固い女房を三人同行させせましたが、やはり祭の興奮があるのか、華やかに着飾っております。女房たちの車から袖口や裳《も》の裾、汗衫《かざみ》などが、簾《すだれ》ごしにちらちらと見えるのも、なかなかよい風情で、その日は女房車がびっしりと並んでおりましたが、やはり私たちの車は、どこか目立ってしまったようでございます。

車の中でじっと行列を待っておりますと、やがて騒がしい声が聞こえてまいりました。

「ちょっとどいてくれ。そうだ、もうちょっと右に寄るんだ」

身分ある方のものと思われる美しい車に、何人もの雑人《ぞうにん》がつき、あたりの車をどかしているのです。

「まあ、なんて乱暴なことをなさるのでしょう。いったいどなたの車なのでしょうか」

同じ車に乗っていた若い女房が眉をひそめました。

雑人たちはやがて私共の車の前に立ち、ここをどけ、と声を上げます。

「何を言う。これは決して、そんなふうに立ちのかすことが出来ないお車であるぞ」

こちらの従者が車の前に立ち塞《ふさ》がりました。しかし相手は全くひきません。「今日、大将の君をご覧になる左大臣家のお車だ。すべての車は退くのが道理であろう」

ああと私は絶望のため息をつきました。誰にも知られぬよう、こっそりと行列を見物しにきたのに、よりによって葵の上さまの車に出会ってしまうとは。

私共の従者は、左大臣家の車と聞き、ひるんでしまいました。しばらく返す言葉がありません。こちらの身分を名乗ることが出来ないのです。が、その沈黙で、あちらの者たちは車の中に誰が乗っているのか察してしまったようなのです。酒が入っているのか、若い男がことさら声を張り上げます。

「大将殿のご威光を借りようとでもいうのか。ふん、たかだかその程度の車に、大きな口は叩かせないぞ」

なんということでしょうか。雑人ふぜいの口ぶりに「愛人のくせに」という蔑《さげす》みが表れているのです。元東宮妃の私に向かって「たかだか」という言葉が使われたのです。

やがて男たちのかけ声が聞こえ、私たちの車が大きく揺れました。無理にどかそうとしているのです。あまりのことに私は体中が震えました。

「そんな乱暴をするものではない」

という声もありましたが、若い男たちの狼藉《ろうぜき》を制してくれる者は誰もおりません。左大臣家の車には、当然あの方の従者も加わっているはずですが、一人として止めてはくれないのです。

傍の女房がしくしくと泣き出しました。よほど力を入れてどかしたのか、ぱきぱきと何かが折れる音がいたします。他の車の方々も、さぞかし面白い見物だと思っているに違いないと、私は怒りと恥ずかしさ、口惜しさがいちどきに押し寄せ、起き上がることさえ出来ないのです。ようやく声を出し、「もう帰りましょう」と告げるのがやっとです。やっと泣きやんだ女房は、従者にすぐにここを立ち去るように命じましたが、

「おかしな場所に無理やりどかされ、抜け出す隙間もないのです。もうしばらくお待ちください」

という返事がもどってきました。私はもうこのまま死んでしまいたいとじっと目を閉じております。

どのくらい時間がたったでしょうか。

「行列がいらした」という言葉に、私は身を起こしました。全く何という私の情けな

さか。これほどのめにあっても、あの方の晴れ姿をどうしても見ずにはいられなかったのです。重々しく黒い綾《あや》の直衣《のうし》を着たあの方は、賀茂の祭りのあかしである葵の葉を冠に飾り、白い馬に乗っています。黒と白との対比の鮮やかさ、美しさ、そしてあの方の横顔は、新緑が映えて清く萌えているようです。女房車の奥からはいっせいに、小さなどよめきが起こりました。私もそのひとりに加わっていました。これほどの不幸を招いた男の美しさに、私は見惚れ、一瞬我を忘れたのです。なんとみっともないことでしょうか。やがてあの方は、一台の車に気づき、威儀《いぎ》を正しました。従者たちもその車の前では、うやうやしく頭を下げます。その車は私の車ではありません。私の車を荒々しくどかし、いちばんよい場所をお取りになっていた、正妻の葵の上さまのお車でした。

葵の上さまにいくつかの生霊《いきりょう》がついて、そのひとつがどうしても去らないと、人々が噂するようになったのは、それからすぐのことでございました。

左大臣家では高い位の僧には読経、修験者《しゅげんじゃ》には祈禱《きとう》、陰陽師にはお祓《はら》いと、考えられるすべてのことを行なわせましたので、物《もの》の怪《け》や生霊などさまざまな者が出てきて名乗りをあげました。こういう者たちはやがて調伏《ちょうぶく》され、そこにいる下々の者に乗り移り、大声をあげ泣きわめき、去っていくのですが、葵の上さまにぴったりととりついている物の怪があるというのです。

「あれは六条御息所《ろくじょうのみやすどころ》さまの生霊であろう」

と、まわりの者たちがささやき始めたのは、あの車争いの一件が、大きな噂になっていたからでしょう。

それを耳にした時から、私はもはやふつうの心を保てなくなりました。当代きっての貴婦人、教養もたしなみも手本にしたい人、と言われていたこの私が、いつのまにか生霊とされていたのです。私は六条の邸を出て、陰陽で選び抜いた縁ある者の別邸に移りました。そこで何人かの僧に来てもらいずっと祈禱をあげてもらうことにしました。私の心を祈りで縛りつけてもらわなければと思ったのは、やはり不安があったからでしょうか。

途中であの方が見舞いにやってきました。車争いの件も謝罪したいと、くどくどと申します。

「女君は決して悪い人ではないし、あなたに特別の感情を持っているようなこともないのですよ。けれども何かと気がきかない、情にとぼしいところがおありなのです。そういうところが下々の者に伝わるのでしょう」

が、私にはわかりました。目の前にいる人は、私の様子を探りに来たのです。葵の上さまがひどく苦しんでいらして、これでは無事な出産は出来そうもないということも、その原因がしつこくとりついている生霊だということも、その生霊が私のものだということも、今や都中の人々の知るところになっています。あの方はまさか、と思うものの、葵の上さまが大切なあまり、気がすすまないまま、いらしたのでしょう。私に謝って、甘い言葉のひとつふたつ与えれば、私の生霊が去るとでもお考えなのでしょう。

「私はそれほど心配はしていないのですが、親たちが大仰《おおぎょう》に騒いでうろたえております。ですからもう少しあちらにいてやりたいと思いますので、どうか私の無沙汰を許してください」

が、私のそっけない態度に、早々と帰っていきました。

私はその夜、夢を見ました。夢というにはあまりにもはっきりとしたあたりの光景です。見たこともない部屋でした。見事な調度品で、そこが身分の高い人の邸だとわかります。几帳の中に、一人の女性《にょしょう》が横たわっていました。一度もお会いしたことがないのに、私はその方が葵の上さまだとわかりました。ほっそりとした本当に美しい方です。苦しそうに眉をしかめているお顔がとてもあどけなく、あの方より四つ年上とはとても思えないほどです。

肩で息をしていらっしゃるのは、初めてのご懐妊がつらいからでしょう。薄い衣の上からやや膨らんだお腹が見えます。

「あの方のお子だ」

そう思ったとたん、私はもう自分を抑えることが出来ませんでした。全く親しむことのない妻だとあの方はしょっちゅう言っていたではありませんか。それなのにこの人の腹の中には、あの方の子どもがいるのです。それは長いこと、私が願っても得られないものでした。この人は正妻という恵まれた籠《かご》の中で、みなから大切にかしずかれ、今、あの方の子どもを産もうとしているのです。

私はいつのまにか、横たわる葵の上さまに馬乗りになり、髪をつかんでいました。葵の上さまは痛がって悲鳴をあげられます。私は胸ぐらをつかんで、上下に大きく揺らしました。ちょうど賀茂の祭りの私たちの車のように。葵の上さまは痛さと恐怖から、大きな声で泣き始めました。

その時、私の胸が苦しくなりました。何やら強い力が私を押さえつけたのです。私は声に出して言います。

「ご祈禱をゆるめてくださいませ。大将にどうしても申し上げたいことがあるのです」

几帳の中に、あの方が入ってきました。いとおしげに私の手を握ります。こんなやさしい目で見つめられたのは久しぶりです。

「お加減は苦しいのでしょうか。この私を、こんなにつらいめにあわせないでください。本当にいとおしく大切に思っているのですよ」

嬉しさのあまり、私は涙が流れます。やはりこの方は私のことを思っていてくれたのです。

「きっとよくなりますとも、そして元気なお子をお産みになるのですよ」

私は気づきました。あの方は私を葵の上さまと思っているのです。どうやら私は葵の上さまに乗ったままらしいのです。

「そんなことではありません。どうかご祈禱をゆるめてください。私は苦しくてたまらないのです」

あの方の顔がみるみるうちに変わりました。そして震える声でこう叫んだのです。

「お前はいったい誰なんだ」

そして私は夢から覚めました。ああ、なんという嫌な夢を見たのだと、ぼんやりと起き上がると、私の袖口からは芥子《けし》の香りがしました。祈禱の護摩《ごま》に焚《た》くものです。

昨夜からずっとここで休んでいるのに、いったいこれはどうしたことだろうかと、私は着ているものを替え、占いではいい日ではなかったのに髪も洗いました。それなのに芥子のにおいは消えないのです。何が起こったのかわかりました。あの廃院での夜と同じことが起こったのです。それでは世間の噂は本当だったということでしょうか。そして「お前は誰だ」と叫んだ時のあの方の顔、あれは私に気づいたからではないのかと、悶々《もんもん》と過ごしているうち、女房が葵の上さま無事ご出産という知らせを持ってきました。

ご重体でいらしたはずだったのに、なんとまあご運の強い方であろうかと、私はその場を取りつくろう祝いの言葉も出ません。いつもとは違い、すべての感情がむき出しになっていくのがわかります。私は妬《ねた》ましさのあまりぐったりとすべての力を無くし、再び身を横たえます。

そしてまた夢を見ました。私はまたあの部屋の几帳の中にいます。そして傍には年とった品のある女性《にょしょう》とあの方がいました。

「ずっと母君がお付き添いになっていらしたので、つい遠慮してしまいました。けれどもうそんなことをいたしませんよ。あなたは若宮をお産みになったのですから、何から何まで私の妻なのですよ」

ああ、私は男の子を産んだのだと、やっとわかりました。

「今日からは私がお世話いたしましょう。あなたは母君がいなくては心細いと、いつもおっしゃっている。そんなに子どもじみていらっしゃるので、なかなかおらないのですよ」

それならば、私は少し退がっていましょうと、品のいい女性《にょしょう》は笑って出ていかれました。

「さあ、少しお薬を召し上がれ」

あの方は私を抱き起こし、薬湯の椀を口に近づけてくれます。

「まあ、ありがとうございます」

私はあの方をじっと見つめます。本当に美しい私の男。

「なんというやさしい目で私をご覧になるのだろう」

あの方は言って、私を自分の胸にひき寄せます。

「今までとはまるで違った心持ちですよ。今までのあなたは、ご立派過ぎて少し近づきがたいところがありました。が、ご出産で体が弱っておられるせいか、あなたは本当に愛らしく素直におなりだ。たまらなくいとおしく感じられてなりません。そう、そんな風に私を見上げるまなざしなど、本当に嬉しく思いますよ」

「私はずっとあなただけを思って生きてきましたもの」

　この時母上さまもあの方も気づいていませんでしたが、葵の上さまはやはりご出産に耐えられず亡くなっていらっしゃいました。私は葵の上さまの体に移っているので、よくわかります。

「ずっとずっと、あなたのことを本当に思っていたのですよ」

「それに気づかなかった私をどうか許してください。これから私たちは仲のよい夫婦になるのですよ」

　そしてあの方は私の手をさらに強く握り、こう言いました。

「おや、冷たいお手だ。さあ、お休みなさい。お目が覚めたら、前よりずっと楽しい日々が始まるのですよ」

「何て嬉しいんでしょう」

　私は微笑んで答えました。

　あの時のことは、ぼんやりと憶《おぼ》えております。

　ぼんやり、と申しますのは、どこまでが夢か、どこまでが現《うつつ》なのか、自分でもはっきりとわからなかったのです。

私の魂が葵《あおい》の上《うえ》さまから離れたとたん、まわりにいた人々が騒ぎ出しました。息を引き取られたというのです。執拗《しつよう》にまとわりついていた物《もの》の怪《け》も去り、無事に男のお子をお産みになった後でしたので、皆は油断していたのです。

ちょうど除目《じもく》の夜とあって、お父上の左大臣や、男兄弟の方々も参内《さんだい》なさっていました。さらに運の悪いことに、叡山《えいざん》の座主《ざす》や名高い僧都《そうず》たちも、それぞれの寺に帰った後のことでございます。あまりの急変に、左大臣家の人々は、うろたえ、大騒ぎとなりました。しかし、いったん亡くなった方が生き返るというのは、たまにあることなので、葵の上さまを死人の枕の位置にせず、そのままで見守り続けます。あの方も、

葵の上さまの枕元に侍《はべ》る一人でした。

亡くなったばかりの、葵の上さまのお顔は本当に美しく、髪も黒々としておられました。かすかに開かれた唇からは、何かやさしい言葉が漏れそうです。が、次の日にははっきりと死相が現れました。秋の最中のことですのでお傷みになるのも早く、三日めには白いお顔に斑点が浮かび、そして四日めには白絹の下着をまとったお姿から、耐えがたいにおいがするようになりました。もはやこれまでと、誰が言うともなく、

ご遺体は別のところに移され、葬礼の準備が始められます。

たった一人の姫君ですので、左大臣の取り乱されかたはひとかたではなく、

「このような年になって、若く盛りの子どもに先に逝かれるとは」

と、人目もはばからず号泣されます。その一方で、どうしても諦《あきら》めることが出来ず、死者を甦《よみがえ》らせるという秘法をあれこれお試しになるのです。母君にいたっては、葵の上さまが亡くなった日に倒れられ、そのために数々の祈禱《きとう》が試みられたほどです。そして、あの方の悲嘆ぶりも、多くの人々に感動と、それと同じほどの驚きを与えました。なぜならば、女君さまがお元気な頃は、決してしっくりとはいっていないご夫婦だったからです。葵の上さまはあの方にうちとけることなく、いつも御簾《みす》ごしにお話しになるというのは、都の女でしたら誰でも知っていることです。ですからご懐妊の折には、不思議がる者がいるほどでした。

それなのにあの方は、長年いつくしんだ愛妻のように、葵の上さまのご遺体から離れません。ずっと沈痛なおももちで鳥辺野《とりべの》まで送られ、ご遺体が煙になるさまをじっと眺めているのです。夜明け前の空に、やがて白い煙が昇っていきます。そのような清浄で完璧な死を見届けるのは、あの方にとって初めての経験でした。お母さまの時はもちろん、お祖母さまの時も、あの方は幼過ぎて葬列には加わっていないのです。

左大臣邸に帰ってからも、あの方はまどろむこともなく、葵の上さまの追慕にふけっているのです。

「いつかわかり合える日がくるだろうと、気長に構えていたら、突然こんなことになってしまった。きっとあの人は、私のことを誠意のない、他人行儀な夫だと、ずっと思い続けていたに違いない」

口惜しさが残りますが、救われるのは、権高《けんだか》な女だと見ていた葵の上さまの、死ぬ間際にお見せになった、なんともいえない愛らしい表情です。

うっとりと情の込もったまなざしでこちらを見つめ、

「ずっとあなたのことを思って、私は生きてきたのですもの」

とささやいた時の、いとおしさといったら……。自分はどうしてあのように可愛い素直な女君をよそよそしく扱っていたのだろうと、また新たな涙にくれるのですが、あの方は全く気づいていません。死ぬ間際に、いくつかの言葉をささやき、あの方の手を握っていたのは、葵の上さまではなく、この私なのです。そうなのです、思い出しました。もう葵の上さまはお亡くなりになっていたので、私は亡骸《なきがら》をお借りして、長年の心のたけをあの方に打ち明けたのです。その姿に心を打たれ、あの方は葵の上さまを、懐かしいとも、恋しいとも思われているのです。

それどころか、あの方は葵の上さまの死をきっかけに、世の中のこと、男と女のことまでうとましく考えるようになりました。お通いになっていた愛人の方々からは、ねんごろなお手紙が届きますが、それには失礼でない程度の返事をするのがやっとです。鈍色《にびいろ》の衣裳に着替え、一日中経文を読んでいますと、つくづくこの世が空《むな》しく、甲斐《かい》のないものと思われていくのは、私に大きな原因があるのでしょう。あの方は、葵の上さまが、確かに私の姿になっていくのを見たのです。身重の葵の上さまにしつこくとりついている物の怪は、六条御息所《ろくじょうのみやすどころ》と世間の人々が噂していても、あの方は最後の最後まで信じようとしませんでした。しかし「申し上げたいことがある」と、あの方を呼び出し、

「とても苦しいので、ご祈禱をゆるめてください」

と言った女の声は、確かに私のものだったのです。身震いするような思いで、あの方は記憶をふりはらおうとします。念入りな読経は、妻への菩提《ぼだい》のためだけではないのです。

「法界三昧普賢大士《ほうかいざんまいふげんだいし》……」

あのようにたしなみの深い、教養ある女性《にょしょう》を、あさましい物の怪に変えたのは、自分への執着であろう。私がもっとあの女性《にょしょう》に誠実にお尽くし申せばよかったのだ。それにしても、男と女のことはなんとおぞましいのだろう。それと同時にまるで夢のようなはかなさではないか。どれほど愛憎を尽くし、体をからめ合ったとしても、所詮《しょせん》

ほんのつかの間のことだ。人間はやがてひと筋の煙となり、空に昇っていくだけではないか。

そしてあの方は、ふと出家のことが頭に浮かんだのです。生まれたばかりの若君さえいなかったら、このまますべてを捨てて静かな寺の人となりたい。女たちとかかわりを持つこともなく、清らかな仏の世界にひたりたいものだと、本気で考えたのですから、やはり葵の上さまの死にまつわる一連のことは、あの方に大きな衝撃を与えたのでしょう。

そして私はといえば、娘が斎宮《さいぐう》になる時が近づき、一緒に左衛門府《さえもんふ》に入りました。来るべき日のために、潔斎《けっさい》をする場所です。あの方はそれをいいことに、私には手紙ひとつ送ることはありませんでした。もうそれですべて終わりにするつもりだったのです。

そして秋が深まっていきました。あの方はまだ悲しみの中に閉じ籠《こ》もっています。左大臣家の奥深く、読経にあけくれるあの方を心配して、三位《さんみ》の中将《ちゅうじょう》さまがお立ち寄りになりました。以前は頭の中将とおっしゃっていた、あの方の親友で、葵の上さまの兄上でいらっしゃいます。中将さまはあの方を慰めようと、昔の恋の冒険を面白おかしく話されます。考えてみると、何人もの女性《にょしょう》を、二人で奪い合ったり、共有してきたのです。中でも中将さまが言葉を尽くしてお話しになるのは、あの色好みの老女、典侍《ないしのすけ》のことです。あの方が典侍と共寝をしている時、中将さまはしのんでくる恋人のふりをして脅かしたのです。

「あの時のあなたのあわてぶりときたら……。それよりもおかしかったのは、典侍ですよ。どうぞ、お許しになってと、声を震わせているのですからね。あの年寄りが、何を勘違いしているのか、ご自分を大層な美女のように思って、男二人をどうさばこうかと必死の姿ときたら……」

「まあ、あのおばばさまのことを、そのようにおっしゃるものではないよ」

とあの方も声を出して笑った後、ふと寂しく殺伐とした気持ちに襲われ、むせるように涙が吹き出したのです。もう自分には、あのような日々は二度と訪れまい。心のおもむくままに生き、今日と同じ明日が、必ず訪れると信じていたあの頃。まだ死というものに、深くかかわっていなかった日々です。あの方はまだ二十二歳でしたが、自分がひどく老いたように感じました。いいえ、確かに葵の上さまの死をきっかけに、あの方の身の上は大きく変わろうとしていました。この後すぐに、父上の死をも、あの方は迎えることになるのです。

そして私はといえば、とうとうこらえきれずに、あの方へ手紙を出してしまいました。葵の上さまに対する追悼の気持ちはもちろんですが、それ以上に私が知りたかったのは、あの日のことをあの方がどこまで見たのかということでした。「お前は誰だ」と叫んだ時の、あの方の表情ははっきりと憶えています。世にもおぞましいものを見たかのように、大きく開かれた目。しかし私はまだ最後の希望を捨てることが出来ないのです。あの日のことは、私が見た幻想ではないでしょうか。あの方は本当に私を見たのでしょうか。

「ご無沙汰しておりましたが、私の気持ちはお察しいただけるはずです」

と前置きをし、

「人の世をあはれと聞くも露《つゆ》けきにおくるる袖《そで》を思ひこそやれ」

という歌をよみました。

「人の世は無常だとはわかっていますものの、葵の上さまのお亡くなりになったことをお聞きし、こちらも涙をさそわれますが、あなたのお袖はどれほど涙で濡れていることでしょう。お察しいたします……」

あの方は私の手紙を手にし、

「いつもながら見事なものだ」

と冷ややかな声を漏らしました。そう、あの方はすべて知っていたのです。ですから私の手紙もしらじらしいものだと思ったのです。しかし手紙の返事を書かないなどという非礼なことが出来るわけはありません。それで紫の鈍色がかった紙に、

「考えられないほどご無沙汰いたしております。いつも気になってはいるのですが、喪に服しておりましたので、そちらにお便りするのは遠慮しておりました。

とまる身も消えしも同じ露の世に心おくらむほどぞはかなき……

お恨みもあるでしょうが、どうかお忘れください。潔斎のお身ゆえきっとご覧になれないと思いながらも、この手紙を書いています」

たまたま里に帰っている時に、こっそりとこれを読み、私はああと絶望の声をあげました。後に残る者も、消えていく者もどちらもはかない露のような命なのです。そんなことに心をとらわれるのも、つまらないことではありませんか、という歌も、「お恨みもあるでしょうが」という言葉も、生霊《いきりょう》になった私のことをほのめかしているのです。全く何というあさましさだろうと、私はうつぶして泣きました。年甲斐もなく、若い男に身も心も傾けてしまい、それだけでも世間の笑い者になっているだろうに、最後はこんなありさまになってしまったのです。あの方が、こんな手紙を寄こすくらいですから、世の多くの人々も知っているに違いありません。生霊になり、本妻にとりついた女だと、人々は私を噂しているのでしょう。

早く都を出たい。私の願いはそれだけでした。あの方の愛を取り戻したい、などという愚かな願いはもう持ちますまい。あの方の心は、いとわしさから、ついに嫌悪や憎しみにまでいってしまったのですからもうなすすべはありません。私はやがてよろよろと起き上がり、厨子《ずし》の中の観音像のところまで這《は》っていきます。潔斎の場所には持っていけないその像に、私は頭《こうべ》を垂れます。どうかあの方を忘れさせてください。そして同じように、あの方の記憶から私を消してくださいませ。どうか私を、この煩《ぼん》悩《のう》の苦しみからお救いくださいませ。来世は畜生道へ堕《お》ちましても、どうか現世だけは安らかに過ごさせてくださいませ。

私とあの方は、全く違うことを祈りながら、同じような経文を唱えていたのです。

こうしているうちにも、葵の上さまの四十九日の御法事が終わり、あの方が左大臣家を去る日も近づいてまいりました。若さというのは、なんと力強く、そして残酷なものでしょうか。あれほど深い悲しみにひたり、一日中仏のお勤めをしていたあの方の中に、少しずつ活力が生まれてきているのです。いつまでもこうしてはいられないと、髪を洗い、身のまわりを片づけ始めます。まずは父君の桐壺院のところへ参上しようと、車の用意をさせていますと、邸の人々もその気配に気づいたのか自然に集まってまいりました。左大臣はすっかり老いが目立つようになり、袖を顔にあててお泣きになるばかりです。

「院がどうしているかと、しきりにご催促されるので、やはり行かなければなりません。若君もこちらにおりますし、これで私との縁が切れるというわけではないのですよ」

あの方も慰めながらついもらい泣きをしてしまいます。そうしながら、あたりを見わたして、女房たちを確かめているのです。御几帳《みきちょう》の陰や襖の開けはなしたところに、喪服を着た女房たちが三十人ほど、亡霊のように固まって座っております。葵の上さまとの関係の深さによって、濃い鈍色、薄い鈍色を着ています。亡き人との関係の深さによって色が違うのですが、長年あの方が情けをかけていた中納言《ちゅうなごん》の君《きみ》という女房は、濃い鈍色を着ています。葵の上さまにすげなくされた夜は、この女が御帳台《みちょうだい》の中に入り、お相手をしていたのです。格別の愛情を持ったこともない召人《めしうど》の女ですが、あの方が喪に服していた間は、決してそのようなことをほのめかすことなく、しみじみと故人の思い出話の相手をしてくれていました。中納言はこれからどうするのか。形身の品を貰い、実家に戻っていくのだろう。たしなみも、閨《ねや》の中のこともよかったと懐かしく思い出すのは、あの方の中に健康な欲望が芽生えている証《あかし》でした。二十二歳のあの方にとっては、充分過ぎるほどの服喪でございました。

　さて、そのまま桐壺院に参上いたしますと、父君はいたわしげに眉をひそめられます。

「何というやつれ方なのだ。精進に励んでいたせいなのだろう。それにしても少し力をつけなさい」

　とお食事を運ばせ自分の前で食べるようになさいます。相変わらず、しみじみとした愛情をお見せになる父君に、後ろめたい気持ちを持ちながらも、さりげない様子で藤壺《ふじつぼ》の中宮《ちゅうぐう》さまのところへご挨拶にうかがいます。久しぶりの来訪に、若い女房たちは大喜びでございました。文様のない表着《うわぎ》に、鈍色の下襲《したがさね》という喪服姿のあの方は、華やかな装いの時よりもはるかに優美さが増し、面やつれしているのもなまめかしいばかりです。中宮さまは、命婦《みょうぶ》の君を通じて、お悔やみをのべられます。

「この私も、悲しみでいっぱいですが、さぞかし時がたっても、お寂しいことでしょうね」

　かしこまって聞いているあの方ですが、次第に胸の中は、理不尽な仕打ちを受けたという思いでいっぱいになります。自分たちは子までなした仲ではないか。それは公に出来ないことだとしても、今、自分は妻を亡くして、失意のどん底にいる。それなのに御簾の向こう側から、女房を介しての、通りいっぺんの言葉というのは、あまりにも情け知らずではないだろうか。もっと自分を慰めてほしい、もっと自分に温かい言葉をかけてほしい……とまあ、呆れるようなことを考えますのも、あの方の心根が、まだ常のものになっていないからでございましょう。

そして夜遅く二条邸に帰りますと、灯は明るくともされ、どの部屋も磨き上げられ、男も女もみんなあの方を出迎えます。上臈《じょうろう》の女房たちも、みな化粧をし、美しい衣裳に着飾って、我も我もと参上いたしました。まるで世界が一変したようで、あの方は左大臣家の鈍色ばかりの暗く寂しい光景とつい比べてしまうのです。

自分も表着を明るいものに着替え、西の対《たい》に行きますと、そろそろ冬へと向かう部屋のしつらえや飾り、若い女房や女童《めのわらわ》の身なりも実に見事で、留守中もいきとどいた女の手が入っているのです。そしてはやる心で、姫君とお会いになりますと、会わなかった二ヶ月の間に目を見張るような美しさが備わっていました。少女を脱しかけ、大人の女に近づいていく者だけが持つ、あやうげな清らかな美しさ。小さな御几帳の帷子《かたびら》を引き上げて眺めるあの方は、しばらく言葉もなく見惚れてしまいます。

「しばらくお目にかからないうちに、本当に大人になられましたね」

やっと声をかけますと、姫君は恥ずかしがって横を向いてしまわれるのですが、その姿はもはや色香さえ漂わせています。灯火にうかび上がる横顔の申し分のなさ、豊かな流れるような髪は、まさに先ほどつれなくされたばかりの、あの女性《にょしょう》にうり二つではありませんか。あの方は嬉しくてたまりません。自分が手塩にかけ、大切に大切に育ててきた苗が、ようやく花を咲かそうとしているのです。妻が亡くなり嘆き悲しんでいる間《あいだ》に、この美しい花が育っていたことの不思議さ、この世の無常をさんざん味わった後の、希望とも褒賞《ほうしょう》ともとれるではありませんか。

二条邸にお戻りになったとたん、あの方の好き心がすっかり回復したというのは、ごく自然のことでした。が、それがすぐに、姫君のところへ行かなかったのは、せめてものたしなみというものでしょう。その夜は自分の部屋に入って、中将の君という女房をお召しになります。そしてしばらく足をさすらせた後、二人で御帳台の中に入ります。女の肌に触れるのは、二ヶ月ぶりです。葵の上さまご危篤の知らせを聞き、左大臣家に行ってからというもの、あの方の世界は白と鈍色ばかりになったのです。香もしめやかなものばかりでした。が、女の着ているものも紅の色も赤く、体からは甘いよい香りがいたします。やっと自分の世界に戻ったのだと、あの方は思いました。いや、思い出そうとしたのです。が、欠けた大きなものが二つあることに気づきました。それはもう二度と取り戻せないものなのです。ひとつは葵の上さま、そしてもうひとつはこの私でした。そうですとも、あの方はやわらかい女の肌に顔を埋めようとした時、私を本当に失ってしまうのではないかという恐ろしさに襲われたのです。その時、やっと気づいたのです。私がどれほど大きな存在だったかということをです。とはいうものの、一方で姫君へと、心ははやるばかりです。まだ二十二歳のあの方は、舌なめずりするように十四歳の少女を観察し、その時を計っていたのです。帰って次の夜には、あの方はもう姫君と共寝をいたしました。髪を撫《な》で、額に口づけするのは以前と変わりません。時々はすべらかな肩や胸に触れ、姫君はくすぐったくて身をよじったりされます。

が、その夜は違っていました。あの方の指は突然性急になり、姫君の単衣の紐がほどかれたのです。いつもですと、姫君がまどろむまで、やさしく枕をしてくれていた腕が、姫君の肩をわしづかみにします。兄とも父とも思っていた男の、あまりの変身ぶりに、姫君は声も出ません。あの方にとっては、待ちに待った〝初夜〟でしたが、姫君にとっては、ただ苦痛と暴力が通り過ぎていっただけなのです。

朝になり、あの方はとうに起きたというのに、姫君はなかなか御帳台から出ていらっしゃいません。女房たちは、

「どうなさったのかしら。お加減が悪いのかしら。いつもは機嫌よく起きられるの

に」

　と案じております。

　姫君は涙をいっぱいたたえ、夜具をかぶって横になっていらっしゃると、引き結んだ手紙が枕元にあるのを見つけました。

「あやなくも隔《へだ》てけるかな夜《よ》を重ねさすがに馴《な》れし中の衣《ころも》を」

　という歌が書かれていました。どうしてあなたとずっと、衣を隔てて寝ていたのでしょうかね、どうして契りを結ばずにいられたのかわからないというお歌です。

　まあ、いやらしいと、姫君は破り捨てたいようなお気持ちになります。どうしてあのような人を、長いこと頼りにし、慕っていたかわからない。自分をあのような目に遭わせるために、養育してきたのではないかと考えると、悔しさと悲しさのあまり、また涙が溢れてくるのです。夜具を頭までかぶっておやすみになっていると、昼頃、あの方が御帳台の中にずかずかと入ってきます。

「ご気分が悪いとお聞きしましたが、いかがですか」

　と姫君の額に手をやりますと、汗でぐっしょり濡れています。

「これは大変だ、どうしたらいいのでしょう」

　としきりに機嫌をとるさまも、姫君にとっては大人の男の怖さそのものなのです。

姫君はこの後、紫《むらさき》の上《うえ》さまと呼ばれるようになり、あの方の正妻のような扱いを受けることになります。あの方がいちばん愛した女性《にょしょう》と言われ、二人の仲むつまじさは有名でした。が、紫の上さまは、この時の破瓜《はか》の屈辱と恨みを、生涯お忘れにならなかったのではありますまいか。心のどこかで、決してあの方を信用していなかったのではないでしょうか。ですから、あの方より先に逝くことで最大の復讐《ふくしゅう》を遂げたような気がいたします。

そうですとも、あの方は少し女を甘くご覧になっていました。私とのこともそうです。最後の最後に来て、あの方は急に私が惜しくなったのです。ご自分の気まぐれ、優柔不断が、どれほどの悲劇を起こしたのか、何も考えることなく、あの未練を、いったいどう言ったらいいのでしょうか。

斎宮となりました娘が、いよいよ伊勢に下向する日が近づきまして、私の心も次第に落ち着きを取り戻しました。ところが若い女房たちが、こんなことを申すではありませんか。

「葵の上さまがみまかられた後は、ご身分から言っても、おつき合いの長さから言っても、私どもの女君が正妻になられるのだと、専《もっぱ》らの噂でございます」

めったなことを言うものではありません、と私は声を荒らげました。あれ以来、あの方がお通いになることはぷっつりとなくなりました。それを潔斎の最中だからと、邸の者共はいいように解釈しているのですが、もうあの方と二度と会うことはないだろうと、私は覚悟を決めていました。手紙だけは時々かわしているものの、おぞましい記憶があるうちは、どうして二人が会えましょうか。

しかし伊勢への出発が、今日明日に迫ってくる頃、お恥ずかしいことに私の心の中にも期待する気持ちが芽生えてきたのです。あの方が別れを告げにこない、などということがあるでしょうか。十七歳の少年のあの方と、深く愛し合うようになってから、六年の歳月が流れていました。最後はこのような結末になってしまいましたが、始めの頃はあの方の激しさにどれほど引きずられ、貪《むさぼ》るように求められたことか。まだ少年の気配を残していたあの方を、優美な、人の心を蕩《とろ》かすような男にしたのは私だという自負もございます。しかしあの方が私を求めるように、私があの方を求めた時に、もう終わりは始まっていたのかもしれません。

そんなある日、手紙が届きました。せめて御簾ごしのお別れをしたいというのです。承諾すべきかどうか、迷っているうちにあの方はやってきました。私と娘が潔斎をしている野宮《ののみや》は、名前どおり野の風情があるところで、手を入れていない庭が続いております。若い公達《きんだち》がいらしては、長い時間を過ごすほど、風情のある景色です。秋の花はみな枯れ、虫の音もたえだえとなり、松風が浅茅《あさじ》が原《はら》にもの悲しく音をたてて吹いています。

お忍びでやってきたあの方は、

「簀子《すのこ》の上くらいのお許しはありますね」

と甘やかに問いかけ、許しも待たずくつろいだ格好で座ります。華やかな朱色に染まった夕陽を背に、その姿はなんとも若々しくあでやかです。私は自分を捨てた男に、しばらく見惚れていたのです。あの方は榊《さかき》の枝を短く折ったのを御簾の下からさし入れ、

「この榊のように変わらない私の心に導かれて、ここまでやってきたのです。神の斎《い》垣《がき》も越えてきたのですよ」

私の潔斎《けっさい》と名歌とをかけてそんなしゃれたことを言うのです。しばらく私たちは、とりとめのない話をいたしました。初めて出会った頃、二人で眺めた花、風、雪、二人でよみ合った歌。いつのまにか私の心から、長い間積もりつもった恨みごとが消えていくようです。そしてそんな私の気持ちを、私よりも早く察し、あの方はするりと御簾の中に入ってきました。

「どうしてそんなことをなさいますの。もう私はあなたとは、今日を限りに永久にお

会いしないつもりですのに」

「そんなことが、本当に出来るとお思いですか」

あの方は怒ったように言い、私を抱きすくめます。その後は御帳台の中で、本当は私の望んだとおりのことが起こりました。が、私を組みしいているのは、もはや十七歳の少年ではなく、愛の技法を知り抜いた男盛りの別人でした。潔斎の場で、このようなことをするのは、神を全く怖れぬ行為です。しかし私が天罰よりも怖れていたのは、この男の心に何ひとつ残さず去っていくことだったのです。

「これでも……」

あの方は力を込めて言います。

「私と別れられるとお思いか」

あの方の頭からは、生霊となった私は消えてしまったのです。少年の頃から、憧れ抜いて、やっと手に入れた年上のうるわしい人、ただそれだけです。

しかしあの方に抱かれ、愛の言葉を何度も聞いたからこそ、私は別れを決意出来たのです。伊勢への下向をおやめくださいと懇願されたゆえに、私もやっと決心がつきました。

十六日、桂川《かつらがわ》で御はらいをした後、私と娘とは伊勢に向けて出発しました。この日は物見車も多く出て、お見送りの方も多くいらっしゃいます。申《さる》の時刻に参内した私は、胸がいっぱいになりました。十六歳で東宮《とうぐう》に入内《じゅだい》し、二十歳で背《せ》の君《きみ》に先立たれ、そしてまた今日三十歳になり、都を離れる時に九重《ここのえ》を拝見しました。本来ならば、私が中宮か皇后となって君臨する場所を、未亡人として参内したのです。

斎宮が宮中から出ると、八省院《はっしょういん》のあたりは供奉《ぐぶ》の女房車、それを送る殿上人《てんじょうびと》たちの車でいっぱいになります。しかしあの方の車は見えません。

暗くなる頃、二条通りから洞院《とういん》の大路《おおじ》を曲がりますと、榊に結んだ手紙が届けられました。

「ふりすてて今日《けふ》は行くとも鈴鹿川《すずかがわ》八十瀬《やそせ》の涙に袖はぬれじや」

私を捨てて今日お立ちになっても、鈴鹿川を渡る頃、その八十瀬の川瀬にあなたの袖は濡れはしませんか、いや濡れますとも。

なんと傲慢《ごうまん》な言葉でしょうか。捨てられたのはこの私です。そうですともこの私ですとも。しかし私はこの決断を自分でしたことで心はなだらかになっていきました。都を出て行く時、私はせめて最後の矜持《きょうじ》を保とうと、衵扇《あこめおうぎ》のように榊の枝を手にもったのです。

藤壺の宮

都から伊勢へ向かう輿《こし》の中で、私は野宮《ののみや》での別れの夜を思い出しておりました。あのような神聖な場で契《ちぎ》ることの怖《おそ》ろしさにおののきながらも、私もあの方も、夜が明けるまで体を離すことはありませんでした。行かないでくれと乞われ、私を捨てるのかと責められながら、することはただひとつ、汗と涙で体を濡らした激しい愛撫が繰り返されたのです。私たちのあのありさまを見たら、どれほど寛大な神でも、きっと許されることはなかったでしょう。

体の奥にうずくまっている、あの夜の記憶をひとつひとつ取り出し眺めながら、私はある思いにとらわれていくのです。

もうあの方を守ることは出来ない……。

あの方は私のことを恨んでいるかもしれません。夕顔《ゆうがお》を家に咲かせている女、そして大切な本妻までをも、生霊《いきりょう》となってとり殺したのだと。けれども私、いや、私の祖先である一族の女たちは、それと同じ力であの方を救ってきたのです。私自身さえも、長いこと気づかなかったほどの密《ひそ》やかな力で。

しかしもう、私は都を離れてしまったのです。これからあの方に、どれほどの厄災がふりかかったとしても、もうお助けすることは出来ますまい。その時、初めて別れの実感が押し寄せてきて、私の目から熱いものが溢《あふ》れ出したのです。十七歳のあの方、美少年といってもいいほどの若いあの方が、突然私の御簾《みす》の中に踏み込んできた時の驚きを、私は決して忘れることはないでしょう。あの方を受け容れたことで、私の苦しみは長く続きました。が、そんな苦悩も恨みも、すべて都に置いて、私はこれから、この世の中心である神の社へと向かうのです。もう男のことで悩むことは許されますまい。しかし男だけではなく、煩悩さえ捨てるということはどれほど淋しいことでしょうか……。

もうあの方を愛することはあるまい。

そしてもうあの方を守ることも出来ない。

あれほど誇り高く都を発《た》った私ですのに、鈴鹿川《すずかがわ》を越えた頃には、ぐっしょりと袖を濡らしていたのです。

そして、私の怖れていたことが起こりました。前から病の床についていらした桐壺院さまがついにお薨《かく》れになったのです。ご容態が悪くなられてからも、朱雀《すざく》帝を近くに召され、あの方のことをよしなに頼むとおっしゃったのは、有難い親心でした。

「私は面倒なことが起きてはいけないと、あれを親王《しんのう》にもしなかったのです。けれどもあなたの後見として、充分な力を持っている者ですよ。どうか私がいた時と同じように、あれに接してください。何ごともよく相談して、あなたのお役に立ててくださ い」

死の床で繰り返しおっしゃるのを、ずっとつき添う藤壺《ふじつぼ》さまは、どのようにお感じになっていたのでしょうか。幼い東宮《とうぐう》さまもお見舞いにいらっしゃいます。年よりもはるかに大人びた美しいお顔は、ますますあの方と似てきました。院は、藤壺さまにも、同じようなことをおっしゃいます。

「あの大将を東宮の後見役になさるのですよ。何ごとも大将に相談しなさい。どうかあれを、あなたのお役に立ててください」

なんとお気の毒なことか。死の間際にご覧になるわが子は、実はご自分の子どもではないのです。自分の息子と自分の妻との密通によって出来た子どもなのです。藤壺さまは、今さらながらご自分の犯した罪に震えるのです。そしてそこから逃れようと、さらに心を込めて院にお仕えいたします。桐壺院さまが、ついに崩御《ほうぎょ》なさった時、傍《そば》にいらしたのは、藤壺さまだけでした。弘徽殿《こきでん》の大后《おおきさき》さまさえ、ご遠慮していたのです。

人々は嘆き悲しみ、もうあのような賢帝は出てくるまいと、天をあおぎます。桐壺帝の御世《みよ》は、確かによい時代でした。大きな天災もなく、人々を不幸と疑惑の中へつき落とす、あの政争という企みも影をひそめていたのです。宮廷ではさまざまな催しがあり、華やかな宴、しっとりとした管弦の遊びと、人々はその都度、心をはずませていたものです。桐壺帝は、力を持つうえに、やさしい方でいらっしゃいました。学識もあり、心ばえもすぐれた帝を、お慕い申し上げる者は多かったのです。

しかし私は、桐壺帝のもうひとつの顔も存じております。亡くなりました私の夫、東宮と帝とは、同腹のご兄弟で、それはそれは仲睦《なかむつ》まじくしていらっしゃいました。東宮があっけなくこの世を去った時には、娘のことをご案じくださって、

「私が東宮のかわりに、父となってお世話申し上げましょう」

とおっしゃってくださいました。それは有難いことだったのですが、私に対して、

「このまま内裏《だいり》にお住まいになってはいかがですか」

とお申し出があった時は驚愕《きょうがく》のあまり、それこそ気が遠くなりました。内裏に住め

にするというのは、そのまま帝の寵姫《ちょうき》になれということです。兄弟のキサキを自分のものにするというのは前例がないことではありませんが、世間に対して決して体裁のいいことではありません。しかも私の夫はみまかったばかりなのです。

桐壺院さまは女性《にょしょう》に対して、どこかたががはずれたようなところがおありでした。あの方をお産みになった更衣《こうい》を深く愛され、夜どころか昼間もご自分の御帳台《みちょうだい》から出さなかったというのは、どこか尋常ではありません。そんなことをなされば、更衣がどれほど他のキサキから、憎しみを持たれるかということは、一向にお考えにならなかったのでしょうか。もしかすると帝は更衣をことさらにご寵愛《ちょうあい》になることで、自分をからめとっている右大臣家に対して、一矢をむくいたお気持ちになっていたのではありますまいか。しかしそれは帝の大きな誤算でした。

帝から愛されることのなかった弘徽殿の大后さまが、桐壺の更衣を大層憎まれたことは有名ですが、その思いはすっかりあの方へと移っていったのです。いや、それどころか、宮中一の人気を持ち、人とは思えないほどの美しさ、立派さと讃《たた》えられるあの方を、敵視するお気持ちは、日一日と大きくなっていきました。

思えば弘徽殿の大后さまもお気の毒な方でいらっしゃいます。いちばん初めの正式なキサキでありながら、自分よりはるかに身分の低い更衣に帝の愛を奪われ、その後は藤壺さまが入内《じゅだい》され、深い寵愛を受けられました。ご自分よりずっと若い藤壺さまが中宮《ちゅうぐう》になられた時は、とても穏やかな気持ちではいられなかったはずです。

「あなたには皇太子がいます。いずれ国母《こくぼ》となられる方なのですから、落ち着いたお気持ちでお過ごしになればよいのですよ」

と桐壺帝はお諭《さと》しになったということですが、女の心をわかっていらっしゃらないお言葉です。退位なさってから桐壺帝は、院にお移りになり、ご一緒だったのは藤壺さまでした。弘徽殿の大后さまは、朱雀帝となられたご自分の御子とおふたりで内裏でお暮らしになったのですが、その淋しさ、無念さはいかほどだったのか。背《せ》の君《きみ》から、見捨てられたのと同じなのです。私のような未亡人なら、男を通わせることもありましょうけれども、桐壺院さまがいらっしゃる限り、そんなことが出来るはずもありません。はしたない申しようではございますが、男の方に抱かれることもなく、やさしい言葉をかけられることもなく過ごす女が、どれほど意固地に冷たい心になりますことか。私もあのまま内裏にとどまっていれば、弘徽殿の大后さまと同じ運命をたどったのかもしれないのです。それを考えますと、私は世間の人々のように、あの女性《にょしょう》をうとましく思うことは出来ないのです。

とは申しますものの、弘徽殿の大后さまが長い時間をかけ、じっとあの方への刃《やいば》を研いでいたことを考えますと、心が寒くなります。そしてその刃をかざしたい相手は、あの方以上に藤壺さまだったのではありますまいか。私にはわかります。女の嫉妬《しっと》というのはそういうものなのです。しかし弘徽殿の大后さまには、私のような不思議な力は備わっておりません。生霊になれない女は、権力を使って相手の女を苦しめるしかないのです。そして弘徽殿の大后さまは、桐壺院さまがみまかられた後、そうした力を着々と手にしていらっしゃいました。

年があらたまり、除目《じもく》の時になりましたが、露骨なほど右大臣家寄りの人事が行なわれ、あの方や左大臣家に連なる方々は、何の昇進もありませんでした。毎年この時期になりますと、任官を願う者たちの車や馬で、あの方の門の前は身動きが出来なかったほどです。しかしその年は人影もなく、数人の家司《けいし》が手もちぶさたに立っているだけでした。もう時代は変わったのです。もう楯になってくださる父君はいらっしゃらず、権力を握る人々は、あの方を心から憎いと思い、失脚させる口実をつくろうと、目を光らせているのです。

それなのに、あの方はなんと大胆なことをしたのでしょう。破滅の道へと向かうことを自ら実行していくのです。それはあの方の若さというものなのか、それとも鬱屈《うっくつ》した気持ちの爆発なのでしょうか。ともかく、愛してはいけない女性《にょしょう》二人に、あの方は突進していくのです。

おひとりは、今や仇敵ともいえる右大臣家の六の姫君でした。　宴の夜、弘徽殿の寝殿であわただしく契った姫君との件は、まだ続いているのです。

この方はいずれ朱雀帝に差し上げるつもりで、右大臣がとりわけ大切にご養育なさっていました。それがよりによって源氏の大将によって女にされてしまったのです。そろそろ世間の噂にものぼり始めていたので、右大臣家はお腹立ちをぐっと抑え、姫君を妻に迎えてくれないだろうかと持ちかけました。ところが左大臣家の義理もあったあの方は、それを断わってしまったのです。右大臣の面目は潰《つぶ》れ姫君は今さら入内することもかなわず、お身の上は宙に浮いたままになってしまいました。しかし母君に言いふくめられたのか、あるいは姫君の美貌の噂を聞かれたのか、朱雀帝からは、

「どんな形でもよいから、仕えさせるように」

というお言葉がありました。といっても、他の男の手がついた姫君を女御とするわけにもいかず、苦肉の策として考えついたのがたまたま空きになっていた尚侍《ないしのかみ》の肩書きでございました。いわば内裏の事務方をになう女房たちの長官という地位ですが、帝の寵愛を受けることもあるという微妙なお立場です。とは申しましても、姉君が使っていらした弘徽殿の局《つぼね》を使われ、右大臣家では総力をあげて、そこを豪華に飾りつ

けます。若く気のきいた女房たちもたくさん集まり、清涼殿《せいりょうでん》の北はとたんに華やかになりました。尚侍の君とお呼びすることになる姫君は、大層美しくあでやかな方でいらっしゃいます。朱雀帝は、いつしかこの方を大層お気に召し、深く愛されるようになるのですが、これで弘徽殿の大后《おおきさき》さまのお気がおさまるはずはありません。尚侍の君には、いずれは自分の息子との間に、皇子をもうけさせるつもりだったのです。尚侍それが尚侍という中途半端なお立場では、生まれてくる皇子が貴《とうと》ばれません。弘徽殿の大后さまは、あの方をさんざん「更衣腹」と蔑《さげす》んでいた手前、まことに格好がつかないことになります。

「源氏の大将さえ、あんなことをなさらなければ」

とお恨みになるのはもっともなことでした。桐壺院さまが生きていらした頃は、それでもご遠慮していたお気持ちが、この頃はあらわになり、激しいお言葉が口をついて出るのは、やはりもうご自分の時代になったと思っていらっしゃるからでしょう。朱雀帝はおだやかなお人柄で、父君の遺言も心に刻んでいらっしゃるのですが、まだ年若いうえに母君の見幕や、祖父君のご意向になびいてしまう気弱いところがおありになります。今や政《まつりごと》は、弘徽殿の大后さまと右大臣に握られているというのは、衆目の一致するところでした。

そんな中で、危険をおかしてまで、あの方は尚侍の君と会い続けるのです。

その夜も五壇《ごだん》の御修法《みずほう》という秘行をなさるということで、帝が籠《こ》もっていらっしゃるのをいいことに、こっそりと尚侍の君の局に入りました。尚侍の君は、まさに女盛りを迎え、大輪の花のようななまめかしさです。しかもあの方と出会った処女《おとめ》の頃と違い、帝の愛を受けた今では、閨《ねや》の中で奔放さもお見せになります。今風とでも言うのでしょうか、恥ずかしがられるばかりの方たちとは違っていらっしゃるのが、良家の姫君のようでなく、あの方は手ごたえを感じるのです。

「尚侍というのは……」

耳に息を吹きかけるようにあの方にささやきます。

「決して主上《おかみ》のキサキというものではありません。私はお仕えする女房のひとりなのです。ですから、誰にもご遠慮なさることはありません。私はあなたのものなのです……」

こんな言葉は、男の方の心を蕩《とろ》けさせるものでしょうが、重々しさということではいかがでしょうか。

が、女房のひとりと謙遜《けんそん》なさるとおり、確かに尚侍の君の局は、御殿の奥深くではなく端近《はしぢか》にあり、あわただしく歩く足音が聞こえるほどです。尚侍の君を抱いたまま

まどろんでいる夜明け前、あの方のすぐ近くで、

「宿直《とのい》が申し上げます」

という声が聞こえ、大層驚いたこともありました。近衛府《このえづかさ》の上官が、やはり女房のところにしのんできているのを、部下が探しにやってきたのだと苦笑いします。

尚侍の君は、

「宿直の者が、時を告げる声を聞くのは嫌ですわ。夜明けと共に、あなたが私に飽きて去っていくような気がするのですもの」

と歌をおよみになります。その様子がいじらしげに見え、なんと可愛い女だろうとあの方は強く抱き締めます。

「大丈夫。夜が明けても、私の胸からあなたが消えることはないのですよ」

とやはり歌で応えたのです。まだ夜明けの光は見えず、外の霧が白くしのび入ってあかりの替わりをしています。その中で、お忍びのくつろいだ格好をしている、あの方の美しさといったらありません。この頃の心労で、少々やつれているのが顔に陰影を添え、尚侍の君は、せつなさと歓喜のあまり、ああと小さなため息を漏らすのです。もともと気丈なところがある方で、父君や姉君の決めたとおり入内なさることに対して、お心に含むところがあったのです。何人かいらっしゃる右大臣の姫君の中で、自

分だけがどうして政略の道具として使われるのだろうか。世間では、大后と右大臣といえば、ご自分たちの権力のためには、どんなこともなさるという評判だけれども、自分もそうした渦の中に巻き込まれていくのだろうかという憂いが、あの方との密通に向かわせていたのです。後に大后さまは、

「源氏の大将は、私たちに恥をかかすために、六の姫君をたぶらかした」

とお怒りになりましたが、それは、二人の心を全くおわかりにならない方の言うことでしょう。どうしてもおめにかかりたいと、手紙を差し上げていたのは、尚侍の君だったのですから。

その夜も若い恋人たちは別れがたく、身仕度をしたものの、あの方はまた尚侍の君をひき寄せ髪を撫でたりなさいます。やっと局からお出になった時は、夜明け前の空気が、かすかに紫色に染まる頃でした。その時、立蔀《たてじとみ》の下に承香殿《じょうきょうでん》の女御《にょうご》の兄君が立っていらっしゃるのに、あの方は気づきませんでした。この藤少将《とうしょうしょう》といえば、右大臣家の権勢に連なる人で、あの方の冒険はこうして少しずつ綻《ほころ》びを見せていくのです。

しかし尚侍の君との密会など、もうひとりの女性《にょしょう》との秘密の怖ろしさに比べれば、

小さなことだったかもしれません。

もし東宮が、桐壺帝の御子ではないということが知れれば、廃太子になるばかりでなく、藤壺さまやあの方も、罪を受けることになるでしょう。帝を裏切るということは、違う形での謀反なのです。

あの頃の藤壺さまのお気持ちは、それこそ毎日が、命を削る戦いでした。東宮さまの行末《ゆくすえ》がこのうえなく心配なのですが、ご実家ももはやなく、頼りにする方もこれといっていらっしゃいません。亡くなった桐壺院さまは、

「源氏の大将を後見人とするように」

と遺言されていたのですが、あの方ときたら、長い間の藤壺さまへの執着をやめようとはしないのです。一方で敵の陣地に乗り込む恋をされながら、一方で禁断の庭の塀を越えてしまう。しかも敵の陣地よりも、禁断の庭の方がはるかに甘美な場所で、そこにいる女性《にょしょう》は、もう二度と自分に身を許そうとはしません。ですからあの方の藤壺さまへの思いは、日ごとに狂おしいものとなっていきました。もはや時候の挨拶とはいえぬ手紙を差し上げるのですが、藤壺さまは、ただもう怖ろしく、いとわしい気分になられるのです。大后さまの、お強い意固地なお人柄は、この頃とみに伝わってまいります。もはや桐壺院さまもいらっしゃらず、大后さまの世といってもいいでし

ょう。

「戚夫人《せきふじん》のような身の上になるのだろうか」

ご存知でしょうが、戚夫人というのは、漢《かん》の高祖《こうそ》がこよなく愛した女性《にょしょう》です。しかし高祖が亡き後、正夫人は長年の恨みを晴らすべく、夫人と息子を虐殺したと史記にございます。夫人の両手、両足を切り、厠《かわや》の中に放り込んで「人豚《じんてい》」と嘲笑《ちょうしょう》したというのですから、身の毛もよだつような話です。まさか本朝で、大昔の漢のようなことが起こるわけがないとは思うものの、藤壺さまは不安で眠れぬ夜をお過ごしでした。いいえ、ご自分の身はどうなってもよいけれども、何よりも心にかかるのは東宮さまのことです。もしご出生に疑いがかかろうものなら、どんなことになるだろうか……。

藤壺さまは、ついには高僧に頼んで、御祈禱《ごきとう》までなさいます。他からはお忍びの桐壺院御供養のように思われますが、祈られていることはただひとつ、その方の息子の、自分への恋心をなんとか絶ってほしいということだけです。

それなのにある夜、あの方は何の手引きもなく、するりと藤壺さまの近くにしのび寄ってきました。あれほど用心していたのに、藤壺さまは動転なさるばかりです。あの方は涙を流しながら、自分の心のうちを申し上げるのですが、それが通るわけがありません。あの方は気づいていらっしゃらないのですが、藤壺さまはもはや、女ではなく完全に母となられていたのです。母となり、子どもを守り抜こうとする女性《にょしょう》には、哀願も涙も、拒否されるばかりです。しかしあの方は諦《あきら》めません。自分のつらさを訴え、自分の不幸を嘆き、そしてじりじりと相手を追い詰めようとするのです。進退きわまった藤壺さまは、お胸をつまらせ苦しみ始めました。これ以外に、身を逃れるすべはないと思われたのでしょう。近くに控えていた王命婦《おうみょうぶ》たち女房が騒ぎだし、それ憎を呼べ、薬湯を差し上げろと大変な騒ぎとなりました。もう夜は明けてきて、人目についたら大変なことになります。王命婦が気をきかして、とっさにあの方を塗籠《ぬりごめ》に押し込めます。そのうち兵部卿宮《ひょうぶきょうのみや》さまや中宮大夫《ちゅうぐうだいぶ》などが、あわただしく参上して、あれこれ介抱されるのを、あの方はつらい思いで聞いていました。それにしても、なんと自分勝手なふるまいだったのか。

「今夜はただ、私の気持ちを聞いてほしいだけなのです」

などと言いながら、あの方は既に自分の表着《うわぎ》や袴は脱いでいたのです。それをとっさにもの陰に隠した王命婦も、あの方のやり方には呆《あき》れ、心から怖ろしくなってきたのです。藤壺さまを思う心にほだされ、最初の夜に案内した自分は、なんと罪深いことをしたのかと今さらながら、後悔の念に襲われるのです。

しかしあの方だけは、全く懲《こ》りていませんでした。もう陽も高くなった頃、人の気配がなくなったのを確かめてから、そっと塗籠の戸を細めに開けます。そして屏風の隙間に沿って身を隠しながら、部屋に入っていきました。そこには、あのいとしい人がおつらげに脇息《きょうそく》に寄りかかっていらっしゃいます。これほど間近にお姿を見るのは何年ぶりだろうかと、あの方ははらはらと涙を落とすのです。それは夢の中で描いていたよりも、はるかに美しいお姿でした。悲し気にうつむいていらっしゃる横顔の優美さといったらありません。髪の艶やかさ、髪の生えぎわも、昼の光の中ではっきりと見えますが、どれも欠点というものがないのです。最近自分のものにした、紫の上さまととてもよく似ていらっしゃることにも驚きました。しかし藤壺さまは、お年によって洗練された落ち着きと気品がおありです。凜《りん》とした雰囲気があたりに漂っていましたのに、あの方は性懲りもなく、そろそろと近づいていったのです。そして自分の着ているものをわざと衣《きぬ》ずれさせ、藤壺さまをこちらに向かせようとします。あっと、気づかれた藤壺さまは逃げようとなさいますが、長いお御髪《みぐし》をぐるぐるとあの方は手に巻きつけてしまったではありませんか。

「どうか私をそれほど嫌わないでください。私たちの仲は、それほどはかないものではなかったはずですよ」

と暗に東宮さまのことを含ませるのですが、藤壺さまは返事もなさいません。

「あなたに会えない長い間、私がどれほど苦しんだか……あなたにはわかってもらえないのでしょうか」

昼の光の中のあの方は、男盛りの輝きを持ち、この世のものとは思えぬほどのあでやかさです。が、藤壺さまは、それに屈することはありませんでした。髪をからめとられながらも、頑としてあの方を寄せつけなかったのです。

そしてこの夜もまた明けようとしていました。さすがの王命婦も声を荒らげます。

「いいかげんになさいませ。宮さまのお加減を案じて、いつ兄君さまたちがいらっしゃるかわかりませんよ」

確かにそうだとあの方は立ち上がりました。

「あなたに私はこれほど嫌われているのですね。これ以上生きているのも、恥ずかしゅうございますから、このまま死んでしまいたいものです。が、そうなればまたあの世でどういう風になりますか」

これは脅しというものでしょう。

あの世では、不倫を犯した者は往生を遂げることが出来ないのです。やがては地獄の責めにあうことになっているのですが、あの方は藤壺さまに、そのことを暗示する呪いのような言葉を吐いたのです。

けれども藤壺さまは、その呪いにうち勝とうとなさいました。東宮さまのご将来、そしてご自分の新しい道を必死でお考えになったのです。

やがて桐壺院さまの一周忌のご法要がとり行なわれ、藤壺さまは御八講《みはこう》の準備を心をくだいてなさいます。大層ご立派なご法要で、殿上人たちもみな参上いたしました。仏像のお飾りから花机《はなづくえ》のおおいの布の素晴らしさ……。女の身でこれほどのことが出来る方はまずいないだろうと、あの方はますます慕わしいお心が強くなるのです。

そして最終日、藤壺さまは集まった人々の前で、ご自分が結願《けちがん》のため、仏の道に入ることを宣言なさいました。そこにいる人々の驚きといったらありません。まだ若いお身の上で、ご出家なさるとは誰も想像していなかったからです。

月は怖ろしいほど白く照りわたり、庭の雪は銀に輝いている夜でございました。あの方は皆を代表するようにして、やっと口を開きます。

「どのようなご決心で、こんなに急なことになられたのでしょうか」

すると藤壺さまは王命婦を取り次ぎとしてお答えになります。

「今初めて思い立ったことではないのですよ。ご法要を終えてからと考えておりました」

いつのまにか御簾の中は、冬の香の中に仏前に供える香が混じってきました。唄師《しょうし》が経をとなえ始めます。髪を剃《そ》る時が近づいてきているのかもしれません。仏門に入られた女性《にょしょう》には、もう近づくことは許されません。たとえ寺に入らずとも、厳しい戒律の中で生きていくのです。なんと強い拒否のお心なのでしょうか。藤壺さまはあっけなく、俗世からお離れになったのです。そこには、もう恋も執着もないのです。

あの方は病を得た人のように、やっと車に乗り込みました。雪がまたいつのまにか降ってきます。

「あの人に捨てられた……」

深い絶望の声をあげます。このように手ひどく、女に見捨てられたことは初めてでした。藤壺さまは御簾の中で身をよじることよりも、はるかに大きな強い場所に逃げ込まれたのです。

「あの人は、もう私の手の届かないところに行かれたのだ……」

少年の日、初めて藤壺さまにお会いした日のことが甦《よみがえ》ります。ああ、自分はこの世でいちばん大切なものを失ってしまったと、あの方は雪の中で号泣したのです。

その時、あの方がちらりと私のことを考えたかどうか定かではありません。夫が死んでも、私は長い髪のまま生き続けました。娘がいるから、というのは言いわけで、私はまだ何かを捨てきれなかったのです。それは何だったのか。今ならわかります。御簾の中に美しい男が踏み込んでくることでした。私はその夜のことを予想していたのです。その美しい男がやがて、不幸のどん底に落ちていくことも、私はたぶん知っていたでしょう。しかしもう私は都にはおりません。私の手の届かないところで、あの方はゆっくりと不幸にはまっていく。それを実は私は望んでいたのかもしれません。

出京

藤壺《ふじつぼ》さまが出家なさってから初めての新年がやってまいりました。

除目《じもく》の時と同じように、人の世のはかなさをつくづく思い知らされる正月でした。権勢におもねる人々は、もはや、あの方のところへ年賀の挨拶《あいさつ》に来ることはないのです。ですからこの年は、早々と藤壺さまのところへ参上されました。おつらく淋《さび》しいのは、藤壺さまも同じことです。前帝の桐壺《きりつぼ》院の喪の期間もはや過ぎて宮中は寿《ことほ》ぎの気分に充《み》ちていました。正月行事の内宴《ないえん》や踏歌《とうか》が華やかに繰り拡げられています。その音楽を遠くに聞きながら、藤壺さまはお勤めに励んでいらっしゃいます。昨年末あわただしく剃髪《ていはつ》なさってから、常にお使いになる御念誦堂《ごねんずどう》とは別に、西の対《たい》の屋《や》の南側に御堂《みどう》を建てられ、そこにお籠《こ》もりになる毎日です。もはや宮中での宴は、藤壺さまの中で遠いところから聞こえてくる音楽にしか過ぎません。ご自分でも驚くほどの澄みきったお心になられたのですが、ひとつだけ案じられるのは東宮《とうぐう》のことです。

今の帝、朱雀《すざく》帝にはまだ男のお子さまがいらっしゃらず、そのことを弘徽殿《こきでん》の大《おお》后《きさき》がどれほど口惜しがっているかということを聞くにつけ、東宮の行末《ゆくすえ》が案じられてなりません。このうえあの方まで出家するようなことがあったら、東宮の後見を誰がするかということを考えるにつけ、藤壺さまはそんなことは決してさせまいとお心を固めるのです。

今まではどちらかというと、優弱でおっとりしていた方でしたが、仏の弟子になられてからは、はっきりとご自分の思いを口にされるようになりました。訪ねてきたあの方とも、女房を通さず直にお話しになるのは、もはや狂恋の対象になることはないという安堵《あんど》もあったことでしょう。

年賀正装に身をつつんだあの方の姿は、いくらか窶《やつ》れているといっても、男盛りの美しさとりりしさに溢《あふ》れていて、老いた女房など涙ぐんで手を合わせたりいたします。例年ですと、参上する人々で居場所もないほどですが、今年はここを通り過ぎ、向かいの右大臣家に行く者ばかり。辞めていった女房も多く、残った人々は心細さの中で正月を迎えていたのです。そこへあの方が家来をたくさん連れ、美々《びび》しい衣裳で登場したのですから、まわりの人々の喜びようは言うまでもありません。

あの方は歌をよみますが、それは今までのように、自分の恋をほのめかすような大胆なものではありません。

「ながめかるあまのすみかと見るからにまづしほたるる松が浦島《うらしま》」

ここが松が浦島というところであの尼君のお住まいかと思いますと、まず涙が流れてきますと、小声で申し上げるさまも以前にはない殊勝さです。あの方の藤壺さまへの気持ちは変わらないといっても、もはやその前には仏門という、大きな壁が立ち塞《ふさ》がって、もはや一歩も進むことは出来ません。禁忌《きんき》を犯した者は、仏の怒りに触れるのです。

そして仏門という場所に逃げ込んだ藤壺さまは、余裕をもってこうお応えになります。奥行もなく、仏間を広くとった御座所《ござしょ》なので、御簾《みす》のすぐ近くまでいらっしゃったほどです。

「ありし世のなごりだになき浦島に立ち寄る浪《なみ》のめづらしきかな」

昔のなごりなど何もないこの浦島に浪のように立ち寄ってくださるなどとは、なんとご奇特なことでしょう。

御簾の向こうからは、歌をよまれる藤壺さまの声が、かすかに聞こえてきます。あれほど恋焦がれていたのに、文のお返事さえいただけなかった女人《にょにん》が、今、手を伸ばせば届くところにまで来ているのです。しかしそれは尼という、触れてはいけない存在になったからだということが、あの方にもわかっています。ああ、本当にもう自分の恋は終わったのだと、こらえきれず涙がはらはらとこぼれ落ちます。これを他の尼たち、元の女房たちに見られたら何と思われるだろうかと、あの方はさっと立ち上がり、言葉少なに退出しました。

「なんとご立派になられたのでしょうか」

と申し上げたのは、二人の事情を全く知らない老いた女房です。

「何の不安もお持ちにならず、時めいていらっしゃった頃は、失礼ながら本当にこわいもの知らずの貴公子でいらっしゃいました。何もかも恵まれているお方なので、人生の機微などおわかりになるはずはないと思って見ておりましたが、本当にお変わりになりました。今は、人の心にしみ入るような素晴らしい方になられましたものを、それがこんなありさまとは、本当にお気の毒なことです」

とさめざめと泣くので、藤壺さまも胸がいっぱいになられます。あの不遜《ふそん》なまでに明るく、自信に充ち溢れていた青年は、もうどこかへ行ってしまったのでしょうか。

自暴自棄というのは、貴い身分の者がすることではありません。あの方がしたのは、自分の運命をとことん見定めようとする好奇心だったような気がいたします。

あの方は逆境ということに全く慣れていませんでしたので、無理に払い除《の》けることはせず、それを見据えようとしました。それまでは御子《みこ》として、長じては輝くような美しく魅力的な男として、人々から羨望《せんぼう》されていた身の上が、どうしてこんなことになったのか、そのありさまをどこか不思議がっていたのでしょう。

ですから決してめげることはありませんでした。同じように不遇をかこっていた三《さん》位《み》の中将《ちゅうじょう》、頭《とう》の中将と呼ばれていた頃からのあの方の親友でしたが、この方と共にあちこちに楽しみを求めるようになりました。三位の中将は、右大臣の四の姫君を妻にしていましたが、お通いも途絶えがちなので、あちらの家では婿の中には入れていないのです。ですからこのたびの除目からも漏れてしまったのですが、中将は全く気になさる様子はありません。

「こういうことを失脚というのでしょう。それにしても、することがなく退屈で困ってしまいます」

と呑気なことをおっしゃり、あの方を学問や管弦の遊びに誘います。やがてお二人は、信心や学問の方にも励まれ、恒例の読経会はもちろんのこと、特別に貴い法会も行なったりなさいます。それ以外にも、まだ世に出てこない若い博士たちを集め、漢詩をつくられたり、古人の詩を研究なさったりと、宮中以外のところで楽しみを見つけられました。まだ若い二人がこうして学問に精進するのはまことに立派な心がけというものですが、世の中の口さがない方々はいろいろなことを申します。辞意を伝えられた左大臣を、国の要《かなめ》になる方だからと帝が必死にひき止められたことも、大后たちにとっては面白くありません。宮中に出仕されず、他の場所で博士たちと集っているのも、自分たちへの面あてではないかと思われたようです。

そんな時、尚侍《ないしのかみ》の君が里にお下がりになったという知らせが入りました。右大臣の六の姫君である尚侍の君は、あの方と契《ちぎ》ってしまわれたばかりに、女御《にょうご》にも更衣《こうい》にもなれぬ中途半端な形で、帝の寵愛《ちょうあい》を受けているのです。

しかしこのことはかえって尚侍の君に、大胆で奔放なお心を持たせてしまいました。自分は帝の正式なキサキではないのだから、愛する人と会って何が悪いのだろうというお気持ちです。と申しましても、あの方との逢瀬《おうせ》を堂々と持てるわけでもなく、こっそりと文でしめし合わせ、さまざまに無理な工面をいたします。

尚侍の君は突然熱が出るご病気に苦しめられていたのですが、まじないや修法《ずほう》が効いて、里にお下がりになってからはすっかり元気になられました。が、宮中へはまだゆっくりと養生したいと申し上げ、毎夜のようにあの方と会っていたのです。

自分の父や姉が手ひどい仕打ちをしているにもかかわらず、愚痴をひと言も漏らさないあの方に、尚侍の君は感動します。こんな世の中になっても、あの方が口にするのは、ひたすら愛の誓いだけなのです。

「仏典を学べば学ぶほど、あなたと私との仲は現世だけではないというのがわかるのです。私たちは次の世でも共に生きるのですよ、おわかりですね。それが私たちの宿命なのですよ」

それは藤壺さまに申し上げたかった言葉であり、いつか私に言った言葉でもあります。そして最近では、少女から女へとなろうとしている紫の上さまの耳にも吹き込むささやきでした。が、あの方にとっては、それは使い古されたものではありません。その女性《にょしょう》に会う時、あの方は本当に心からそう思い、涙ながらに訴えるのです。

藤壺さま、私、そして紫の上さま、尚侍の君、何人もの女性《にょしょう》はあの方の中で一緒になり、大きな一人の女性《にょしょう》をつくり上げます。裏切りでも不誠実なのでもありません。あの方は自分を大きく包み込んでくれる、その女性《にょしょう》に向かって乞うのです。

「どうぞ私を見捨てないでください。私はあなたを心底愛し、あなたなしでは生きられない哀れな男なのですよ……」

「どうしてそんなことが出来ましょう……」

尚侍の君も、うっとりとお応えになります。全くあの方ほど、女に陶酔という金粉を散らしてくれる男がいるでしょうか。それは目つぶしとなって、黄金の闇の中で何も見えなくするのです。

「私の身も心も、すべてあなたのものなのですから、私こそ、あなたなしでは生きていけないのですよ……」

こういう時、

「それでは、兄の帝の時はどうなのですか」

と言わないところがあの方のいいところでした。尚侍の君に関しては、帝の方がはるかに嫉妬《しっと》深くていらしたのです。

そしてその夜も、あの方は尚侍の君を眠らせることはありませんでした。体を離す時は、愛を誓う時です。

「ですから、今の世も、次の世も、私はあなたと一緒なのです……」

といくらか眠たげに、尚侍の君がため息のようにささやいた時、その言葉と闇を切り裂くようにして雷が鳴り響きました。

「ああ、こわい」

君はあの方にしがみつき、それがきっかけでまた二人は体を重ねます。こんなことをしています間に、天の桶のタガがはずれたような、激しい雨が降ってきました。あまりの雨の強さにあたりは暗さを保ったままですが、実は夜明けを迎えていたのです。いつのまにか二人が眠る御帳台《みちょうだい》のまわりにも、女主人を案じた女房たちが集まってまいりました。右大臣家の息子たちや家司《けいし》たちが、遣水《やりみず》が溢れそうだ、垣根が壊れたなどとあれこれ立ち騒ぐ声が間近に聞こえます。

夜明けが来る前に、暗闇にまぎれて女のところから帰る、というのは男の大切なたしなみです。ましてや尚侍の君との逢瀬は、秘密の危険この上ないものなのです。二人は思わず顔を見合わせました。相手の顔がもうわかるほど、御帳台の中も明るさが漂い始めているのでした。

尚侍の君はいちばん信頼している女房をそっとお呼びになりましたが、雷雨と人々の騒ぎ立てる声とで、全く聞こえないようなのです。実はこの女房と事情がわかっているもう一人は、いったいどうしたらいいのだろうかと、胸がつぶれるような思いでお傍《そば》近くに侍《はべ》っていたのです。

尚侍の君は青ざめて御帳台の中で振り向きました。すると驚いたことに、あの方はのんびりとした様子で横になっています。

「こうなったからには仕方ありません。もうしばらくここで雨宿りをすることにしましょう」

なんと微笑《ほほえ》んでいるではありませんか。先ほどまでとはうってかわった豪胆さに尚侍の君は驚くばかりです。そこへ父君の右大臣がすっと入っていらっしゃったのですが、小降りになったといっても雨の音で御帳台の中の二人は全く気づきませんでした。

御簾をひき上げながら、

「どうしてらっしゃいましたか、昨夜は大変な雨で心配はしていたのですが、うかがえなかったのですよ。中将、宮《みや》の亮《すけ》などは、ちゃんとお傍に控えておりましたか」

と早口なのがいかにもせっかちで、威厳ある左大臣と比較するまでもないと、あの方は苦笑なさいました。それにしても右大臣の尚侍の君に対する気の遣い方は尋常ではなく、息子たちを家来のように、わが娘をまるで中宮《ちゅうぐう》にあがった方のようにものを言うようです。役人職の尚侍といえどもおそらく将来、御子をおあげになる方と、右大臣家あげて大切になさっているからでしょう。

尚侍の君は本当にお困りになっているのですが、このままでは父君はずかずかと御帳台の中に入ってくるような勢いです。仕方なく外ににじり出ていらっしゃいますと、

「どうして顔色がいつもと違うのですか。赤くなっていらっしゃいますよ。もっと修法を続けておいた方がよかったですね」

まくしたてますが、その時右大臣は薄二藍《うすふたあい》の帯が、尚侍の君のお衣裳にまとわりつ

いているのを見つけました。また男の手蹟《て》による畳紙《たとう》が、御帳台の目隠しのための几帳からのぞいているではありませんか。そこには、なまめかしい愛の言葉や戯画が書き散らされていたのです。これには驚かれて、

「それは誰のものですか。どうしてそんなものがあるのですか。もっとよく見せなさい」

と大声でわめき出しました。あの方は御帳台の中で脇息《きょうそく》によりかかったままそれを聞き、やれやれとため息をつきました。まわりには女房たちが大勢控えているのです。自分の娘といっても、恥をかかせないやり方がほかにあるだろうにと思わずにはいられません。

ところが、もともと気が短いうえに、年のせいですっかり辛抱が出来なくなった右大臣は、さっと進んで御帳台の布を開け、中をのぞいてしまいました。するともう観念したあの方が、くつろいだ様子でそこにいます。せめてもの思いでしょうか、扇で顔を隠しているのですが、その様子があまりにも艶っぽいことで、右大臣はすべてを悟り、怒りと驚きでしばらく立ち尽くしていたほどです。そしてものも言わず、さっと布を閉めお帰りになってしまいました。

あとに残された尚侍の君は、あまりのことに小さく震え出しました。

「どうしたらいいのでしょうか……。父に見つかってしまいました。私たちはどうなるのでしょうか」

いくらものおじしない方といっても、もともとは大臣家の姫君でございます。あまりのことに動転してしまっているのです。

「それほどご心配なさることはありません。父君はあなたを困らせることはなさりますまい」

とあの方はお慰めしますが、実は秘《ひそ》かに小さな笑いがこみ上げてくるのをどうすることも出来ません。自分ともあろうものが、どうしてこれほどの失敗をしてしまったのだろうか。またこれほど追いつめられている時に、どうしてさらにこちらを窮地に陥らせる事件が起こるのか。それはあの方にしては、非常に珍しい「自嘲」というものでした。

そして右大臣はといえば、あの方が考えていたよりも、はるかに分別のない方でした。証拠の畳紙を持ったまま、大后のところへいらしたのです。

「そもそも最初のあやまちがあった時に、こちらはぐっと下手に出て源氏の大将を当家の婿にと申し出たのですよ。それをお断わりになったばかりか、まだ娘と通じていたとは、なんということでしょうか。

娘はあの大将との噂がたったために、れっきとした女御にもなれず、その口惜しさといったらありませんでしたよ。それがまたこんな情けないことになってしまったのですね。私は大将はもっと分別のある方と思っていましたのに残念でたまりません」

大后の怒るまいことか。話を聞いているうちに顔色が変わってきたほどです。

「これはもう、男のよくあるあやまちを越えておりますよ。この国のためによくありません。私は昔から、あの大将はよからぬことを考えているに違いないと思っていましたが、これでもうあの男の腹の内がよく読めましたとも。ええ、そうですとも」

と右大臣も辟易《へきえき》なさるほどの激しい口調で、いっきにまくしたてたのです。そしてこういう時の女の常として、あの方への恨みは、ずっと昔にもさかのぼっていくので始末におえません。

「今の帝を、人が軽々しく見るようになったのは、すべてあの男が原因ではありませんか。いずれは東宮にと思っていた娘を、左大臣はやすやすと、更衣腹の弟の方にやってしまったのですよ。東宮のわが息子を通り越して、あの男の妻にしたのですから、そのぶざまなことといったらありませんよ。あの時も腹を立てていたのは私一人。そう、世間の人はみんなあの男をちやほやもてはやしていましたから、かなうはずはないのですよ。しかしもう負けませんよ。何の遠慮もなく、私たちの邸に入り込んで妹を盗む。そんな男にもう我慢はしませんとも。ええ、見ていらっしゃい」

と突然目が据わった表情になられたのですが、それは何かを企んでいるお顔つきで、右大臣はわが娘ながら心底ぞっとしたのです。

本当のことを言えば、さきほど御帳台の中で、しどけなくもたれかかっていたあの方の姿を思い出すたび、あの男に魂を奪われない女がこの世にいるだろうかと、右大臣は次第に尚侍の君の気持ちがわかるような気がしてきたのです。

しかしもう手遅れというものでした。天下は今、大后の手に握られているのですが、その方は、もはや復讐《ふくしゅう》というふた文字に向けてつき進んでいこうとしているのです。

不穏な空気を感じ取り、いろいろな噂《うわさ》を聞くたび、自分はいったいどうなるのだろうかと、さすがのあの方も深く考えるようになりました。

まだ幼い頃、亡くなった祖母からいろいろな話を聞きました。それは政変というおぞましい事実を、老いた人の手でやさしいおとぎ話にしたものです。昔、ある人の邸から帝を呪詛《じゅそ》した人形《ひとがた》が発見され、さっそく謀反の罪で捕えられた時、一匹の狐が救い出してくれたという話は、あの方のお気に入りでした。けれども大人になれば、あれはおとぎ話でなかったことはすぐにわかります。罪などというものは、仕立て上げようとすれば、いくらでも出来るのです。ある日突然、邸のまわりを弓を持った兵士が囲んでいる、などということは昔はいくらでも起こったことでした。違っているのは助け出してくれる狐が出てくるかどうかということです。

いったい自分は、どのような目に遭うのだろうかと、あの方はまるで人ごとのようにぼんやりと想像します。無理やり僧にされるのか、それとも遠いところに流されるのだろうか。仏門に入りたいとは真剣に考えたことがあるので、僧にされることにそう抵抗はない。けれども遠い島などに流されるのはつらいかもしれない……などとあれこれ考えていきますと、いくら楽天家のあの方でも次第にもの憂《う》いつらい気持ちになっていくのです。

こういう時、やはり心を慰めてくれるのは法会の有難い読経ではなく、女人《にょにん》の温かい肌と吐息なのです。

藤壺さまと私がいなくなった今、あの方の傍にいるのは、紫の上さまでございます。ほんの少女の頃にひき取り、妻にしたこの女性《にょしょう》は、まるで若木のように、日々美しさと賢さを身につけておいでです。美貌はあの方の予想を超えたものでした。けれどもかなり萎《な》えたあの方の心に、この女性《にょしょう》の若さと輝きがまぶし過ぎることがございました。まだ少女といってもいいほどのこの女性《にょしょう》には、もちろん深い愛情を感じるのですが、同時に責任感というものも湧いてきます。

「この先、私がいなくなったらいったいこの女性《にょしょう》はどうなるのだろうか」

という思いが先に立ち、いとおしさとつらさとの境い目がよくわからないほどになっているのです。

こんな時にあの女性《にょしょう》がいたらと、私のことを思い出すのは自然なことでした。どれほど今の自分を救ってくれるだろうか、おそらくこのうえない適切な助言と励ましを与えてくれるに違いないと思うと、あの方は失ったものの大きさに、あらためて体を震わせるのです。

けれどももう私はいないのです。あの方は私の代わりをあちこちの女性《にょしょう》に求めます。麗景殿《れいけいでん》の女御の妹君もそんなお方、と申し上げたら失礼ですが、もし私が近くにいたらあの方は久々に女御の邸をお訪ねになったでしょうか。

麗景殿の女御という方は、亡き桐壺院のキサキのお一人でしたが、これといったご寵愛もなく、御子はいらっしゃいません。院が崩御された後は、後見人も財産もなく、頼りないお暮らしをしていたのを、あの方がお助け申し上げていたのです。それというのも、この女御には妹がいらして、その方と内裏《だいり》で短い契りを持っていました。はっきり申し上げて、美貌というのでもなく、才気走って魅力的、という女性《にょしょう》でもありません。藤壺さま、紫の上さま、尚侍の君といった方々とは比べようもないほど地味な方なのですが、あの方の性分として、一度関係を持った女性《にょしょう》は決して見捨てないのです。何かと不如意《ふにょい》なお暮らしをしているこの姉妹のために、いろいろ便宜を図ってさしあげています。

五月雨《さみだれ》がやみ、久々に晴れ間が見えたある日の夕方、あの方はふと思いついて、麗景殿の女御のお邸に向かいます。もしかすると妹君ともう二度と会えなくなるかもしれない。その前に密かに別れを告げようと考えたかもしれませんし、久々に夜を過ごそうと考えたかもしれません。いずれにしても、あの方にとって女性《にょしょう》というのは時々は会って、その体と心を確かめなくてはいけないものなのです。

自分の持ち物を点検するような律義さで、あの方は女性《にょしょう》たちのところをまわります。それはあの方のやさしさでもあり狡《ずる》さです。あの方は人に恨まれたり、憎まれたりすることを何よりも嫌っていました。ですから言葉を尽くし、女たちを喜ばせようとします。

その日も、お忍びの姿で中川のあたりを進んでいきますと、ひっそりと建つ小さな邸が目に入りました。ここは一度だけ契ったことのある女性《にょしょう》の家だと気づき、さっそく惟光《これみつ》をやって歌を託しますが、返ってきたのはそっけないものでした。どなたかはっきりしないという思いと、五月雨の空とをかけたものですが、早い話、もうあなたとは関係ないと告げているのです。長い年月がたっています。おそらく通わせている男がいるのだろうとあの方は諦《あきら》め、本来の目的である女御の邸へと急ぎます。

そしてあの方は、それきり女のことを忘れてしまうのですが、残された女はどんな気持ちになるのでしょうか。知らん顔をしたものの、心は千々に乱れているに違いありません。やはり私のことを見捨てなかった、私のもとへ来てくれたのだ。それなのに追い返すとは、なんとつれない情けないことをしたのだろうかと、それから何日も悶々とした日々を過ごすことでしょう。

あの方はそのようにして、多くの女性《にょしょう》たちを惑わせ、恨みをかっているのですが、そのことに全く気づいていません。女性《にょしょう》に向かう細心さと鈍感さとが、あの方を時々非情な色好みのように見せることさえあるのです。

妹君にしても、あまりにも長いこと会うことが出来なかったので、心の中にお思いになることは多く、ああも言おう、こうも申し上げようと考えてらっしゃいました。けれどもたいていの女性《にょしょう》がそうであるように、あの方のあまりにも魅力的な姿を見て、何も言うことがお出来にならないのです。ただ、あの方と衣が触れ合うほど近くに座り、しめやかにお話をします。それは桐壺院が帝でいらした頃の、華やかで楽しい時代のことです。その日々は恋の記憶と相まって、妹君のいちばん幸福な時と重なっています。

この妹君は、ご自分ではそうお話しになりませんが、あいづちをうつのがとてもお上手な方です。

「まあ、そんなことがありましたの」

「そうですとも……いろいろ思い出しますわ」

その小さくやさしい声は、あの方の乾いた心にしみていくようでした。

ああ、女性《にょしょう》とは何といいものだろうかと、あの方は思います。御帳台の中で、体をからめあうだけでなく、こうしてしみじみと語り合うのも心をなんと温めてくれることか。

そして都を離れるということは、こうした女性《にょしょう》たちに別れを告げることなのだ、ということを悟ったのです。が、自分はそれほど大きな罪を犯したのだろうか。それほどの不興をかうようなことをしただろうか……。

あの方は女の本当の憎しみというものを知らないのです。大后の憎しみ、生霊《いきりょう》となった私の憎しみ……。そのやさしさと邪気のなさが、恋であれ違う形であれ女の憎しみをさそうことにまだ気づきません。ですが、もうじきあの方は女の憎しみによって、苛酷な運命を背負うことになりましょう。

憎しみか、災いが、はっきりとした形をとろうとしていました。

都中の人々が息を潜め、〝その時〟に巻き込まれまいとしているのが、手に取るようにわかります。あの方はやっと、都を去ることを決心しました。

やっとと申し上げるのは、あの方は今度の事態をやや甘く見ていたところがあったからです。桐壺院《きりつぼ》は、お亡くなりになる前にこまごまと帝《みかど》にご遺言をなさっていました。源氏の大将はきっとあなたの役に立つ人物なのだから、決して疎略には扱わないように。政《まつりごと》の後見人として、大将にいろいろとご相談なさいとまでおっしゃった時、朱雀帝《すざく》は深く頷《うなず》いておられました。帝も、心のやさしい穏やかな方でいらっしゃいます。母君の大后《おおきさき》と違い、自分にはっきりと好意を示してくださるのがわかります。

所詮《しょせん》自分への憎しみや怒りは、大后や右大臣といった女や年寄りから発せられたもの、いずれは帝である兄君がなだめてくださるに違いないと思っていたあの方は、なんと甘い考えだったのか。人から愛され、讃《たた》えられるばかりだったあの方は、人の心の奥深い裏側を読み取ることが出来ないのです。自分の寵姫《ちょうき》を奪われたことになる帝が、あの方に対して、どれほど暗い炎を燃やしたか、到底想像も出来ますまい。もともと朱雀帝は、心ばえのすぐれた方でいらっしゃいます。少年の頃は、美しくすべての才に恵まれている弟君を無邪気に賞賛なさっていました。それをなんとも不甲斐《ふがい》ないことと、大后は時間をかけて劣等感というものに変えていこうとされたのです。しかし朱雀帝は、やはり帝としてのご矜持《きょうじ》から、母君の企みにのろうとはなさいませんでした。天下随一の者が、そのような感情を持つことさえ不潔と思われる、青年らしい潔癖さもお持ちだったのです。ところがさすがに尚侍《ないしのかみ》の君の一件が、帝のお心を歪《ゆが》めてしまわれました。源氏の大将との過去を許し、特別の職を与えてまで自分の傍《そば》に置いた尚侍の君と源氏は、密通を続けていたというのです。

「これはもうあなたと朝廷に対する謀反なのですよ、今度の除目《じもく》で源氏の大将の職をお解きになるように」

といきり立つ母君の言葉に賛同はなさらなかったものの、何もお声をお発しになりませんでした。帝の沈黙は、このうえない承認だということを、ご存知なかったわけではありますまい。朱雀帝は復讐《ふくしゅう》などということをなさるほど、卑しいお心の持ち主ではありません。けれどもちらりとその言葉が頭をかすめたのは本当のことでありましょう。母の大后はすばやくそれを察して実行してきたのです。

さて、あの方は謹慎の姿勢を世間に見せるために、自ら遠いところに行くことにしました。いわば先手をうって、自ら流罪ということにしたのです。流罪と言いますと、隠岐《おき》の島、鬼界島《きかいがしま》といった離れ小島があげられますが、本物の罪人でもなく、そうした辺境の地は身震いしてしまいます。そしてあの方が選んだのは、須磨《すま》でした。かの在原行平《ありわらのゆきひら》の中納言《ちゅうなごん》がしばらく籠《こ》もっていたところとして有名ですが、今は漁師の家もそう多くない、淋しいところと聞いております。といっても、都から一日で行ける場所で、たえず消息は聞こえてくるに違いないと、相変わらずあの方は女性《にょしょう》のことをまず考えるのです。

何よりも気になるのは、二条邸に引き取り愛人にした紫の上さまのことでございます。少女の頃から成長を見守り、自分の手で女にしたこの方への執着は深く、いっそのこと連れて行こうかと思ったほどです。が、女連れで謹慎でもあるまいと世のそしりを受けることは間違いありません。何よりもまだいとけない女性《にょしょう》を、海より他に何もない場所に住まわせることは、あの方の気性からしてとても出来ることではないのです。

あの方は最小限の荷物をまとめ、ごく親しい者だけにこっそりと声をかけます。このとは秘密に、しかも急を要しております。大后に気づかれたりしたら、この機に乗じて謀反の罪をかぶせるに違いありません。脱出が、罪が露見しての逃亡にすり替わるはずなのです。しかしそんな緊急の最中にも、女人《にょにん》たちに別れを告げ、その体を抱かずにはいられないのがあの方というものなのです。

須磨に発つ三日前、あの方は夜陰にまぎれて左大臣邸を訪れました。気づかれぬようにと、粗末な網代車《あじろぐるま》を女車《おんなぐるま》に装って出かけていったのです。

左大臣邸は、すっかりさびれていて、全盛の頃の華やかさは見る影もありません。葵《あおい》の上《うえ》さまのご逝去で多くの者たちが去ったうえに、左大臣は既に官職をお返しして引き籠もっておられるのです。須磨に行くことは手紙で知らせてありますので、左大臣は、老いたお顔を涙でしとどに濡らしてお別れをおっしゃいます。

「今度のような出来ごとを見るにつけ、長生きしたわが身が、本当につらく情けなく思えてたまりませんよ。こんな日がまさか来ようとは、天地を逆さまにしても思いもよらないことです」

あの方もさそわれて、涙をしきりにぬぐいます。左大臣は舅《しゅうと》というよりも、自分を心から愛し庇護《ひご》してくれた実の父親のような存在なのです。

「この私が、いずれ遠国《おんごく》へ流されるという噂がしきりに流れてまいります。私はご存知のように何ひとつやましいことはないのですが、兵の手にかかるような辱《はずかし》めに遭わないうちに、進んで都を去ることにいたしました」

「全く、亡くなった娘のことを一日も忘れたことはありませんでしたが、早死にしてこんな悲しい目に遭わなかったのはせめてものことよと心を慰めているのですよ」

左大臣は、お年のせいもあり、あの方をさらに泣かせるようなことを口になさいます。ただひとつの救いは、五つになられた葵の上さまとのひと粒種、夕霧《ゆうぎり》さまが大層可愛らしく賢く成長なさったことでしょう。久しぶりに父君がお見えになったのが嬉しくて、部屋を出たり入ったりするのです。祖母君にあたる方は、悲しみのあまりふせっていらっしゃいます。あの方は夕霧さまを近くに呼ばれ、艶々《つやつや》としたおつむを撫《な》でながらこんな風に言います。

「こうなりましたのも、すべて前世の報いと申します。この世では何も悪いことをしておりませんでした私が、前の世では何か非道なことをいたしたのでしょう。これも言ってみれば私の運のつたなさというものなのですよ」

しかしあの方は、誰にも告げることの出来ない大罪を既に犯しているのです。このさらさらとした綺麗な髪を持つ幼子《おさなご》より、三つ年上の少年、いずれは帝となられる東《とう》宮《ぐう》は、自分と藤壺《ふじつぼ》の宮さまとの間の不義の子どもなのです。あの方は流罪では済まない、さらに重い罪を背負っているのですが、それはもはや生きている限り、決して口には出来ないものなのです。

左大臣としんみりお話をしているところに、かつては頭《とう》の中将《ちゅうじょう》とおっしゃった三位《さんみ》の中将が参上され、座はとたんににぎやかになりました。若い二人は存分にお酒をきこしめして、あの方はその夜左大臣邸に泊まっていくことになりました。

舅と義理の兄が別室に去った後、あの方は当然のように中納言の君を呼びます。葵の上さまがご存命中から、時々は情けをかけてやった若い女房です。客人の慰めに夜《よ》伽《とぎ》することもある〝召人《めしうど》〟という自分の立場を、この女も充分に知っております。ずっと不仲でいらした本妻の葵の上さまが、御簾《みす》から決してお出にならない夜は多く、そんな時は中納言の君がお相手していたことは、左大臣家の方なら誰でも知っていることでした。葵の上さまもご承知しておられたはずで、いわば召人の女はものの数にも入っていないということでしょう。ですから中納言の君は甘えることも、恋心を訴えることもなく、ただあの方を受け入れるだけでした。しかしその夜に限って、中納言の君は暗く沈んで、必死に激しい感情をおさえ込もうとしているかのようです。泣き顔を見られまいと袖でしきりに隠す様子がなんともいじらしく、

「さあ、ここにおいで。今夜はずっとお前の傍《そば》にいよう」

と、あの方は女の手をとります。するとそれがきっかけで、堰《せき》を切ったように女は

泣き出しました。もうこの女と二度と逢うこともないかもしれないと、あの方は都を離れることを実感しました。須磨というところは、女が一人もおりません。漁師の妻や娘といった女たちをまさか相手に出来るわけもなく、ひとり寝ということになりましょう。愛人の他に、ところどころ寄る邸にも〝召人〟という女房がいて、進んで御《み》帳台《ちょうだい》の中に入ってきてくれた、欲しい時に手を伸ばせば、かぐわしくやわらかい女の体はすぐそこにあるのがあたり前だったのに、もうそんなこともかなわなくなったのです。

まだ夜が明ける前に、あの方は左大臣邸を出ました。有明《ありあけ》の月は照り輝き、木々の花はとうに盛りを過ぎております。大きな花が地面に落ち、白く庭を染め、あたりにうっすらと霧が漂っている様子は、秋の夜のあわれさにもまさる風情です。

あの方は隅の高欄《こうらん》にもたれて、しばらくその光景を眺めていました。もうこの都を離れるとなると、目に入るものすべてがことさら美しく素晴らしいものに思えるのです。正式な処罰ならば、いつか解ける日もあるでしょうが、自らの謹慎となると期限はないようなものです。海辺にもこの白い花は咲くのだろうか……。

振り返ると中納言の君は、お見送りしようと妻戸《つまど》を押し開けて控えていました。こんなことは初めてです。そしてあの方も初めて、中納言の君に男としての言葉をかけてやるのでした。

「また逢うのはむずかしいかもしれないね。こんな世の中になるとは知らないで、いつでも逢えると思っていたから、あなたとの件ものんびりとしてしまったことが悔やまれてならないよ……」

中納言の君は声もなく、つっぷしてしまったのです。

二条邸に帰ると、あの方にお仕えする女房たちは、昨夜はまんじりともしなかった様子で、ところどころに寄り集っております。誰もが行く末を案じつつ、あの方との別れをまだ信じられないでいるのです。お供をすることになっている側近の男たちは、家族にいとまを告げるべく、二条邸を離れているのか姿が見えません。客がすっかり途絶えた今は、もてなしに使った台盤《だいばん》などもところどころ埃《ほこり》がつもり、宴会に使う薄《うす》べりもはがして隅に寄せてあります。没落を象徴するようなさまを見て、今もこれほどのみすぼらしさなら、自分がいなくなった後はどれほど荒れ果てていくだろうと、あの方はため息をつきます。

西の対《たい》に渡ると、紫の上さまが御格子《みこうし》もおろさず、じっと物思いにふけっていらっしゃいました。ちょうど朝陽が上がる頃で、簀子《すのこ》に寝ていた女童《めのわらわ》たちがいっせいに起き出し、にぎやかにうち騒いでいるところでした。紫の上さまと一緒にご主人の帰りを待っていても、幼い子どもたちなので、宿直《とのい》役の白い小袿《こうちき》を着ていてもつい寝入ってしまったのでしょう。小鳥たちがいっせいに鳴き始めるような可愛らしさに、あの方の頬も一瞬ゆるんだのですが、

「今後は、この少女たちも散り散りになるのだろう」

と、つい悲しいことばかりへ思いがいってしまいます。こんなことは、あの方にとってまことに珍しいことでした。しかし女君にくどくど言いわけし、愛を乞うさまはいつもの源氏の大将です。

「昨夜は左大臣と三位の中将にひき止められ、つい泊まることになったのです。あなたはもしかすると、私が他の女の人のところへ行ったと思われているのではないでしょうね。あなたの傍にずっといたいのは山々なのですが、このように世間を離れるとなると、気になることがとても多いものなんですよ。家に閉じ籠もって、いろんな方に別れを告げないとなると、薄情者と思われて、それもつらいことですからね」

するとと紫の上さまはこうお応えになります。

「あなたがどこかにお渡りという、こんな悲しい目に遭うよりもつらいことというのは何でしょうか」

あの方は、紫の上さまの、この打てば響くような才気に感心しました。紫の上さま

は、あの方の昨夜の言いわけなど信じておらず、やんわりと切り返してきたのですが、男を責めるでもなく、自分の淋しさだけを訴える言葉は見事でした。この女性《にょしょう》は、美しさだけでなく聡明さも素晴らしいとあの方は思ったのですが、紫の上さまにしてみれば、そんなのんびりしたお気持ちで言ったのではないのです。

成人の儀の時に、父君の兵部卿宮《ひょうぶきょうのみや》と親子の対面をしたのですが、この頃は全く疎遠になっております。右大臣家を怖《おそ》れて、この薄情な父親は、あの方に見舞いの手紙ひとつ寄こさないのです。紫の上さまはそれがあの方や邸の女たちの手前大層恥ずかしく、

「なまじ、父娘と名乗らない方がよかったのではないかしら」

とまでお思いになったほどです。そのうえ、継母《ままはは》である宮の北《きた》の方《かた》さまが、

「にわかにありついた幸福というのは、早く逃げていくものなんですね。まあ、なんとついていない方。可愛がってくれる人とは、次々と別れる運命なんですね」

とおっしゃっていると人から伝え聞いて、あちらの邸へはお便りすることもなくなりました。そんなわけで、あの方以外には頼りにする人は誰もいないという心細さなのです。

どれほど行末《ゆくすえ》を誓い合った仲でも、男君が遠い国へ赴任し、あちらで新しい妻を娶《めと》

り、最初の女君を忘れるというのはよくあることでした。また、ひとり残された女君が生活に困窮し、他の男を通わせるようになるというのは、いくらでも物語の筋にあることでございます。十歳の少女の頃にここに連れて来られ、あの方だけを見るようにされてきた紫の上さまの不安、悲しみはいかほどのものだったでしょうか。

「何も心配なさることはないのですよ。あなたが今までどおりのお暮らしが出来るように、私がちゃんと考えていますから」

とあの方は、荘園や牧場といった財産の書類を紫の上さまにお預けになりました。また乳母《めのと》の少納言《しょうなごん》をしっかりした者と見込んでいますので、邸内の財宝などの倉の管理を任せます。そのうえ信頼出来る家司《けいし》もつけて、こまごまとしたことはこの者たちが取り仕切るよう心を配りました。

このような慌ただしさのなかでも、あの方は花散里《はなちるさと》と呼ばれる麗景殿《れいけいでん》の女御の妹三《さん》の君《きみ》のところへ出かけます。実のところ時間の許す限り、紫の上さまと語り契《ちぎ》りたいのですが、花散里さまとお呼びする古い愛人のことを考えるとそうはいきません。あちらは生活がかかっているので、しじゅう便りが来るのです。花散里さまは、ものをねだるようなお育ちの方ではないのですが、心細さを訴える手紙をそう読むのは、もうあの方が愛情ではなく、使命感のようなものしか持てないからでしょう。

「もう一度逢っておかなければ、私のことをどれほど不誠実な薄情者だと思うだろう」

そう考えて女のところへ行くことほど、気の重たいことはありますまい。はたしてあの方はかなり遅くなってからやっと腰を上げ、花散里さまが姉君とお住まいになる邸へと向かうのです。

花散里さまは控えめで聡明な方でいらっしゃいますので、真夜中近い来訪をなじるのではなく、

「私のような者を人数《ひとかず》の中に入れていただいて、お立ち寄りくださるとは嬉しゅうございます」

と謙虚におっしゃいます。こういう人柄も捨てがたいものがあると、あの方はすぐさま御帳台の中に入り、あれこれ睦言《むつごと》を口にします。

「なんという短い夜なのでしょうか。あなたとは長い仲でしたのに、あまりお逢いすることがなかったことが、悔やまれてなりませんよ……」

召人の中納言の君に言ったことと同じ嘆きを口にしますが、それはあの方の本音というものでしょう。ずっと都で幸福な暮らしが続くと思っていたから、数多い愛人たちをぞんざいに扱ったりもしたのですが、もっと女たちを抱いてやればよかった、可

愛がってやればよかったと、あの方は涙を流します。それは自分を憐《あわ》れと思う心からなのですが、別の風に解釈した花散里さまも激しくお泣きになります。あたりはひっそりしていて、お仕えする女房も数えるほどしかおりません。本当に心細いお暮らしなのです。今までは自分がずっと援助してきたけれども、須磨に行った後はいったいどうなるのだろう。何かしらの形で、こちらにも金や物がまわるようにしなければと、あの方はやや醒《さ》めた思いで花散里さまといる閨《ねや》のむこうを見つめるのです。

まだ気づいていないのですが、あの方が本当に別れがつらい女人《にょにん》は、都にはいないのです。花散里さまとは、既に申し上げたように、男としての責任感と、あの方独得の「薄情者と思われたくない」という気遣いとでお逢いになっていらしたのです。

紫の上さまはこの頃十八歳でいらっしゃって、あの方にとってかけがえのない存在になるにはまだ時間がかかります。輝くような美しい女性《にょしょう》にお育ちになり、あの方はこのうえなくいとおしいと思うのですが、その中には、

「妻にしたとたん、こんな目に遭わせてしまった」

という謝罪の気持ちがございます。

あの方が自分の命とかえても、とまで思いつめた藤壺の宮さまは、もはや入道《にゅうどう》の宮さまとお呼びすべき、あちら側の方となられています。お別れを告げに行った折は、

御簾のきわ近くまでにじり寄って、ご自分の声でお話しなさるのですが、それはもはや同じ秘密を抱えた同志のいさぎよさでいらっしゃいます。ご自分のことよりも、わが子東宮の行末を案じる、凛《りん》としたお声には、もうあの方のつけ入る隙はないのです。そしてあの方は性懲りもなく、今回の不幸の大きな原因となった尚侍《ないしのかみ》の君のところへも、お便りをせずにいられません。もし途中で文使いが見つかったりしたら大変なことになるのですが、そんな危険を冒してもあの方は別れを告げなくてはと思うのです。とはいうものの、

「逢《あ》ふ瀬《せ》なき涙の川に沈みしや流るるみをのはじめなりけむ」

逢う瀬もない悲しみの川の中に、いったん身を沈めたのが、こうして流されていく始めなのでしょうか、という歌はあの方にしては恨みがましいものでした。左大臣や三位の中将といった方々に、

「私は潔白だ、なんのやましいところもない」と言い張ったその背景には、尚侍の君の、

「私は帝のキサキではない。仕える女たちの長《おさ》なのです」

というお言葉があったわけですが、それは今となっては詭弁《きべん》というものでしょう。あの方にもわかっているのです。

そして尚侍の君からの返歌は、

「涙川うかぶみなわも消えぬべし流れていのちの瀬をもまたずて」

涙川に浮かぶ水の泡のように、私も悲しみのあまり死んで消えてしまいそうです、もう一度あなたがお帰りになる前に、という哀切きわまりないものです。あの方はもちろん君をいとおしく思っているものの、その心の中にかすかに腑《ふ》に落ちないものを感じとってもいました。どうしてあの女性《にょしょう》にこれほど固執するのだろうか、もしかすると、右大臣家の娘、大后の妹といったお立場が加味されているのではないか、この恋は本当に純粋なものだろうか、もしかすると、「してやったり」という下品なものが潜んでいて、その自分の心を大后たちは見抜いて憎まれるのか……。

そして気づくのです。この都には、命にかえても別れたくないと思う女性《にょしょう》がいないということにです。以前は二人いたはずです。そのお一人は、出家なさる前の藤壺の宮さま、そしてもう一人は生霊《いきりょう》の姿を見る前の私だったはずです。しかしもう誰もいないのです。あの方はあらためて寂寥《せきりょう》の中にいました。紫の上さまや女房たちに囲まれて、涙はいくらでも袖を濡らしますが、それは別れのためだけではありません。自分が実は孤独だということを思い知ったからです。

いよいよ明日出立《しゅったつ》という時に、あの方は北山にある亡き桐壺《きりつぼ》院のお墓を参拝します。お供の者も数名で、あの方は馬に乗っていきます。まことに落ちていく者にふさわしい淋しい姿でした。供のひとりに、あの葵祭りの日、臨時の御随身《みずいじん》として晴れがましい役目についていた右近将監《うこんのじょう》の蔵人《くろうど》がいました。あの方が懸想をした人妻の義理の息子、伊予介《いよのすけ》の子は、官位も得られず殿上人《てんじょうびと》という権利も剝奪《はくだつ》されていたのですが、下賀茂《しもがも》の社を遠くから眺め、輝かしいあの日のことを思い出したのでしょう、こんな歌をよみました。

「ひき連れて葵かざししそのかみを思へばつらし賀茂のみづがき」

かつて行列に加わり、葵を冠にさした日のことを思うと、この賀茂の瑞垣《みずがき》までが恨めしく思われます。

あの方は不憫《ふびん》な気持ちになります。蔵人も愛する家族と別れ、自分と共に旅立つのです。蔵人の歌に答えるべく、馬から下りて社の方を拝みました。

「うき世をば今ぞ別るるとどまらむ名をばただすの神にまかせて」

つらい世を今別れて遠いところへ旅に出ます、私が潔白かどうかのあとの判断は、糺《ただす》の森の神にお任せしましょう。その姿の立派さ、美しさに蔵人は涙ぐんで、やはりこの人についていこうと決心するのです。

しかし院の墓の前で、あの方は全くの少年に戻ってしまいました。激しく涙を流しながら、自分の身の上に降りかかった不幸を訴えます。

「父上があれほど守るようにとおっしゃったご遺言の数々は、いったいどこへ消えてしまったのでしょう。あなたがあれほど愛してくださった私が、これほどつらい目に遭っていることを、あの世でご存知なのでしょうか……」

それにしても不思議なのは、あの方が泉下《せんか》の父君に対して、自分の罪を自覚していないことです。今度のわざわいが、あの世ですべてを知った父上の怒りゆえかもしれないとは一度も考えなかったという無邪気さです。あの方は許しを乞うのではなく、父君に甘えなじるために墓所に額《ぬか》ずいています。大后は気を遣われないのか、墓所のあたりは草がおいしげり、日がまたたく間に落ちてからは、森の木立はおそろしいほどのもの淋しさです。

「あっ」

あの方は声をたてました。すぐそこに正装された父君のお姿をはっきりと見たような気がしたからです。

出立の日が来ました。日が暮れるまであの方が紫の上さまを抱いて、離そうとしなかったのは無理もないことだったかもしれません。狩衣《かりぎぬ》を飾りもなく、目立たぬように着て、荷物は最小限のものだけを持ちます。大切な本と白氏文集などが入っている箱、そして琴を一張《ひとはり》持ちました。これからは女たちの吐息や、笑い声のかわりに、この琴があの方を慰めることになるでしょう。

紫の上さまは深い悲しみに沈んで、声もなく泣き続けるばかりです。月の光を浴びたその姿の美しさといったらありません。この女性《にょしょう》がこれから迎えるはずの、いちばんうるわしい時を自分はもう見ることが出来ないのかと、あの方も涙にくれます。いくら愛し合っていても、自分が帰ってこなければいずれ紫の上さまは、新しい夫を迎えるしかないのです。この自分が育てた世にも希《まれ》な美女が、他の男のものになるかもしれないという思いは、あの方に絶望というものを与えます。

「生ける世の別れを知らで契《ちぎ》りつつ命を人にかぎりけるかな」

生きている間に別れるなどということは考えもしなかった、命のある限りは別れまいと、何度も約束をしましたのに、はかない約束でしたね。

と、わざと女君を泣かせるようなことを言うのです。

「惜しからぬ命にかへて目の前の別れをしばしとどめてしがな」

と紫の上さまは答えます。私の命など惜しくはない、この命と取り替えて目の前の別れをしばらくでもとどめることが出来たら、というのは、血を吐くような叫びだったでしょう。

その月の美しい夜、私は夢を見ました。あの方が都に戻り、晴れ晴れしい顔をしているさまを。その衣裳の見事さで、あの方の地位が元に戻るどころか、さらに上がっているのがわかります。

「あなたが都にお帰りになる日も、そう遠くはありませんよ」

と私は手紙をしたため、そしてすぐに出すことをためらいました。なぜならあの方の傍に、海のすぐ近くに住む女性《にょしょう》の姿がはっきりと見えたからです。その女性《にょしょう》はなんと都にまで移ってきます。美しい人です。

この人によって、あの方がさらに栄光に包まれるのもわかりました。どうしたことか、この女性《にょしょう》に嫉妬は感じません。それどころか懐かしい思いさえします。

「この女性《にょしょう》が、海辺であの方を守るだろう。私の替わりに」

が、私は最後までそのことをあの方に伝えません。

須磨

都からそう遠くないというのに、須磨《すま》は淋《さび》しいところでございました。昔は集落もあったらしいのですが、税を逃れて村民たちは、散り散りになったと聞いております。今は海人《あまびと》の家が数えるほどしかありません。

あの方の邸は、在原行平《ありわらのゆきひら》の中納言《ちゅうなごん》が住んでいたという家の近く、海辺から少し入った山中にありました。流された方というのは、貧しくみじめなところに住まわれるものですが、あの方の住まいは充分に手をかけ心地よいものに整えてあります。茅《かや》づくりの小屋、葦《あし》でふいた渡廊《わたりろう》などは、風情を出すためにわざと鄙《ひな》びて建てた別荘のようです。こんな時でなかったら、さぞかし面白く、楽しく眺めただろうにと、あの方は都での女たちとの夜を思い出しているのです。特に夕顔《ゆうがお》の花を咲かす家の女のことは、忘れることは出来ません。下賤《げせん》な者たちが軒を重ねて住まう界隈《かいわい》に通うというのは、まるで冒険のようでした。また、女にはがっかりさせられたけれども、荒れ果てた常陸宮《ひたちのみや》邸の庭のありさまも、しみじみと心に残るものでした。

あの方がこんな呑気な感慨にふけっていられるのも、自分の荘園がここから近く、もの人手も不自由しないからでしょう。遣水《やりみず》を深くひき入れ、庭には植木を配置し、あれこれ贅を尽くします。ここの国守も、あの方の都の邸に親しく出入りしていた者でしたので、内々に便宜をはかってくれたのも幸いでした。

ですからわび住まいといっても、多くの者たちが出入りし、常にあちこちで工事が行なわれ、それなりに活気がございます。しかしここには、女たちの衣《きぬ》ずれやざわめき、甘やかな香、御簾《みす》からのぞく襲《かさね》の彩《いろど》り、といったものがまるでありません。

物見気分で、初めて見る山や海の風景に見入っていたあの方でしたが、住まいも落ち着き、人の気配も少なくなってまいりますと、今自分の置かれた境遇の淋しさを実感するのです。あたり前のように毎晩触れていた、温かくかぐわしい女人《にょにん》の体がここにはひとつもないのです。

身の危険がひしひしと迫っていた時には、そうしたものがなくても生きていけると思っていました。紫《むらさき》の上《うえ》さまを連れていこうかと考えたこともありましたが、あまりにも女々しく世間体も悪いことだと、きっぱりと最愛の人を諦《あきら》めたのです。それなのに今、あの方の傍《そば》には、闇が始まる時にも、闇が去る時にも誰もいません。連れてきた従者の中に美しい少年がいて、その者に添い寝をさせるのですが、到底女人《にょにん》のかわりにはならないのです。

季節はあたりを灰色に変える長雨の頃となりました。あの方は胸がはり裂けるほど、都とそこに住む女人《にょにん》が恋しくてなりません。文を書くのですが、涙がいくらでも流れて紙を濡らしてしまうほどです。紫の上さまへは、二人だけにわかる閨《ねや》の中の秘密ごとなどを、なまめかしく綴《つづ》ります。今は入道《にゅうどう》の宮《みや》とお呼びする藤壺《ふじつぼ》の宮さまには、まさかそんなことは出来ませんので、さりげなく歌に自分の淋しさを込めました。

「松島のあまの苫屋《とまや》もいかならむ須磨の浦人《うらびと》しほたるるころ」

須磨の浦人となった私は涙にくれておりますが、松島の海人、尼君はいかがお過ごしでしょうか……。

尚侍《ないしのかみ》の君のところへ、文を遣《や》るのも忘れません。ここ須磨に流れてくる原因ともなった帝の思い人と、あの方はまだ心を通わせるという危険なことをしているのです。もしそれが見つかり、弘徽殿《こきでん》の大后《おおきさき》の手に渡ったりしたら、もはや謹慎などということではすまないでしょう。それなのにあの方は、自分の今の境遇を訴え、恋しさを叫ばずにはいられません。手紙は注意深く、尚侍の君の女房の一人、中納言への私信の中に紛れ込ませておきます。

「こりずまの浦のみるめのゆかしきを塩焼《しほや》くあまやいかが思はん」

まだ懲りることなく、あなたを慕《した》い逢いたくてたまらない私を、須磨の海人、あなたはどう思っていらっしゃるのでしょうか……。

この手紙を読んだ尚侍の君は、とても冷静ではいられません。あの方が大きな災難に巻き込まれ、須磨に流れていったのは、もとはといえば自分の恋が招いたことなのだという思いは、この若い女人《にょにん》の心を激しく揺さぶったのです。そうでなくても情熱的な方です。このうえなく素晴らしく地位ある男性が、自分のために不幸になったという事実の恐ろしさと甘美さに、身もだえするほど思い惑い、いっそ須磨まで追っていきたいとまで考えるのです。が、あの方とのことは、既に都中の噂《うわさ》になっていて、自分の名が人々の口の端《は》にのぼっていると想像するのも、右大臣の姫君として誇り高く育っている君には、耐えられることではありません。

あれこれ悩むあまり、やつれた君は、凄絶《せいぜつ》な美しさを増していきました。その姿は朱雀《すざく》帝の御心をせつなくかき乱すのですから、全く皮肉なことでございます。

そういう帝のお気持ちを先まわりして、父君の右大臣はいろいろ画策いたします。もともと自分の娘は、女御《にょうご》や御息所《みやすどころ》といった寵姫《ちょうき》ではない。帝に仕える女たちの長官という立場なのだから、他の男と通じたとしても罪にはあたらないのではないかということを、熱心に奏上したのです。と申しましても、帝を「寝取られた男」にしたことには変わりなく、まことにみっともないことよと世間はささやきます。それなのに帝は、君をお許しになりまた近くにお召しになったのです。

何度も申しますように、帝は母君の大后にも似ず、やさしい心ばえのすぐれた方でいらっしゃいます。ですが、今回の事件は、帝というお立場にある方を、男としてねじれたものにしてしまったのです。

帝はまわりの冷たい目も全く気になさらず、君をひたと傍に引き寄せ、離そうとなさいません。いったいどこが役職の女人《にょにん》というのでしょう。どんなキサキもかなわぬほど、昼も夜もお抱きになるのです。それはかなり痩《や》せた君にはつらいお仕打ちでした。帝とはとても思えぬみだらな言葉で、君をお責めにもなるのです。

「大将とも、このようなことをなさったのでしょう。その時、あなたはもっと嬉しそうにしていたのではないですか」

とおっしゃったかと思うと、はらはらと涙をこぼされます。

「ああ、あなたにひどいことを言ってしまった。どうか許してください。私はあなたに夢中なのですよ。だからあなたは、私をどうか裏切らないと約束してください。あの世まで一緒にいようと誓ってください」

帝にこんなことまで言わせる君の気持ちはといえば、やはりあの方のことを忘れられないのです。帝がいくら自分を愛し、庇《かば》ってくれようとも、君の心はあの方で占められています。それに気づかない帝ではありません。お苦しみのあまり、愛を乞う言葉がいつしかひどく意地の悪いあてこすりのようになってしまうのです。

小さな管弦の遊びがあった時でございます。帝はしみじみとおっしゃいました。

「こういう席に、あの人がいないのは、本当に味気なくもの足りないですね」

あの人という言葉に、はっと顔を上げる君に帝は続けます。

「大将を大切にして、政《まつりごと》についてはよく相談しなさい、という院のご遺言に私はそむいたことになるのですね。まさかこんなことになるとは思いませんでしたよ。院がいちばん愛していらした大将を、私は須磨に追いやってしまったことになるのですから。今、大将のいない都は、火が消えたようになっていますね。私ばかりではない。他の人々も本当に淋しくて仕方ないでしょう」

このおやさしい言葉に、君がついうっかりと涙をこぼしますと、帝のお顔つきが変わられました。

「その涙はいったい、誰のために流しているのですか。あの人が恋しいのですか、それとも私を哀れと思っているからですか」

もううつむくだけになる君に、帝はこんなことまでおっしゃるのです。

「あなたとの間に、どうして御子《みこ》が出来ないのか残念ですが、それもいいことかもしれませんね。今のままでも東宮《とうぐう》のお立場がどうなるかわからず、とてもむずかしいのですから」

それは、藤壺の宮さまがおあげになった東宮が、次の帝になることが困難なばかりか、廃嫡《はいちゃく》の動きまであることをお示しになっているのです。まさか帝が、東宮の出生の秘密をご存知のはずはありますまい。しかし藤壺の宮さまにお味方し、後見役になっているあの方に対してそんな嫌味まで口にされるのは、帝のお心がかなり乱れていらっしゃるからに違いありません。

その藤壺の宮さま、いいえ、もう入道の宮さまとお呼びしなくてはいけない女人《にょにん》も、今は素直に悲しみの中にひたっています。それまではあの方の狂乱じみた情熱にどう対処しようかと思い悩み、かすかにも人々の噂に立ったらどうしようかと不安のあまり、眠れない日をお過ごしでした。けれども出家なさったことで、あの方も諦めがつき、秘密も隠しとおすことが出来たのです。安堵《あんど》は入道の宮さまに、本来のお気持ちを起こさせます。母と息子として出会いながら子までなしてしまったのは、あの世からの宿縁なのだろうとまで思われるのです。ですから心を込めてお返事をお書きになります。もはや完全に逃げおおせた安全な場所からの言葉は、やさしくこまやかなものです。

「しほたるることをやくにて松島に年ふるあまも嘆きをぞつむ」

藻から塩をとるように、涙に濡れるのを仕事にしている松島の尼、この私も嘆きを積むように重ねています……。

そしてあの方は、紫の上さまへは、特に長く心を込めて書きましたので、返事も当然のことながら長く、心をうつものです。紫の上さまは悲しみのために、しばらく起き上がることも出来なかったほどだとお書きになっています。が、このところなんとかしっかりとした心を持ち、大伯父上の僧都《そうず》に祈禱《きとう》をお願いするようになったとか。しょっちゅう使者を立てて、あの方の衣裳も届けさせますが、その色合いも仕立ても申し分ありません。おちぶれた家からは、一人二人と使用人が消えていくものですが、あの方に仕えていた女房たちも、自然と紫の上さまのところへ集まってきている、というのも嬉しい知らせでした。

ついこのあいだまでほんの少女だったのに、いつのまにかきちんと女主人の役割を果たすまでになったのかと、あの方は感慨深いものがあります。指折り数えずとも、紫の上さまは十八歳のまさに女盛りとおなりでした。今、都にいたら、もう他の女には目もくれることなく、存分に愛してやることが出来るのにと、あの方は口惜しくてなりません。二条邸からの手紙が届いた夜は、かぐわしくやわらかい女君の体を思い出し、眠れなくなるほどです。いっそのこと、内密にこの地に呼び寄せようか、いや、そんなことをしてはいけない、これほどの不運に見舞われたのも、何か前世に犯した大きな罪ゆえだろう、それをとにかく償わなくてはならないと、あの方は思い直して再び精進に励むのです。

この方々以外にも、花散里《はなちるさと》さまと人が呼ぶ麗景殿《れいけいでん》の女御の妹君からもお手紙がきます。この方は身分からしても、たしなみのない方ではないのに、手紙は風情よりも、みじめさが先に立つものとなってしまうのです。

「荒れまさる軒のしのぶをながめつつしげくも露のかかる袖かな」

という歌は文字どおり読んでいけばどうということもないようですが、心細い暮らしを訴えているようにとられるのは、まことにお気の毒なことです。あの方は京の邸《やしき》の家司《けいし》をつかわして、長雨で壊れた築地《ついじ》を直してやりました。

そしてこの私も、伊勢からあの方に手紙を出しました。

「今度のことでお住まいのことなどは、とても本当に起こったこととは思われません」

と書いた後、迷いましたがこう続けます。

「けれども都にお帰りになるまでは、そう年月はかかりませんよ」

私の見た夢のことはもちろん知りません。そうでなくても、あの方は生霊《いきりょう》となった私を見て、私の常ならぬ力におびえているのです。そのかわり歌に思いを込めました。

「うきめ刈る伊勢をの海人《あま》を思ひやれもしほたるてふ須磨の浦にて」

伊勢の国で浮いている海藻を刈っている私のことも思ってくださいませ。あなたは須磨で涙にくれているとおっしゃっているけれども……。

あの方は何度も何度も私の手紙を読み返します。筆跡といい、白い唐紙《からかみ》と墨の濃さとのつり合いといい、他のどの女君よりも優雅ですぐれていたからです。さすがは都でいちばんの教養と才気をうたわれた女性《にょしょう》だったと、私のことをいとおしく思い出します。青年の一時期私に夢中になり、私の愛を得ようと必死になっていた日々は、あの方にとって都での幸福な記憶なのです。あれほど愛し合っていた二人なのに、あの葵《あおい》の上《うえ》さまの死にまつわる一件で、厭《いと》わしく思うようになり、その気持ちが通じたのか、あちらも自分に愛想を尽かして、伊勢に下ってしまった。しかし本当に素晴らしい女人《にょにん》だったのだと、あの方の中で私の像は美しく完成されていきます。

私への恋しさから、私の使者を二、三日ひき止めて長い手紙を書いていきます。甘い言葉や、大げさな言いまわしなどはあの方の得意とするものですが、淋しい境遇でそれらはさらに磨きがかかっています。

「こんな身の上になるとわかっているのでしたら、いっそあなたを追ってそちらへ行けばよかったのです。あなたと同じように伊勢人となればよかったのです」

私もこの手紙をすり切れるほど読み、そして涙しました。あの方も孤独でしたが、私もまた孤独でした。私も都から離れたところに生き、愛する者は誰もいません。娘は神にお仕えしていますので、数に入れることは出来ないでしょう。私もあの方と同じように、都で激しく人を愛した記憶をなぞっては、やっと生きているのでした。こうして都をはさんで、伊勢と須磨に別れた私たちは、ようやく心を寄せることが出来たのです。しかし私にはわかっていました。私はおそらく死ぬまでひとりということが。そしてあの方には、もうじき愛する女人《にょにん》が現れるということがです。

ずっと以前、そう、あの方が北山で紫の上さまを初めて見かけた日の出来ごとでした。あの方の側近である五位《ごい》の少納言《しょうなごん》、良清朝臣《よしきよのあそん》がこんな話をしたことがあります。

都から離れた明石というところに、元の国守で今は大変な長者が住んでいるということ。その者には幼いながら美しい娘がいて、まるで皇女のように大切に育てているというのです。その長者は任期中に大変な財をなし、田舎の邸をきらびやかに飾りたて、都から気のきいた女房たちを集めて娘の養育にあたらせているとか。近い者の話では、その長者は娘を将来高貴な人のところへ嫁がせようという大望を抱いているらしく、「こんな人里離れたところ、しかも受領《ずりょう》の身分で、娘をどうしてそんなところへやれるでしょうか」

と妻が言おうものなら、

「もし私ら夫婦が早死にでもして、将来つまらぬ男のところへ行くようなことになれば、海に身を投げて、竜神さまの妻になるように娘には言いおいておく」

と豪語したというのですから、おだやかな話ではありません。といっても、それは随分昔の話で、いくら女に目がないあの方でもとうに忘れておりました。けれども決して忘れなかったのは、良清朝臣です。この人は都ではそれなりに羽ぶりもよく、愛人もあまたいたのですが、あの方についてきたこの須磨の地で無聊《ぶりょう》をかこっております。朝臣がこの須磨に来て、明石の女人《にょにん》のことを気にかけても無理ないことです。あの時はがんぜない年頃と聞いていましたが、今ならとうに成人しているはずです。こうして耳をそばだてると、鄙《ひな》にはまれな娘の噂はいくらでも入ってきます。どうやら娘は大層美しく成人しているのですが、父親の入道はもったいぶってどんな縁談にも耳を貸さないというのです。朝臣は娘のもとに手紙を遣《や》るようになりました。いくら高望みをしているといっても、明石のような土地でめぼしい相手といえば、国守とその息子ぐらいしかおりません。いくら流れてきた身といっても、都では少納言という身分でした。相手にとって不足はないだろうと朝臣は考えたのでしょう。けれども娘の方からは返事ひとつありません。その代わり父親の方からしきりと、手紙がきます。

「ちょっと申し上げたいことがあるので、おめにかかることは出来ないでしょうか」

いったい何の用だろうか。出かけていったとしても娘をくれるわけではあるまい。わざわざ出かけていって、無駄足を踏むことはないだろう……。

朝臣は意固地になっております。そして、とりとめもない会話を交わしている最中、あの方に笑い話のようにこのことを伝えました。

「世の中には、本当に見当違いの人間がいるものです。明石のような田舎に住んでいるくせに、娘の相手は国守でも不足らしいのです。あのままでは、娘は年をとっていくばかりだと、土地の者たちは噂していますよ」

女のことになると身を乗り出すあの方が、全く興味を示すこともなく、うかない返事をしたのは、自分の家来に釣り合う程度の相手と最初から考えていたからでしょう。

秋が深くなり淋しさがいよいよ身にしみてきました。最初のうちこそ、まわりの風景を珍しがり写生をしたりしていたのですが、花も葉も散っていく頃になりますと筆もはかどりません。人々が寝静まってから、琴をかき鳴らしていると、我ながらぞっとするようなもの淋しさです。すぐに途中でやめ、

「あの波の音は、私を恋しいと思ってくれる人たちが住む、都からの風によるものだろうか……」

と歌をよむと、まわりの者たちも起き出し、涙が止まらなくなるのでした。

あの方はこの寂寥《せきりょう》にとても耐えることが出来ないとさえ考えるのでした。しかし都に戻ることも出来ません。あの方が都を去ったというのに、大后の憎しみはますます深くなるばかりなのです。

「流された者というのは、日々の糧にも困るものなのに、かの大将は風流な住まいを構えて、気楽な日々をおくっているらしい。そしてこちらの悪口を言いまくっているのだからいい気なものです」

と公言されていることが、須磨に伝わってまいります。こうした大后を憚《はばか》って、都からの使いや人もぱったりと途絶えたのも、本当につらく悲しいことでした。じっとしていると、それこそ気も狂わんばかりになり、あの方はひたすら仏にすがろうとし

ます。都にいた頃はそれほど信心深いともいえなかったあの方が、朝に夕に経を読むようになったのです。白い綾《あや》のやわらかくなったものを下着にして、指貫《さしぬき》は紫苑《しおん》色、色の濃い直衣《のうし》に帯を無造作に結んだ姿は、端から見るとただ美しく気高いのです。そしてあの方が黒い数珠《じゅず》を手に持ち、

「釈迦牟尼仏弟子《しゃかむにぶつでし》」

と唱えると、まわりの男たちはああ、有難いこと、この方にこうして近くでおめにかかれるのも、つらい境遇を共にしているからだと思わずにはいられません。そして同じように手を合わせるのですが、あの方の胸のうちを本当に知る者はいたでしょうか。

ともすれば人恋しさのあまりくじけそうになるのですが、都にこっそりと帰ったとしても、待っているのはさらに大きくなった危険です。正式な罪人としての辱《はずかし》めを受けるぐらいなら、いっそこの地で朽ち果てた方がましというものかもしれない……。あの方は空を眺めます。海が近いせいか雲の流れが速く、灰色がかった空を鳥が飛んでいきます。もう雁《かり》が飛んでくる季節となったのです。

「初雁《はつかり》は恋しき人のつらなれやたびのそらとぶ声の悲しき」

とあの方が歌うと、近くにいる者たちも次々と都や、残してきた家族を慕う歌をよみます。みんな都にいれば苦労を知らない貴公子ばかりですのに、自分に忠誠を誓ったばかりに、こうして辛酸《しんさん》をなめているのだとあの方はまた涙をぬぐいました。そして人の心というのは、なんとはかないものだと思わずにいられません。前帝の愛子《まなご》として、人気も権力も及ぶものがなかった頃、どれほど多くの人々が自分のまわりに集《つど》ってきたことか。自分の容姿や才ばかりでなく、よんだ歌、奏でた琴、そのすべてを賛《たた》え、喝采《かっさい》を浴びせた人々が、今や手紙ひとつ寄こそうともしないのです。

やがて初めてのつらい冬がやってきました。このあたりは雪も降ることがない穏やかな気候なのですが、それも味気ないものに思われます。雪は豊作を意味するものとして、都人たちは厭《いと》うことはなかったものです。幼い者たちはもちろん、殿上人《てんじょうびと》たちもはしゃいで、雪山をつくり歌をよみました。大雪見参、初雪見参と、宮中での遊びをあの方は思い出します。

しかしさらにつらいのは、厳冬の頃よりも、花が咲き出した春でした。うららかな明るい日、あの方の心の中に甦《よみがえ》ってくるのは、さまざまな春の宴です。大極殿《だいごくでん》か紫《し》宸殿《しんでん》で行なわれた季《き》の御読経《みどきょう》、可愛らしい女童《めのわらわ》たちが胡蝶《こちょう》や迦陵頻伽《かりょうびんが》の姿をし、竜頭の船に乗ります。そして供養の花を届けるのです。まわりでは雅楽が奏せられ、その華やかなことといったらありません。父上の桐壺帝もまだお元気で、花吹雪の中に微笑んでいらした頃、その傍には、東宮である今の帝が、優美なお姿をお見せになっていました。ご自身のつくられた詩をおよみになったのですが、その見事さに人々は感じ入ったものです。

「今日はどういうわけか、あなたよりも早く詩がつくれました」

と笑いかける兄君は、あの時全くふた心あるようには見えませんでした。少し風が吹いているので、桜の花はいつまでもいつまでも散り、それと同じようにこの幸福も栄光もずっと続くと信じていたのです。いったいどういう宿世《すくせ》で、このような目に遭うことになったのか……。

あの方は人を恨むということはありませんでした。同時に自分の過ちを悔やんだり、嫌悪にとらわれることもありません。たとえ二代にわたって帝の愛する女人《にょにん》を奪ったとしても、それは恋のなせるわざだと考えていたからでしょう。ただこの運命だけは、理不尽でどうしても受け容れがたいことと考え、つらく憂いことと苦しむのです。

そんな時、あの方の親友であり、義兄である三位《さんみ》の中将《ちゅうじょう》がいらっしゃったのは、どれほどの喜びだったか。中将とて右大臣の婿君として監視の目が光っています。それにもかかわらず、気楽な様子で、前触れもなくあの方の住まいを訪れたのです。

「あなたのいない都は、本当に淋しく、私もつくづくこんな世の中が嫌になりましたよ」

あの方は懐かしさと嬉しさで、涙をとめることも出来ません。夜を徹して語り合い、泣いたり笑ったりします。二人の話題といえば、若い頃の恋の冒険話でした。

「ほら、あなたがあのおばばさまのところへいらした時……」

中将は源典侍《げんのないしのすけ》を取り合ったあの夜のことをもち出します。

「私がふざけて脅したのですよ。しかしあなたのあのあわてようときたら……」

「もうその話はやめましょう。もうおばばさまも亡くなったのでしょうから」

「とんでもない。あのおばばさまは、今も元気で内裏《だいり》に出入りしているのですよ」

「なんと元気なこと」

知っている人たちの消息を尋ねた後は、二人で催馬楽《さいばら》を歌いましたが、今、都で流《は》行《や》っているという節は、あの方の知らないものでした。

やがて夜が明け、中将が出立《しゅったつ》される時が来ました。やはり世間に知られないよう、短い滞在でした。こらえきれずあの方が再び泣き、中将もつき添ってきた者たちも涙をぬぐいます。

「いつかまたおめにかかりましょう。これでもう会えないということはありますまい」

という中将の言葉に、あの方は深く頷《うなず》き、都を恋する歌をよみます。それは絶唱といってもいいほど、悲哀をおびたものです。あの女人《にょにん》の出現は、もう少し先のことになるのでした。

明石の君

明石《あかし》の君《きみ》といいますと、世の中ではこのうえない〝幸い人〟と呼ばれております。田舎にひっそりと暮らしていた娘が、高貴な人に見初《みそ》められたばかりでなく、このうえない貴い血筋に加わることとなるのです。あの明石の君の物語というのは、当時どれほど都の女たちの心をかきたてたことでしょう。けれども羨望《せんぼう》ばかりというわけではありますまい。そもそも〝幸い人〟という言葉には、本来の身分以上の場所に行った強運な人、というかすかな蔑《さげす》みが含まれております。紫《むらさき》の上《うえ》さまもこのように呼ばれることがありましたが、あの女君は何といいましても兵部卿宮《ひょうぶきょうのみや》の姫君でいらっしゃいます。あの方の最愛の女性《にょしょう》となり、正妻格になっていくのを、いつしか人は当然のことと思うようになりました。

しかし受領《ずりょう》の娘である明石の君は、そうはいきません。あの女性《にょしょう》が、葵《あおい》の上《うえ》さま、紫の上さま、というように生涯、〝上〟という尊称がつくことなく、中将の君、中納言の君、という召人《めしうど》並みの呼称となったのには、おそらく夫であるあの方の意向があったからでしょう。

あの方が明石の君に抱いていたある種の残酷さは、どれほど本人を傷つけていたことか。私ははっきり申し上げます。明石の君は決して〝幸い人〟ではありません。あの女性《にょしょう》の苦悩が、私には手に取るようにわかるのです。なぜなら私たちはとてもよく似ていました。おいおいお話しいたしますが、私たちは同じ祖を持つ一族の女なのです。明石の君の父君と、あの方の母君、桐壺《きりつぼ》の更衣《こうい》とは従兄妹《いとこ》の間柄でした。帝がまだまっすぐに神に繋《つな》がっていた時代からの、由緒ある一族といえば、年を経た方ならばすぐにおわかりになるはずです。あの大きな政変さえなかったら、私たちの一族は今も高い地位を独占していたに違いありません。しかし不幸が私の祖父たちを襲い、明石の入道《にゅうどう》は、大臣の息子でありながらへんぴな地に流れていく運命を辿《たど》ります。そして桐壺の更衣は、けなげにも家名を取り戻すべくひとり宮廷へと向かっていったのです。けれども帝の御子《みこ》をお産みするという誓いをたてられたのが、やがて更衣の命を縮めることになったのは、なんというご不幸だったことか。

そして私の一家だけは、なんとか命脈を保ち、父は大臣にのぼりつめることが出来ました。私が東宮《とうぐう》のキサキにあがるほどの権力は持っていたのですが、運はそこまでだったのでしょう。東宮が早く逝去《せいきょ》され、娘が帝の御子を産み奉るという父の夢は消えたのです……。

伊勢の地は、神の力が隅々までいきわたっている静かで清浄なところでした。ここに来てやっと私は、いつ自分が生霊《いきりょう》となって知らぬ場所をさまようか、という恐怖から逃れることが出来たのです。そのかわりよく夢を見ました。潮風がかすかにただよってくるところに、髪の長い美しい女性《にょしょう》がいて琵琶を弾いております。その女性《にょしょう》がもうじきあの方に抱かれることはわかっていたのですが、私の中に一抹《いちまつ》ほどの嫉妬も起きなかったのです。この女性《にょしょう》が、私の一族の女だとすぐにわかったという懐かしさもあったでしょう。それよりも私の中に湧き起こってきたのは、胸が痛くなるほどの憐《れん》憫《びん》の思いなのでした。

「なんと可哀想な女」

私たち一族の女は、一様に誇り高さを持っております。それは身分の高い低いに左右されるものではありません。生まれつきの貴い資質を聡明さが必死になって支えている、明石の君はそういう女性《にょしょう》でした。けれども明石の君の不幸は、いつしかあの方を本気で愛してしまったことでしょう。あの方を思うことは、自分の中の誇りや気高い心をひとつひとつ殺していくことです。それは耐えがたいほど苦しいことで、女を業火《ごうか》の中に投げ込んでしまいます。私はその苦悩が高じて、ご存知のようにあさましい身の上になり果てました。けれども明石の君は耐えたのです。そして世にもまれな〝幸い人〟と言われるようになったのです。が、あの女性《にょしょう》は本当に幸せだったのか。いいえ、そんなことはありますまい。

あの方が須磨《すま》に謹慎してから、一年がたとうとしていました。まだ〝絶望〟という決定的なものは訪れないとしても、いつまでこんな暮らしが続くのだという焦りをすべての人々が持ち始めていた頃です。三月のはじめの巳《み》の日がまわってきて、誰からともなく厄除《やくよ》けをするべきではないかという声があがったのです。あの方はこの地と京を行き来する陰陽師《おんみょうじ》を呼んで、祓《はら》いをさせることにしました。かりそめの幕を張り、船に大げさすぎる人形《ひとがた》をのせ、沖に流したのです。昔からこうした中途半端なことは、しない方がよいと申します。かえって竜神の怒りを招いたのでしょうか、にわかに風が吹いたかと思うと、空が真暗になりました。船を出すまでは、雲ひとつない青空が広がっていたのに、突然黒い空に稲妻が光り、天地を響かすような雷です。海岸にいた人々は何の用意もしていなかったので、大あわてで邸にひき返します。ずぶ濡れになった衣服を着替え、髪を拭《ぬぐ》いますが、これで安堵《あんど》したわけではありません。

雨や風が、この邸ごとどこかへ飛ばしていきそうな激しさなのです。もはやこの世の終わりではないかと人々は騒ぎ立てますが、あの方だけは静かに経典を読んでいます。なぜかわかりませんが、いつかこんな日が来るような気がしていたのです。自分が不幸なうちに、へんぴな地でゆっくりと朽ち果てていくはずはない。いつか劇的な、この世のことではないような不思議な出来事が起こり、自分の運命を大きく変えていくのではないか……。その思いはあの方の傲慢《ごうまん》さと自信からくるものでしたが、確かにあたっていました。明け方近くうたた寝をしているあの方の枕元に、人間とは思えない形をした者がやってきて、

「なぜ宮よりお召しがあるのに、参上しようとはしないのか……」

と咎《とが》めるように申します。そのとたん目が覚めたあの方は、宮というのは海の中の宮殿のことで、竜神が自分を呼んでいるのだろうかと考えます。しかし怖ろしい気分はしません。

そして、もし高貴な者と結ばれなければ、海に身を投げ、竜神の妃となれと教えられたという娘は、いったいどうしているのだろうかと考えたのです。もしかすると竜神の怒りは、その娘がなかなか自分の妻にならないゆえのことなのだろうか。しかしそれが自分とどのような関係があるのかと、あれこれ考えているうちに、再びまどろ

みの中に入っていったのです。

　夜が明けました。が、この日も雷は鳴り、激しい雨と風はやみません。次の日もまた次の日も、須磨の邸は、すっぽりと暴風雨の中に入っているのです。いくら運命が変わりそうな気配がするといっても、あの方はすっかり滅入《めい》ってしまいました。これほどの災難に遭うことはまれだろう、といって都に帰ろうものなら、人々の笑い者になるに違いない。それならば、いっそ深い山に入って、修験者《しゅげんじゃ》のように暮らしてみようか……などと考えるのです。が、まだ雨はやみません。次の日も次の日も、空からはタガがはずれたように強い雨が降り続くのです。あまりの異常さに、側近の者たちも息を潜めるようにしていて参上する者もおりません。そんな時に二条のお邸から、紫の上さまの使いがやってきたのです。やはり都でもこのような嵐が続いていて、紫の上さまはあの方を案じていてもたってもいられないのです。

「このようなことは初めてで、何かよくないことの起こる前触れだと皆は噂《うわさ》しております。あまりにも奇怪な天気に、政《まつりごと》も滞っているのです」

　いつもなら声をかけることもない卑しい身分の使者ですが、さまざまな消息を聞きたいあまり、あの方は御前に呼び出すのです。紫の上さまからの手紙は、深い真心がせつせつと書かれていて何度読んでも涙が溢《あふ》れます。このようないとしい人と離れて、どうして自分は生きていけるのだろうか。もう一度だけでいいから、あのかぐわしい体をこの腕に抱き、長く冷たい髪を指に巻きつけることが出来たら……。

全くあの時ほど、あの方が禁欲的で純粋だったことがあるでしょうか。一年の間、時々は美少年を侍《はべ》らせることはあっても、女性《にょしょう》には指一本触れなかったのです。誰よりも熱心に朝晩の勤めを果たし、片時も経典を離しませんでした。そしてひたすらに紫の上さまを恋い慕うのです。噂をおそれて用心していたこともありましたし、静かな生活に身を置くと、いっそすっきりとして、女人《にょにん》とのことがわずらわしく感じられたりもします。何よりも飢餓状態だからといって、つまらぬ鄙《ひな》の女や、都から呼べるような気軽な女でごまかすようなことは、あの方の誇りが許さないのです。

使者が来た次の日も、また明け方から雷が天地も裂けよとばかり鳴り響きます。波が猛り狂いすべてを呑み込もうとするようです。邸のあちこちがみしみしと音をたて、ひとところに集まった人々は、あまりの怖ろしさにただ震えております。あの方は気丈にふるまい、皆々を元気づけようとしますが、その声も雨音にかき消されてしまいました。これはやはりただならぬ事態だと、絹で出来た五色の幣帛《へいはく》を捧げ、住吉《すみよし》の神に祈ります。従者たちはただただ伏して、こう祈るのです。

「この方は、帝の御子とお生まれになりその寵《ちょう》をひとりじめされました。それによって楽しみに溺《おぼ》れ、贅《ぜい》を尽くされたこともありますが、深い慈悲の心は忘れたことはありません」

神の前では偽りはあってはならないと、切羽詰まった者たちは、あの方にとって耳の痛いことを申します。そしてここから先はあの方も唱和するのでした。

「それなのに、何の罪もないのに、官位を奪われ、家を離れなくてはならなくなりました。そしてこの雨風のお仕打ちです。私の主や私が、いったいどんな罪を犯したというのでしょうか。前世の報いなのですか、それともこの世で犯した罪なのでしょうか。どうか神々よ、明らかになさいませ」

全く不思議なことですが、あの方はそうした時も、心の底から祈ることが出来るのです。やましさは何ひとつ感じません。神に誓って自分は潔白だと言い切るのは、帝に対して謀反の心などまるで持っていないからです。あの方にとって罪はそのことだけなのです。帝のキサキを二代にわたって奪ったことなど、すっかり忘れております。いや、たとえ父の妻といっても、女人《にょにん》と恋したことが罪だとは、どうしても思えないのです。

その傲慢さが天に通じたのか、爆発したように雷が鳴り響き、光はまっすぐに邸に落ちてくるではありませんか。御座所《ござしょ》に通じる建物が炎を上げて燃え出します。こうなりますと、もう身分の上下などありません。下仕えの者たちも含め、人々はいっせいに主人のいる部屋になだれ込んできます。泣き叫ぶ者、わめく者とまさに阿鼻叫喚《あびきょうかん》といったありさまとなり、あの方はようやく見つけた物陰に入り、ただ念仏を唱えるのでした。

どのくらい時間がたったでしょうか。雨の音が静かになり、月の光さえさしてきました。どうやら天変地異ともいえる風雨は去ったようなのです。あの方は元の御座所に戻ろうとしますが、御簾《みす》などもみんな風に吹き飛ばされてしまったという報告を受けます。仕方なくあの方は、卑しい者たちを間近に感じながらそこでやすむことにしました。夜具も吹き飛ばされ、ものにもたれてうとうとしておりますと、父君の桐壺院が、ご生前の姿そのままで現れました。そして、

「どうしてこのような見苦しいところにいるのだ」

と手をお取りになります。あの方は懐かしさと嬉しさで胸がいっぱいになりました。院はさらにこうお続けになります。

「住吉の神のお導きに従いなさい。一刻も早く船を出してこの浦を出るのです」

それよりも、あの方は父君に甘えて訴えたいことが山のようにありました。

「父上がおかくれになってから、私にはつらく悲しいことばかり起こったのですよ。

まるで昔と違うのです。私はあまりのつらさに、何度この海に身を投げようと思ったかしれません」

院はわかっていると言わんばかりに、大きく頷《うなず》かれました。

「全くあってはならないひどい話です。あなたはちょっとしたことの報いを受けているだけなのですよ。私は帝の位にあった時、知らぬうちに犯した罪があったのです。これを償うのに思いがけなく時間がかかりました。この世のことを知る余裕がなかったのです。しかしあなたがこれほど苦しんでいるのを見ると、いてもたってもいられなくなり、ここにやってきました。が、こうしてもいられません。すぐに今上の帝に言わなくてはいけないことがあるので、京に上がらなくては……」

こう言って立ち去られようとするので、

「待ってください、私もお供いたします」

とすがりつこうとした時、すっかり目が覚めました。あたりは人影もなく、静かに月の光がさしているだけなのです。やっとお訪ねくださったかと、あの方は感動のあまり涙を流しました。夢ではなく、院はいらっしゃったのだと確信を持ちます。

それにしても、あの方の罪の無さも不思議なことなら、あの世からいらした院のご様子も不思議と言えるでしょう。私もそうですが、人はいったんこの世を去りますと、すべてのことが見えてくるものでございます。知らなくてもいい真実を知ることもあり、それも人が負わなくてはならない業のひとつです。桐壺院は、藤壺《ふじつぼ》の宮さまとあの方とのことをご存知なかったのでしょうか。いいえ、そんなことはありますまい。院はすべてを知っていらしたはずです。それもご存命中から。私がお気持ちを推しはかるのはまことに畏《おそ》れ多いことですが、院はすべてをお許しになられていたに違いありません。あの方の母君、桐壺の更衣をご自分の愛執から死なせてしまったことに、院はずっと苦しんでいらしたのです。そして桐壺の更衣の身代わりのように入内《じゅだい》させた藤壺の宮さまを、院は本当に愛していらしたかどうか。大切になさってはいたものの、それは父と娘のような愛情だったのではありますまいか。同じ御帳《みちょう》台《だい》にお入りになっても、女として愛されたことはいったい何回あったのでしょうか。そういうご関係だった証拠に、藤壺の宮さまは院の御子を、一度も懐妊されたことがありませんでした。このこともおいおいお話ししたいと存じます。

さて次の日の朝、須磨の浦に一隻の小舟が着きました。乗っていたのは、明石の入道と従者が二人ほど。良清《よしきよ》を通じてこんなことを申します。

「去る一日、夢の中に異形の者が出てきて、いろいろなことを口にしましたが、私は信じようとしませんでした。すると、それならば十三日にあらたかなしるしを見せよう、舟を用意して待っていなさい、と言うのです。ところがこの暴風雨でございまして、とても舟を漕ぎ出すどころではないと思っていましたところ、私たちの舟にだけよい風が吹いてきて、自然とこの浦に運んでくれたのです。おそらくこちらさまでも心あたりがおありでしょう。どうかこの不思議な話を、源氏の君にお伝えくださいませ」

あの方は父上の夢でのお言葉と、ぴったり符合することに驚きました。いま安易に舟に乗り、よく知らぬ者についていったりしたら、どんなそしりを受けるかもわからない。けれどもこれはあきらかに何かことが動いた証《あかし》なのだ。本当に神の御加護かもしれない。命を落とす瀬戸際まで行った身だ、もはや都の評判を気にしてもいかほどのことがあろうと、ついに心を決めました。そしてわずかな供を連れ、舟に乗り込んだのでした。入道は平伏してお迎えします。ちらりと明石の入道を見ましたが、年の頃は六十歳ほどでしょうか、生まれはよいために清らかな品のいい老人でございます。

そしてあの方が舟に移ったとたん、また気持ちよい風が吹き、ほんの小半刻で、明石の浜に到着したのです。

わずかに離れた土地だというのに、明石はうら淋しい須磨とはまるで違っていました。人の出入りも多く、浜の漁師の集落にも活気があります。入道はここに、小さな王国をつくっていたのでした。

都にも負けぬほどの立派な邸と共に、勤行《ごんぎょう》を行なうための御堂も、目を見張るほどの凝ったつくりです。そして浜辺や山のあちこちには、四季を楽しむための東屋《あずまや》があり、入道の財力を示すかのように倉だけ建ち並ぶ一角もあるほどです。と申しましても、ここ明石でも時々高潮が襲ってくることがあり、宝物のようにしている娘は、丘のふもとの邸に住まわせているということでした。

入道は邸に御座所をもうけ、酒や肴、果物をせっせと運びます。あの方の噂以上の美しさや気品にすっかり魅了されているのでした。そう言えば都で権力を二分した左大臣でさえ、あの方の機嫌をとり結ぼうとまるで下僕のようになっていたほどです。女は駆け引きや躾《しつけ》によって、そう心をあからさまに見せたりはいたしませんが、あの方に会うとたいていの中年や老いた男は心を奪われ、みっともないほど右往左往いたします。

この邸は都でもあまり例を見ないほど、豪華にしつらえてあり、調度品も名品揃いです。それにもかかわらず、足りないものはないか、粗相《そそう》はないかと入道は駆けずりまわっております。そのくせあの方の近くには、遠慮してめったに行くことはありません。男の自分でも見惚れるような美貌と端正なたたずまい……。あのようなご立派な方を、娘の婿にと望むのはやはり見当違いのことなのであろう。しかしこの機を逃せば、娘にはもはや何の希望もないのだ。どうかあの方の心が、娘に向いてくれますようにと、入道の勤行はますます念入りになっていくのでした。しかし入道は賢い人間なので、決してそんなそぶりを見せたりはしません。あの方との時たまの会話にも、ちらりとも娘のことを舌にのせたりはしなかったのです。

何とはなしに物足りない気分になっていったのはあの方のほうでした。ここ明石に移り、危険も不便な思いもすっかり無《な》くなりますと、娘が住んでいるという丘の方が気になって仕方ありません。相当の容姿を持っていると皆は噂しているが本当だろうか。それにしても、かつて都で聞かされた「竜神の花嫁」になるかもしれない女の近くに住むようになったのも、浅くない縁だろうと、あの方は自分に都合よくものごとを考えるいつもの癖を出すのでした。

しかし入道の方でも言い出さず、あの方から話題にするわけにもいかず、まるで娘などこの世にいないようにして一ヶ月が過ぎていきました。

四月になりました。衣替えをする時の入道の張り切りようときたら、もう涙ぐましいほどです。あの方の衣裳や御帳の垂絹《たれぎぬ》などをすっかり夏のものに取り替えたのです。

どれも都に発注したと思われる、意匠を凝らした素晴らしいものばかりです。ふつうでしたらこうしたものは、妻の実家側が用意するもので、入道はすっかり舅《しゅうと》気分を楽しんでいるのです。

あの方のところへは、紫の上さまから何不自由ないようにお仕度が届きます。まだ若く、変わったお育ちでいらしたのに、紫の上さまのこうした心配りは非のうちどころがないものです。ですからあの方は、入道の心遣いを少々わずらわしく感じたりもするのですが、そんなことを口に出すわけにもいきません。するがままにさせておきます。が、都からの心の籠もった衣裳を身につけるたびに、人恋しさはもう我慢できないほどになり、そんな時は琴を取り出します。以前はあまり手に取ることのなかった楽器ですが、このもの哀しい優雅な音色は、今の自分にぴったりだと思うのでした。広陵《こうりょう》という曲をさまざまな技を使って弾いていくと、こんな田舎の若い女房たちの中でも、音曲《おんぎょく》の心得のある者は袖を涙で濡らしております。入道などはじっとしておれず、琵琶《びわ》や琴を持って参上いたします。入道は名家の血を引く証として、こうしたものを上手に弾くことが出来るのです。まことにお恥ずかしい腕前ですがと、入道は断わり自分も箏《そう》の琴を弾き始めました。古風で優美な演奏に、あの方はにっこり微笑みます。

「こうしたものは、女人《にょにん》がやさしい風情でくつろいで弾くのがいいと思っていましたが、そうでもないのですね……」

無骨な年寄りが弾くのをからかったのですが、この言葉に入道はぱっと飛びつきました。このひと月というもの、娘のことをどう言い出そうかと考えあぐねたあまり、結局神にすがるより他なかったからです。

「箏《そう》は昔から、名手と言われる方は女性《にょしょう》が多いものでございますが、琵琶も時々ははっとするような弾き手がいるものです。うちの娘はどういうわけか、すぐれた手を持っておりまして、それはそれはしみじみとした人の心をうつ演奏をするのですよ。特別な師についたわけでもありませんのに、あれは生まれつきというのでしょうか、本当に素晴らしい音色なのです」

あの方は入道の焦るあまり少し額に汗をかいているのをおかしいと思いながら、

「それではぜひ一度聞かせてほしいものです」

とおっとりと言いました。

入道はとび立つような思いで丘のふもとの邸へ行きます。娘にどうやら客人の心が動いたようだと、泣かんばかりに報告するのです。

しかし娘の方は全く気がのりません。お傍《そば》近くまで行った者の話によると、源氏の君はこの世の方とは思えないほどの美しさ、立派さだというのです。都いちの貴公子はこれほどまでかと感動しておりました。そんな方が、どうして自分など相手にしようか、もし言い寄ってくることがあったとしても、それはいっときの慰み者にしようというおつもりなのだ。こんな海人《あま》の娘といっても、意地というものがあると、娘は父親のはしゃぐ様を冷たく見据えるのです。こうしている間にも、あの方からの手紙が届きました。くるみ色の高麗《こま》の紙に、流れるような筆跡で、

「をちこちも知らぬ雲居《くもゐ》にながめわびかすめし宿の梢《こずゑ》をぞとふ」

という歌が書かれています。どこともわからぬ旅の空を眺めています。あなたの住む宿の梢はどこでしょうか。

入道は喜びのあまり、文使いが恐縮するほどたくさんのもてなしをします。そして返事を早く早くとせきたてるのですが、娘は頑としてききません。紙も筆跡も初めて見るような雅《みやび》な趣向を凝らしたもので、このような手紙に返事が書けるでしょうかと、父の願いをはねのけたのです。

「しかしお返事をしないということがあるか、君が気分を悪くされるではないか」

入道は地団太を踏みながら、娘の気が変わるのを待っていましたが、ついにたまりかねて自分で筆をとります。

「ながむらん同じ雲居をながむるは思ひも同じ思ひなるらむ」
あなたが眺めている同じ空を、同じ気持ちで眺めています、という手紙を、あの方は白けた気持ちで受け取ります。代筆の手紙をもらうなどというのは初めてのことだったからです。やや憤然としながらも、世慣れない田舎の娘なら仕方ないだろうと、二度めの手紙を書きました。それは、もう少し露骨にやわらかく心を打ち明けたもので、今度は恋文らしい薄様《うすよう》の紙を使いました。けれども娘の手紙はそっけないものです。

「思ふらん心のほどややよいかにまだ見ぬ人の聞きかなやまむ」
私を思ってくださるあなたの心というのはどれほどのものなのでしょうか。まだ私に会ったこともないのに……。

歌といい、筆跡といい都の貴婦人たちにも劣ってはいませんが、この可愛気のなさはどう言ったらいいでしょうか。

「受領の娘のくせに、なんという気位の高さだろう」
と、あの方はすっかり興醒めとなり、それきり娘のことはうち捨てておくことにしました。そのかわり都の紫の上さまへの思慕はますます強くなり、しきりに文を遣《や》ります。

こうしているうちに夏も過ぎ、すべてのことがもの哀しく思える秋となってきました。二年めの秋に、あの方は独り寝がつくづくつらくなってきたのです。従者の中には、時々こっそりと都に帰り妻と会ってくる者もおります。けれどあの方にはそんなことが出来るわけがありません。この頃、紫の上さまを抱いている夢を見られ、はっとして起きると空しく冷気を感じる朝が続きました。あの方は入道にこう持ちかけます。

「こっそりと娘をこちらに寄こしてくれないだろうか」

これは女にとって大層な侮辱です。身分の高い女人《にょにん》なら自分から忍んでいくのに、こちらに来いというのです。まるで召人並みの扱いではありませんか。それなのに死にそうなほどやきもきしていた入道には、嬉しい申し出だったのでしょう、有頂天になって娘に申しつけます。娘はそんな父親の姿が情けなく思わず涙してしまうのです。

「父上は口惜しくないのかしら。私は確かにものの数にも入らない田舎娘だけれども、それでもこんな申し出には我慢出来ない。私は決していっときだけの慰み者になどなるものですか」

と思うものの、これでようやく願いがかないそうだと喜ぶ父親の姿を見ると、自分は何という親不孝者だろうかと悩んでしまうのです。

こうして再び時間ばかりたつので、あの方は次第に苛立《いらだ》ってゆきました。女欲しさの思いは、かなり切羽詰まったものになっていたからでありましょう。

「こんな田舎の受領の娘のくせに、何と手間を取らせるのか」

という思いは、ずっとあの方の心に巣くうことになります。しかし背に腹はかえられません。あの方は作法どおり入道にこう申し出ます。

「秋深くなった波の音に合わせて、琴の音色が聞きたいものだ。今、聞かなくては聞く時がないでしょう」

こうしてあの方は娘の住む邸を訪れることにします。入道は吉日を占って、十二、三日の月が輝く夜をと指定します。あの方はご大層なことだと思いながらも直衣《のうし》に着替え、馬で出かけます。惟光《これみつ》にたづなを取らせて歩いていくと、過ぎ去った都の日々を思い出したのです。今夜はこの女人《にょにん》、明夜はあの女人《にょにん》と、美しい女たちのところへ訪れた夜。自分は若く幸せに充《み》ちていて、そんな夜がずっと続くものと思っていました。ところがどうでしょう、こんなうらぶれた明石の地で、気位ばかり高い受領の娘を有難《ありがた》がって訪ねなくてはならないのです。

あの方が進むと虫の音は消え、去るといっせいに鳴き出します。そして娘の住む邸は、今宵訪れる人のために美々しく整えられ、月の光がさし込む木戸口がそれらしく開いておりました。けれども娘はまだ心を閉ざしたままでした。父親が勝手にことを運んだことを許せないと思い、こんな風に男に差し出される自分の身の上が悲しくてたまらないのです。

あの方は本当に久しぶりに、女を口説く作業に入りました。いつものようにやさしい言葉で心を尽くし、じわりじわりと娘に近づいていきます。

「この程度の身分の女なら、無理強いしてもいいのだが、それもあまり気がすすまないな。しかしここでふられるわけにもいかない」

とひとりごちて、几帳《きちょう》ごしに女の気配を確かめます。そしてはっと威儀を正しました。こちらからの問いに答えるさま、静かですが明瞭な声、髪のにおい、香のかおり、娘はある女性《にょしょう》とよく似ていたからです。それは都いちの貴婦人とうたわれたかつての愛人でした。私の一族の末《すえ》であるその娘は、私にとてもよく似ていたのです。

その夜、私の一族の女の霊は、娘のまわりに集っていたはずです。私も桐壺の更衣も誰一人なしえなかった大望をかなえてもらうために、女たちは娘の心と体をやわらかく解《と》こうとしていたのでした。

娘にとっては初めてのことでも、あの方にとっては何百回となく繰り返してきた夜が終わりました。と申しましても、久しぶりのことでしたので、つい性急に女を扱ったことを、あの方は少々恥ずかしく思うのでした。それほどの飢えなど感じていないと思っていましたのに、男の体は正直で、まるで水を飲み干すように相手と契《ちぎ》っていたのです。

あの方は決して上機嫌というわけにはいかず、この後はもうひとつしなければいけないことがあるなと、欠伸《あくび》をかみ殺しながら車に乗り込みます。初めての女と夜を過ごしたら、出来るだけ早く後朝《きぬぎぬ》の手紙を届けなくてはなりません。都ではこまめに書いていたそれを、あの方は初めてめんどうなことと思ったのです。ここは辺ぴな田舎であるし、相手の女はたいした身分ではない。そもそも親の方が涙ぐましく乞うて乞うて、成立した関係ではないか。そんな女に、いつものように、後朝の手紙を書かなくてはならないものだろうかという、あの方のこのうえなく傲慢《ごうまん》な心には、おそらく恥ずかしさと照れが混じっていたことでしょう。

このうえなく美しく素晴らしい貴公子として、都中の女の渇仰《かつごう》の的であった自分が、流謫《るたく》の身の上になってしまったうえにそして今、孤高を守ることが出来ず、つい手近な女と結ばれてしまったのです。もし人々の耳に入ったとしたら、ああ、光の君も人の子であった、やはり女のことで辛抱がお出来にならなかったと言われるに違いないと、あの方は口惜しくてならないのです。それでも手紙は書かないわけにもいかず、従者にものを投げ与えるような思いで歌をよみました。そして人に知られないようにこっそりと娘のところへ届けます。しかし、願いがかなって有頂天になっている入道は何も気づきません。

「本来なら、初めてのご使者は大切におもてなししなくてはならないのだが、今のお立場ならば派手派手しいことはやめた方がいいだろう。まことに残念なことだが仕方ない」

とひとり納得しています。が、明石《あかし》の君《きみ》と後に呼ばれることになる娘の方は、すべてわかっておりました。初めてのことだというのに、自分を抱いた時の感触、手紙の文字のひとつひとつから、女は男の気持ちを量ることが出来るのです。明石の君は、どれほど甘い口説きを聞こうとも、どれほどやさしく愛撫《あいぶ》されようとも、あの方の中にある、冷たい残酷なものを感じとっておりました。そしてそれはあたっていたのです。

おざなりの後朝の手紙を書いた直後、あの方は都の紫《むらさき》の上《うえ》さまにあてて、長い心のこもった手紙を書きます。娘とのことはいずれ都にも伝わるかもしれない。その前に手をうっておかなければいけないと考えるのは、なんという小心さでありましょうか。

「都にいた時も、私のいい加減な浮気心で、あなたにはつらい思いをさせてしまいましたね。思い出すだけでも心が痛みますのに、今回またつまらないことをひき起こしてしまいました。しかしこれはほんのかりそめの遊び心なのですよ。私にはあなたしかいないことは、よくわかっていらっしゃるでしょう。こういうささいな関係も、一部始終あなたにお知らせして、隠しごとをしないということでも、私のまごころはおわかりいただけるでしょう……」

こうした姑息《こそく》な態度が、どれほど二人の女を傷つけるか、あの方にはわかりますまい。紫の上さまは手紙を読み、強い不安と悲しみに涙を流されました。

世間の人は、留守をしっかりと守る紫の上さまを正妻のように言っておりますが、実はきちんとした披露は何ひとつしておりません。少女の頃に攫《さら》ってきて、成人するやいなや関係を結んだという、極めて不安定なお身の上なのです。頼りになる男兄弟はおらず、父君の兵部卿宮《ひょうぶきょうのみや》とはまるでつき合いがありません。兵部卿宮の本妻は、今をときめく光の君に嫁いだ継子に嫉妬していましたので、あの方が失脚して自ら流れていった時は、それごらんなさいとあざ笑ったということです。紫の上さまはそれ以来、父君に手紙ひとつ書かないようになったのです。ご自分の財産もなく、いわばみなし子ともいえる紫の上さまにとって、すがるものといえばあの方の愛情だけなのですが、それがあまりにも強く、不条理なものなので、かえって不安でたまらないのです。愛が強過ぎるゆえに不安、という心もちは、おそらく男の方にはおわかりいただけますまい。何の後ろ楯《だて》もない自分に、どうしてこれほどまでに男君が気を遣うのか。どうしてここまで自分の機嫌をとるのか……。紫の上さまは自分の背後に、藤壺《ふじつぼ》の宮さまのお姿があることはもちろんご存知ありません。が、それを抜きにしても、あの方の紫の上さまへの愛はどこか狂気じみたところがありました。それは父君の桐《きり》壺《つぼ》院の、あの方の母君である更衣《こうい》に寄せるものとよく似ていたかもしれません。宮廷中の者たちを敵にまわしても、その女を狂おしく愛し抜いた父君の血を、あの方は濃く受け継いでいるのです。そして父君と同じ間違いを犯しているのでした。

女にはそれぞれ分に合った愛情というものがあります。更衣には更衣の、女御《にょご》には女御のそれに合った分量の愛情を注がなくてはならないのですが、あの方はその配分が巧みではありませんでした。

紫の上さまには貰《もら》った本人が戸惑うほどの愛と心遣いを差し上げ、そして明石の君へは不当ともいえるものしか施さなかったのです。あの方は明石の君をずっと「受領《ずりょう》風情の娘」と見下していたところがありました。確かにそのとおりではありましょうが、父君の入道は都で大臣をしていた方の息子です。入道とあの方の母君とは従兄妹《いとこ》という関係でもあり、もし例の大きな政変さえなかったら、入道は相当の地位までのぼりつめたことでありましょう。それに何と申しましても、入道の富と権力は、この明石の地では強大なものでございました。後に明石の君が京に上がりました時は、どこにも恥じぬような素晴らしい仕度をしてやることさえ出来ました。それなのにあの方は、身ひとつで自分の邸にやってきた紫の上さまの百分の一ほども、明石の君に大切なお気持ちを持てなかったのではありますまいか。この不均等さというのは、全くもって奇妙なものでございました。

紫の上さまに長い手紙を書いた後は、すっかり心がそちらの方へいってしまい、明石の君のところへは間遠くなってしまったほどです。

このことは明石の君をどれほど傷つけ、悲しませましたことか。やはり自分の思うとおりだった、光の君にとっては、自分などいっときの慰み者にすぎなかったのだ。だから早々に飽きられてしまい捨てられたのだと、嘆き悲しむ日が続き、その不信の念はあの方がまた通うようになっても消え去ることはありませんでした。

今となっては処女《おとめ》の頃が懐かしい。老いの兆しが見えている親の元で世間を何も知らずに育ち、どうせ人並みの幸せなど来ないものと諦《あきら》めてはいたけれども、まだ気楽に心穏やかに過ごすことが出来た。それなのに、男を通わすようになってからのこのつらさは、どう言ったらいいのだろう。来てくれなければ心がはり裂けそうになり、来てくれたら来てくれたで、いつまで続く仲だろうかと疑いばかり持ってしまう。いったいどうしたらいいのだろうかと、明石の君はうつうつとした気持ちになるのです。私にも憶《おぼ》えがありますが、男の顔色を読み、しぐさや言葉から意味を探ろうとすることほど、心が疲れることはありますまい。明石の君は、私と同じ血を引く一族の女ですから、そうしたことに人よりも一層敏感です。そして結局は悪い方へと考えがいってしまうのでした。これは人よりもはるかに聡明な女ゆえの悲劇かもしれません。世の中には鈍感な女たちが山のようにいて、そちらの方がはるかに幸せになっているのですが、明石の君は知るすべもなかったことでしょう。

「男を知るということは、これほど苦労を知るということだったのか……」

あの方との闇《やみ》のことは、十八の女性《にょしょう》にまだ何の快楽ももたらしてはいなかったのでした。

こうしている間にも、都ではさまざまな出来ごとが起こっておりました。

あの方が命を落とすのではないかと恐怖におののいた暴風雨の夜、都の帝《みかど》の夢の中に、亡き桐壺院がお立ちになりました。そしてきっと帝を睨《にら》まれたのです。それは帝を厳しくお叱りしているように見えました。桐壺院は生前、そのようなお顔を見せたことはありません。帝は本当に怖《おそ》ろしく忌むべきこととお思いになり、母君である大《おお》后《きさき》に申し上げますと、

「あのようにひどい天気の時は、怖ろしい夢を見るものです。ご自分の思い込みが、そのような夢を見せるものなのですよ。帝たるものが、夢ごときに怯《おび》えてはなりません」

　ときつくおっしゃいました。しかしそのうちに桐壺院のお目と合った帝の目が、ひどい病いにかかったのです。痛さと腫《は》れで大層お苦しみになり、宮中でも大后のお邸でも、さまざまな斎戒《さいかい》をなさいました。そんな最中、大后の父君、朱雀《すざく》帝にとっては祖父君にあたる太政大臣がお亡くなりになりました。年に不足はないご逝去ですが、次から次へとよくないことが起こりますので、帝は落ち着いた心ではいられません。前後して大后のお加減も悪くなられたのです。

「やはり源氏の大将を、あのような境遇にしてしまったことがよくないのでしょう。私の目の病いも、母上が病いがちになられたのも、罪のない者を陥れた報いかもしれません。こうなったからには、大将を都に戻すのがよいのではありますまいか」

　すると大后は大きな声で帝を一喝されました。

「なんと意気地のないことをおっしゃるのか。私のように年とったものが病いがちになるのはあたり前のことですし、あなたのお目の患《わずら》いも偶然のことなのですよ。罪が露見するのを怖れて、自ら去っていった者を三年足らずで呼び戻したりしたら、世間の者は何と言うでしょうか」

この方のことを意地の悪い方と人々は非難いたしますが、女ながらこの方の強さというのはたいしたものではないでしょうか。これくらいでないと、実家を権力の中枢に据え、国母《こくぼ》として君臨することは出来ません。決して皮肉ではなく、この大后の豪胆さはそう非難ばかりされることではありますまい。あの方が息子の嫁になるはずの女と間違いを犯し、その後も通じているのは確かでした。そして世間にはまだ知られていない大きな罪もあります。大后は独特の勘と知力で、そのことを見抜いていらしたような気がいたします。と申しましても、大后も病いのため、次第にお気弱になられていくのですが、それはもう少し時間がたってからのことです。この時大后は、ややひ弱なところがおありになる帝を、叱咤《しった》激励なさりながら政《まつりごと》を行なっていたのでした。

そして明石の地では、一種の諦念《ていねん》のような静けさと平穏が訪れておりました。あの方は朝晩のとりつかれたような勤行《ごんぎょう》を少なくするかわりに、よく絵を描くようになりました。浜の風情、見事な松林、苫屋《とまや》などを写生し、それに歌を添えて紫の上さまに送ります。返事のための余白を残してありますので、そこには見事な歌が書かれる仕組みです。やがて日記のようなものも綴《つづ》られるようになり、離れていてもお互いの日常は手にとるようにわかるのです。しかしあの方が、決して文章にしていないことがありました。それは日に日に明石の君に惹かれていくことでした。

男女の仲が深くなるにつれ、朝や昼の光の中で女のすがたをはっきりと見ることが増えていきます。想像以上に明石の君が美しく上品であることにあの方は驚きました。肌の色が透けるように白く、髪は長くてたっぷりとしています。教養の深さもなみなみならぬものがあり、

「これで都の相当の家に生まれていれば、申し分ないのだが」

とあの方は思わずにはいられません。その上、閨《ねや》の中でも娘は素晴らしい進歩を見せております。最初は恥ずかしがってばかりいたのですが、ある時から大胆に応えるようになり、その点もある女人《にょにん》にそっくりなのです。そう、私、六条御息所のことを、あの方はよく思い出すようになりました。深い知性と思慮深さをたたえた表情をし、洗練されたたたずまいの女が、夜は全く別人になることの楽しさと恐怖を、明石の君によってあの方は少しずつ甦《よみがえ》らせていたのです。あの方は毎晩のように、女性《にょしょう》の住む

丘のふもとの邸へ通うようになりました。三度めの春から夏へと季節は変わろうとし、女の体はますます熱を持ち、うっすらと汗ばむようになりました。が、これほど女に溺《おぼ》れていくことを、あの方の矜持《きょうじ》はまだ許していません。ですから、こらしめのために、女をほんの少し邪険に扱います。紫の上さまには決してしないこと、夕顔《ゆうがお》を咲かせる家の女や私にはしたことをしてみます。すると女は嫌がることもなく、深いため息をつくのです。それは、

「あなたのことはすべてわかっています」

という許しにも、

「まだ私を本当に愛してはくださらないのですね」

という責めにもとれ、あの方はますます力を込めるのです。ある夜、明石の君は苦し気に胸を押さえたかと思うと、夜具の上に少し吐いてしまいました。懐妊していたのです。それがわかった時の、あの方の気持ちはといえば、決して喜びだけというわけにはいきません。はっきりと女をつくった証《あかし》が生じてきたのです。流された場所で、土地の女に手をつけ子どもをなした、と言ったら、いったい世間の人たちは何と言うだろうか。紫の上さまにもいったいどうやって話したらいいのかと、まずそちらの方へ考えがいきました。それよりも何よりも、子どもが生まれれば、本当にこの土地に

根がついてしまいます。帝のいちの愛子《まなご》、光の君とうたわれた自分が、この明石の地で、入道の婿となり、子どもを生んで育てていくのかと思うと、子どもが出来た嬉しさなどよりも、はるかに強く憂うつが襲ってくるのでした。自分はついに許されることなく、この地で朽ち果てる運命なのだろうか。子どもが出来たのは、もはやここに定住せよ、という神のお告げなのだろうか。あの嵐の夜、自分をこの地へ導いてくれた大いなる者の存在は、こうしたことを望んでいたのだろうか。

ところが何ということでしょう。こうしてあの方が思い悩んでいる最中、都から使者がやってきました。帝から誤解はすべて解けたのですぐに帰ってくるようにという仰せがあったのです。

あれ以来、帝の眼病はますますひどくなり、大后もめっきり体が弱られ、これはやはり何か大きな恨みがついているのだろうと僧侶や祈禱師《きとうし》、陰陽師たちの意見が一致したのです。

あの方も従者たちも、手を取り合い、泣いて喜び合いました。三年という月日は決して短いものではなく、男たちの顔と心に深い陰影を刻みつけていたのです。いつかこんな日が来ると信じてはいたものの、もう駄目かもしれぬと諦めたこともありました。しかしやっと晴れて都に帰れるのだと、あの方も涙を存分に流します。しかし落ち着いてみますと、明石の君との別れはいかにもつらいことのように思われてくるのでした。このところ一日も欠かさず、明石の君のところを訪れています。見れば見るほど美しく、身籠《みごも》って面やつれしているのもなんともいえない色香が漂っています。腹の子をはばかって、そう強引なことはしませんが、あの方は御帳台《みちょうだい》に入りびたっています。こうしているうちに八月になり、一日も早く都に帰りたいまわりの者たちは苛立《いらだ》ちを隠しません。

「全くいつもの悪い癖が出たものだ。今度のことといって、女のことで失敗したというのに、また女にかまけてぐずぐずしていらっしゃる」

この地に来た当時は、主従共に手を取り合い、淋しさに涙したものですが、こんな陰口を叩けるというのは家来たちもすっかり元気になった証でありましょう。

それなのにあの方は、久しぶりに「恋に憂う」ことを楽しんでいるのです。

明石の君というのは、実に思慮深い女性《にょしょう》ですので、うかつなことをいっさい口にしません。あの方の「いつか一緒に暮らそう」という約束にもうかうかとはのりません。思えば幼い頃から、「高貴な人に嫁がせる」という父親の大望を背負ってきたこの女性《にょしょう》は、かえってとても慎重な性格になっていたのでしょう。

「こんな立派な方と縁が出来て、子どもさえ授かることが出来た。これからはこの子と思い出を生き甲斐《がい》にして生きていこう」

と、けなげに心を決めております。しかしこの不幸な年月の翳《かげ》りを加えた美貌の男が、自分のために涙を流しているのを見ますと、やはり激しく心を揺さぶられずにはいられません。

「このたびは立ちわかるとも藻塩《もしほ》やく煙《けぶり》は同じかたになびかむ」

今は別れることになっても、藻塩をやく煙が同じ方向に流れるように、必ず一緒になりましょうと、あの方が歌をよみかけますと、明石の君は、

「かきつめて海人《あま》のたく藻《も》の思ひにもいまはかひなきうらみだにせじ」

と返します。

海人がかき集めて燃やす藻のように、思い悩むことはたくさんありますが、今は甲斐なきことと恨みは言いますまい……という歌の才気にもあの方は感心します。控えめながら言うべきことはきちんと言っているのです。

「そういえばあなたの琴を、一度も聞いていませんでしたね」

と、涙を拭《ぬぐ》いながらあの方はふと思い出しました。

「あなたの父上が随分自慢にしていらしたのですから、ぜひ一回聞かせてください。形見に一節だけでもいいのですよ」

とまず、自分が都から持ってきた琴をかき鳴らします。その音色は秋の深い夜にしみわたるようで、傍《そば》に控える入道はこらえきれずに号泣いたしました。そして箏《そう》という琴を娘のいる御簾《みす》の中にそっと差し入れます。

明石の君はもう泣くことをやめ、凜《りん》と姿勢を正します。そして箏を弾き始めました。あの方が初めて聞く古風な曲でした。

都で琴の名人と言われているのは、さるところの宮さまでいらっしゃいますが、この明石の地で入道の琴を聞きましてさらにすぐれているような気がしたものです。が、その上をいくのが娘の明石の君でした。延喜《えんぎ》の時代の帝から、三代にわたっての演奏を伝える明石の君の琴は、あくまでも奥ゆかしく端正です。自分でも名手と言われ、都で多くの管弦を耳にしてきたあの方ですが、明石の君の弾く琴はまことに見事なものと思わざるを得ません。このような別れの時に際しても、いささかの乱れもなく、気品高い音色なのです。琴というのは、弾き手のすべてがわかってしまうと申します。これだけの演奏が出来る方は、都でもまずいないでしょう。

「掘り出し物を見つけた」

というあの方の心は、またたく間に、

「二人と得がたい女性《にょしょう》を手に入れたのだ」

という強いものに変わっていったのです。ですから、

「また一緒に弾く時のために、この琴はあなたが預かっていてください」

と、自分の琴を明石の君に預けます。あの方は最後の最後になって、深い誠実を見せようとするのですが、それにうかうかとのるような相手ではありません。

「おざなりなお約束でしょうが、その一言をずっと心にかけてあなたのことをお慕いしておりますわ」

とさらりと歌で返します。

「いや、いや、そんなことはない。私たちの仲はこれから先もずっと変わらないのですよ」

とあの方はむきになってあれこれ言葉を重ねます。心からこの女性《にょしょう》が惜しくなっていたのです。

そして出発の夜明けがやってきました。ちょうど須磨《すま》に立つ日、紫の上さまをお離しにならず、くどくどと誓いをしていた時と全く同じ風景が、今、明石で繰り拡げられていました。あの方は泣いては歌をよみ、その合間にはさまざまな愛の約束を口にしているのです。

娘の立場を不憫《ふびん》がり、入道は舅《しゅうと》のような気持ちで、あの方の旅仕度を整えていまし

た。供の者の端々まで、旅の装束を新調しているのです。あの方の狩衣《かりぎぬ》も見事なもので、明石の君の歌が添えられていました。

「寄る波にたちかさねたる旅衣《たびごろも》しほどけしとや人のいとはん」

裁ち重ねたこの狩衣は、涙でぐっしょり濡れているから、おいといになられるでしょう……なんともいじらしい女心です。

あの方のために入道は金を惜しみなく使います。衣裳を入れる御衣櫃《みぞびつ》をいくつも用意し、その中には土産物をどっさりと入れました。しおたれて帰ってくるに違いないと思っている人たちも、この美々《びび》しい帰還にさぞかし驚くことでしょう。

「もう俗世間を捨てた身の上でしたが、あなたさまに会えてどれほど幸せでしたでしょうか。どうか国境までお送りさせてください」

と諦めの悪い入道を、供の者は見苦しいと思うのですが、あの方はやさしく頷《うなず》きました。娘と自分とをどうにか結びつけようとした心を、滑稽ともぶざまとも感じたことがありましたが、入道の献身がどれほど流人のわが身を救ってくれたことでしょう。

しかしすぐに入道は卑屈な態度を見せ始めます。

「いつか娘のことを思い出してくださることがありましたら、どうかお知らせくださいませ」

わかっていると、あの方は少々不機嫌になります。男と女の微妙なことに、この老人に介入されるのが嫌だったのです。

入道はようようのことで一行を送り、家に帰ってまいりました。さっきまで気丈にふるまっていた明石の君は、うつぶして泣いております。娘をずっと慰めていたらしい母親は、入道を見るなり恨みごとを言い出しました。

「どうしてこんな苦労の種になるようなことをなさったの。いつもあなたの言いなりになっていた私が間違っていましたよ。ええ、そうですとも」

「黙れ、黙れ」

入道は思いきり妻に向かって怒鳴りました。

「きっとお考えがおありに違いない。それをあなたがうるさく言ったら、お体にさわるではないか。あなたがまず落ち着いて早くお薬を差し上げなさい」

明石の君に対して敬語を使うのは、腹の中にあの方の子どもが宿っているからです。しかし母親や乳母たちは、今までの入道への不満がいっきに爆発します。自分の夫がまるで下僕のようにあの方に仕え、娘まで差し出したことに、内心ずっと腹を立てていたのです。

「こんな偏屈な人のすることをあてにしていたばかりに、娘をこんな可哀想な目に遭わせてしまいましたよ。娘は都からやってきた高貴な方の慰み者にされて、腹ぼて女になってしまいました。これであなたはご満足なんでしょう」

もはや妻に反論せず、呆けたように黙っている入道の傍で、明石の君はひたすら泣き続けているのでした。

こうした明石での修羅場とは別に、京の二条邸はただただ喜びに包まれていました。邸のあちこちでうれし泣きの声が聞こえてまいります。

あの方は夢にまで見た紫の上さまと再会します。この三年の間に、ますます美しく大人びていらした最愛の女性《にょしょう》を抱き締めるたび、

「どうして長い年月、会わずにいられたのだろう。全く信じられない」

とあの方は思うのです。しかしまことに不思議なことに、紫の上さまと睦言《むつごと》を交わしている間にも、明石の君のことが頭から離れないのです。かの地にいる時だけの、かりそめの関係と最初は割り切っていたはずですのに、都にいても忘れることは出来ません。そんなあの方の態度に気づかないはずもなく、

「明石にいる方が、やはり気になるのですね。さぞかし素晴らしい方なのでしょう」

と、紫の上さまにしては珍しく、穏やかならぬことを口にします。そしてそういう紫の上さまに謝罪し、機嫌をとるのがあの方の無上の喜びなのです。

あの方にとって、妻に恐懼《きょうく》するというのは、確かな幸福な家庭の形なのです。家庭を全く知らないうちに育ったあの方の中で、不幸な男と女の関係というのは、自分の両親そのものでした。ひたすら女は男に仕え、閨の中でも男に密《ひそ》かに怯えているのです。しかし幸せそうな家では反対に男は口うるさい妻に仕え、妻の機嫌をとろうと必死です。そうした家庭はなんと温かい笑いで充《み》ちていることか。そうです、生涯あの方は恐妻家であるようなふりをしていました。が、たえず他の女と堂々と契る恐妻家などいるでしょうか。

思えば紫の上さまは、あの方のそんな芝居にずっとつき合っていらした女性《にょしょう》でした。

（下巻へつづく）

主要登場人物紹介

六条御息所	本書の語り部。亡くなった前東宮（桐壺帝の弟）の妻。
光源氏	桐壺帝と桐壺の更衣の子。
桐壺帝	光源氏の父。後の桐壺院。
桐壺の更衣	光源氏の母。
弘徽殿の女御	桐壺帝の妻。東宮（後の朱雀帝）の母。弘徽殿の大后
右大臣	当時の権力者。弘徽殿の女御の父。後に太政大臣。
藤壺	桐壺帝の妻。藤壺の女御、藤壺の宮とも呼ばれる。
葵の上	光源氏の妻。左大臣の娘。
左大臣	当時の権力者。葵の上、頭の中将の父。後に太政大臣。
兵部卿宮	藤壺の兄。紫の上の父。後に式部卿宮。
頭の中将	葵の上の兄。後の三位の中将。権中納言。内大臣。
中納言	葵の上の女房。
空蟬	中流の女。伊予介（地方官僚）の妻。
小君	空蟬の弟。
惟光	光源氏の乳母の子。光源氏の従者。
夕顔	五条に住む謎の女。頭の中将のかつての愛人。

王命婦　　藤壺に使える女官。
紫の上　　北山の少女（若紫の君）。後に光源氏の妻。
末摘花　　亡くなった常陸宮の姫君
源典侍　　内裏に勤める色好みの老女。
朧月夜　　右大臣家の六の姫君。尚侍（女官）の君。朱雀帝の想い人。
朱雀帝　　桐壺帝と弘徽殿の女御の子。桐壺帝の次の帝。
冷泉帝　　桐壺帝と藤壺の子。朱雀帝の次の帝。実は光源氏の子。
夕霧　　光源氏と葵の上の子。
花散里　　光源氏の愛人。
明石の入道　　自ら選んで明石の受領となった元貴族。
明石の君　　明石の入道の娘。

人物相関図

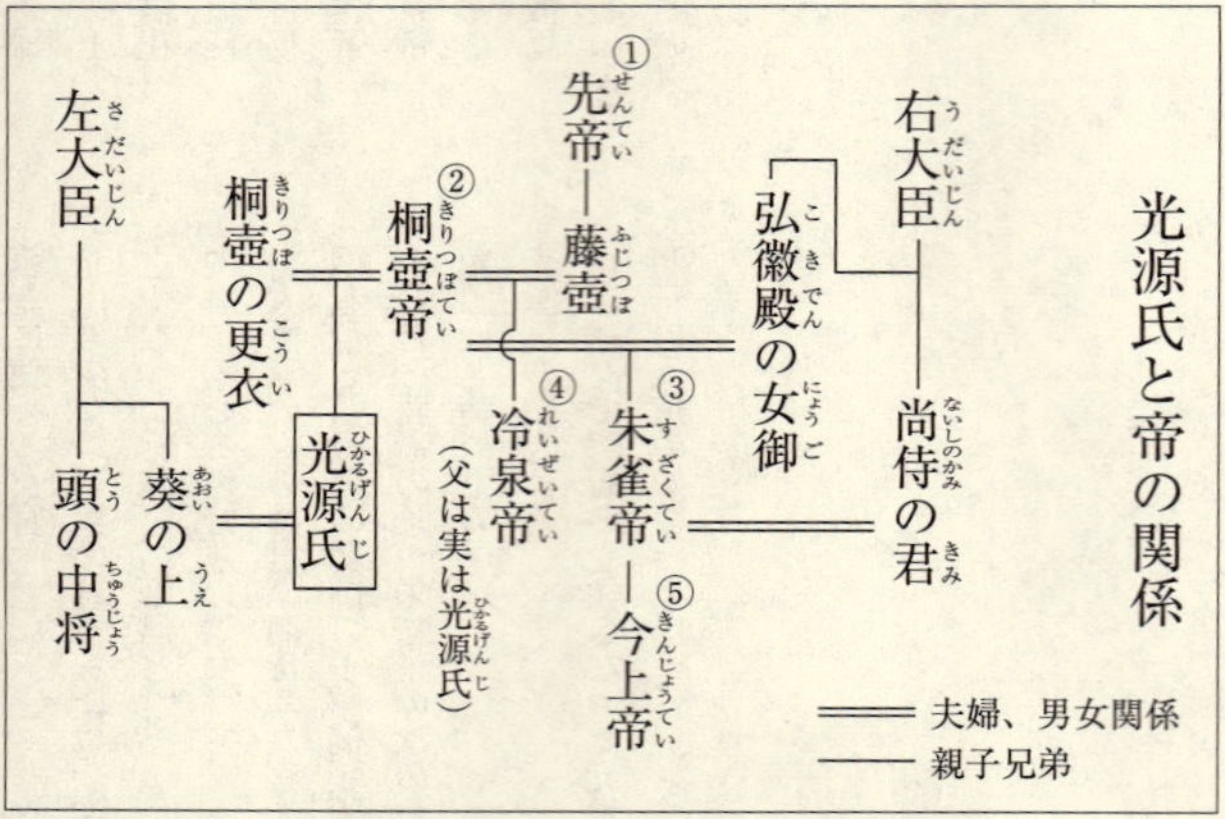

天皇を中心に光源氏との関係性を示しています。丸囲み数字は即位順を表します。

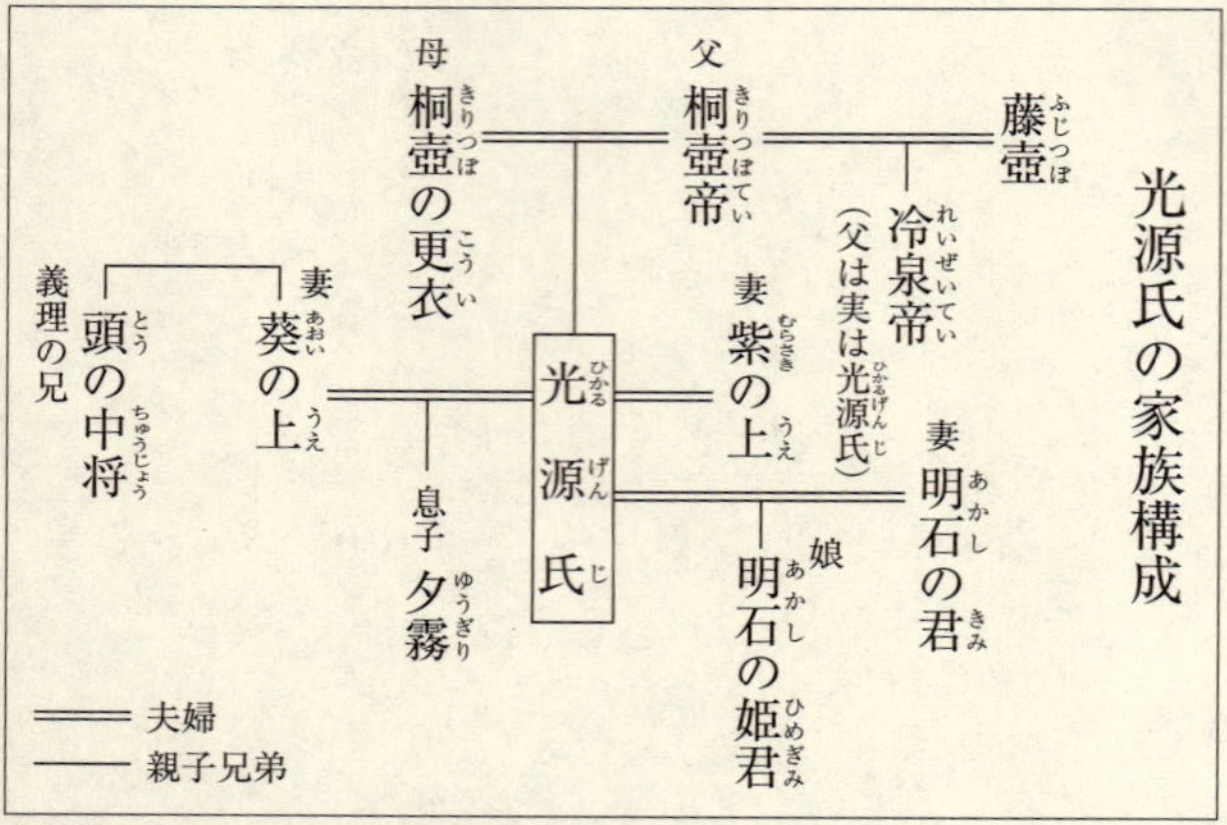

光源氏を中心にした家族、親戚の構成を示しています。

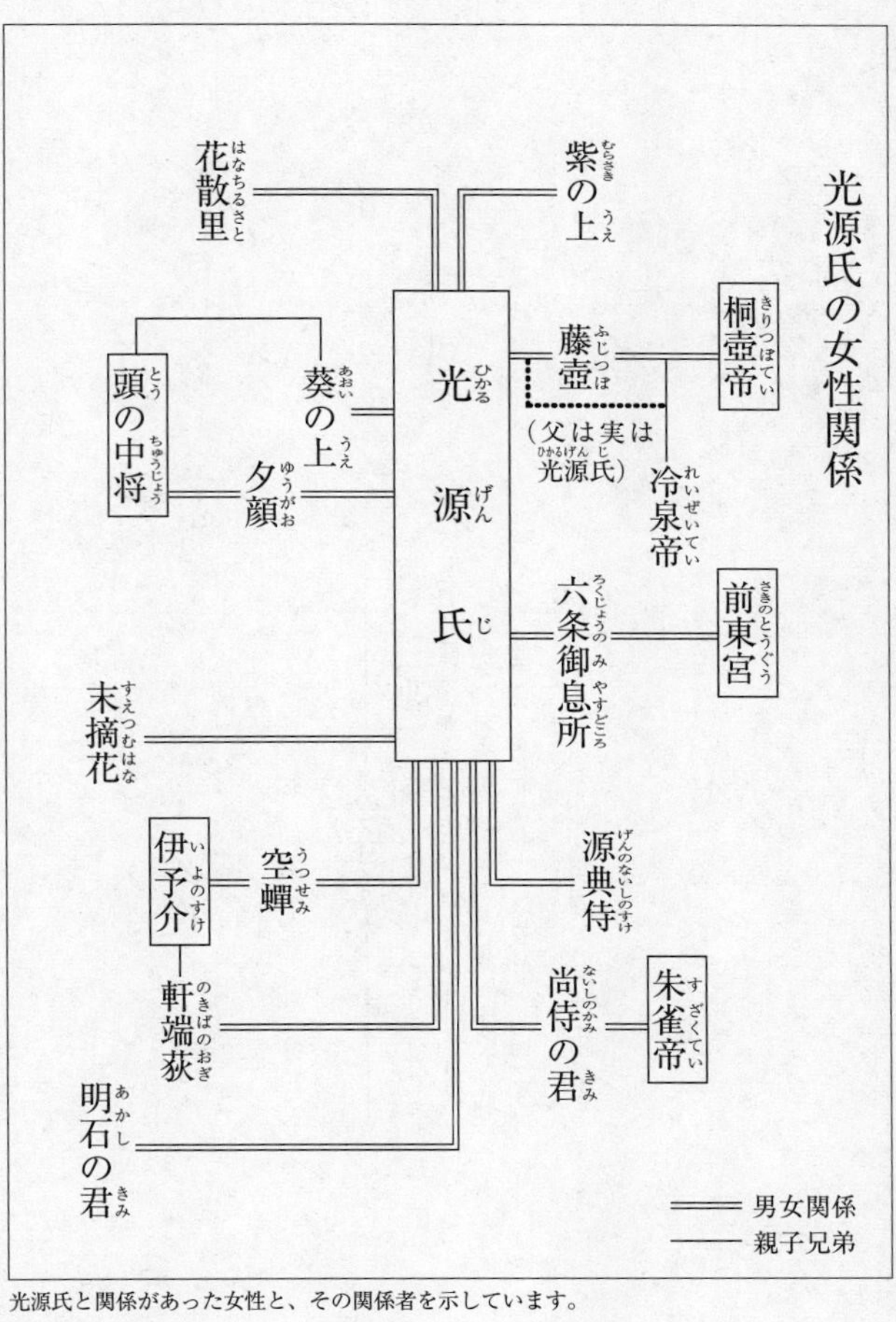

光源氏と関係があった女性と、その関係者を示しています。

本書のプロフィール

本書は、『和樂』二〇〇八年十月号より二〇一〇年五月号まで掲載されたものに加筆・訂正を加えて、二〇一〇年四月と二〇一一年四月に単行本として刊行。同書を上下巻に再編集し、文庫化したものです。

小学館文庫

六条御息所《ろくじょうのみやすどころ》 源氏《げんじ》がたり 上

著者 林真理子《はやしまりこ》

二〇一六年九月十一日 初版第一刷発行

発行人 橋本記一

発行所 株式会社 小学館

〒一〇一-八〇〇一

東京都千代田区一ツ橋二-三-一

電話 編集〇三-三二三〇-五五七三

販売〇三-五二八一-三五五五

印刷所 ―――― 大日本印刷株式会社

ISBN978-4-09-406337-0

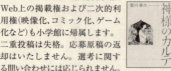